林清玄作品精选

名家作品精选

林清玄 著

长江出版传媒 长江文艺出版社

图书在版编目（ＣＩＰ）数据

林清玄作品精选 / 林清玄著.-- 武汉：长江文艺
出版社，2019.11
　（名家作品精选）
　ISBN 978-7-5702-1075-6

　Ⅰ.①林… Ⅱ.①林… Ⅲ.①散文集－中国－当代
Ⅳ.①I267

中国版本图书馆 CIP 数据核字(2019)第 189290 号

责任编辑：李　艳　　孙晓雪　　　　责任校对：毛　娟
封面设计：沐希设计　　　　　　　　责任印制：邱　莉　杨　帆

出版：长江出版传媒　长江文艺出版社
地址：武汉市雄楚大街 268 号　　　邮编：430070
发行：长江文艺出版社
http://www.cjlap.com
印刷：武汉中科兴业印务有限公司

开本：640 毫米×970 毫米　　　1/16　　印张：20　　插页：1 页
版次：2019 年 11 月第 1 版　　　　2019 年 11 月第 1 次印刷
字数：234 千字

定价：32.00 元

目　录

精致的心灵

不信青春唤不回

花事

截断人生的苦

林 清 玄

作 品 精 选

精致的心灵

精 致 的 心 灵

送一轮明月给他

一位住在山中茅屋修行的禅师,有一天趁夜色到林中散步,在皎洁的月光下,他突然开悟了自性的般若。

他喜悦地走回住处,眼见到自己的茅屋遭小偷光顾,找不到任何财物的小偷,要离开的时候才在门口遇见了禅师。原来,禅师怕惊动小偷,一直站在门口等待,他知道小偷一定找不到任何值钱的东西,早就把自己的外衣脱掉拿在手上。

小偷遇见禅师,正感到错愕的时候,禅师说:"你走老远的山路来探望我,总不能让你空手而回呀!夜凉了,你带着这件衣服走吧!"

说着,就把衣服披在小偷身上,小偷不知所措,低着头溜走了。

禅师看着小偷的背影走过明亮的月光,消失在山林之中,不禁感慨地说:"可怜的人呀!但愿我能送一轮明月给他。"

禅师不能送明月给那个小偷,使他感到遗憾,因为在黑暗的山林,明月是照亮世界最美丽的东西。不过,从禅师的口中说出:"但愿我能送一轮明月给他。"这口里的明月除了是月亮的实景,指的也是自我清净的本体。从古以来,禅宗大德都用月亮来象征一个人的自性,那是由于月亮光明、平等、遍照、温柔的缘故。怎么样找到自己的一轮明月,向来就是禅者努力的目标。在禅师的眼中,小偷是被欲望蒙蔽的人,就如同被乌云遮住的明月,一个人不能自见光明是多么遗憾的事。

禅师目送小偷走了以后,回到茅房赤身打坐,他看着窗外的明

月，进入定境。

第二天，他在阳光温暖的抚触下，从极深的禅定里睁开眼睛，看到他披在小偷身上的外衣，被整齐地叠好，放在门口。禅师非常高兴，喃喃地说："我终于送了他一轮明月！"

明月是可送的吗？这真是有趣的故事，在我们的人生经验里，无形的事物往往不能赠送给别人，例如我们不能对路边的乞者说："我送给你一点慈悲。"我们只能把钱放在盒子里，因为他只能从钱的多寡来感受慈悲的程度。

我们不能对心爱的人说："我送你一百个爱情。"只能送他一百朵玫瑰。他也只能从玫瑰的数量来推算情感的热度，虽然这种推算往往不能画上等号，因为送玫瑰的人或许比送钻戒者的爱要真诚而热烈。

同样的，我们对于友谊、正义、幸福、平安、智慧……等等无价的东西，也不能用有形的事物做正确的衡量。我想，这正是人生的困局之一，我们必须时时注意如何以有形可见的事物来奥妙表达所要传递的心灵讯息。可悲的是，在传递的过程常常会有"落差"，这种落差常使骨肉至亲反目，患难之交怨愤，恩爱夫妻仳离，有情人终于成为俗汉。

这些无形又可贵的情感，与禅的某些特质接近，是"只可意会，不可言传"，是"不立文字，教外别传"，是"当下即是，动念即乖"，是"云在青天水在瓶"，是"平常心是道"！

这个世界几乎没有一种固定的方法可以训练人表达无形的东西，于是，训练表达无形情感的唯一方法就是回到自身，充实自己的人格，使自己具备真诚无伪、热切无私的性格，这样，情感就不是一种表达，而是一种流露。

在一个人能真诚流露的时候，连明月也可以送给别人，对方也真的收得到。

我们时时保有善良、宽容、明朗的心性，不要说送一轮明月，同时送出许多明月都是可能的，因为明月不是相送，而是一种相映，能映照出互相的光明。

此所以禅师说："但愿我能送一轮明月给他！"是真正人格的馨香，它使小偷感到惭愧，受到映照而走向光明的道路。

温柔的世界观

今天是年初三，台北意料之外的显得格外冷清，这个由大部分外地人组成的城市，由于工商业的突然休息，使我更感觉到遥远而陌生了。

亮亮，在往昔，每到过年我总是拼命赶回老家去，使我从未在过年时看过这个城市，今年，我的母亲想来台北和我们团聚，竟使我意外地在台北过了第二次的年。

晚上，独自走过家附近堆放垃圾的地方，发现了这平常堆置垃圾的角落，垃圾堆得简直像山一样，令人作呕的恶臭飘散在四处。原来，因为过年，垃圾车放假三天，已经有三天没有来收垃圾了，市民们养成了夜里把垃圾向外倾倒的习惯，加上过年的垃圾倍增，才出现这比平常可怕的景象。

我不知道为什么过年要停收垃圾，这真是一个愚笨的政策，过年当然是很重要，但过日子比过年还重要，电信、电力、交通、军队、甚至是戏院、百货公司都可以不休过年，关系到一个城市健康的垃圾收集，怎么可以休假三天呢？想想看，一个城市三天的垃圾堆积，会对卫生环境产生多么重大的危害？但愿明年能够改变这种决定，使留在城市过年的人，也能过干净的年。

现代人制造过多垃圾

然后我走过几条街，发现处处都是垃圾堆，街道也没有平日整洁。和我一起散步的母亲，用一种很惊奇的语气问我："台北人是怎么样能制造出这么多垃圾呢?"

真是一个好问题，这个问题应该也适用别的城市，例如说："高雄人是怎么样能制造出这么多垃圾呢?"也可以说适合现代生活的共相，例如说："现代人怎么如此会制造垃圾?"垃圾的爆炸是世界性的问题，没有一个现代国家不为垃圾所困扰。

现代人的消费生活真是不同以往了，许多可用的东西因为消费的关系，在它的价值还未用尽时，就被丢弃了。有一年春天，我到美国旅行，在纽约住了一个月，到过纽约一些朋友的家里，有的朋友的家用品几乎全是垃圾堆中捡来的，他们捡到的东西有打字机、洗衣机、电视机、电冰箱、沙发、波斯地毯，还有电话、电脑等等，东西多到令人惊叹! 那些东西都是半新的，有的只是褪了流行，就被丢弃了。

我的朋友都是中国艺术家，他们一向惜福，又有创造力，把一些街头垃圾变变花样、改改颜色，就把一个家弄得有声有色，一点也看不出是垃圾。他们都还满有尊严，不吃美国人倒掉的食物，其实有很多食物也都尚可利用，每到夜里，就有很多流浪汉在垃圾堆里找东西吃。

有一位朋友告诉我："美国现在国力弱了，完全是浪费的结果。美国将来如果会沦亡，必是不会珍惜物产所导致。"这话说得有点夸张，却是值得深思的。美国，特别是纽约有一些街头雕塑家，喜欢把垃圾堆捡来的材质——金银铜铁，也就是台语说的"坏铜旧锡"——焊接成巨大的雕塑，耸立街头，看到这些垃圾雕塑，总使我仿佛看到现代文明中最可忧虑的问题。

尤其是像我这样出生于穷乡僻壤的人，虽说早已习惯了都市生活，由于童年的记忆，当我看到人们不爱惜东西时，心里都生出一些刺痛，每当自己丢弃一些尚可使用的东西时，更加的不安。关于"爱惜东西"，我想可以举一个例子来说，我童年时代家家户户都有

养牛，放牛吃草便成为日常重要的事。

我的童年没有垃圾

每天，把牛赶到草地吃草，我们手里就提着一个中美合作握手的肥料袋，有的牛在草地上大便，我们就趁热捡起来放进袋中，有的牛在半路上大便，我们就安心等候，然后把牛粪放进袋里，一天可以捡十几团牛粪。捡回家后把牛粪一团团拿出来铺在晒谷场上曝晒，等它干了，就是生火烧饭最好的材料——那时没有瓦斯、电锅，甚至连木材都舍不得用太多。

为什么要捡热热的牛粪呢？因为如果遗落在路上，别的人看见一定捡起来带回家去。这已经是快三十年的往事了，直到如今我思及拾粪的景象，就好像真的闻到了牛粪的气息，手里还感受到牛粪的热度。

真是不可思议吧！亮亮，有一次我和一个朋友在路上同时看到一团牛粪，互相"礼让"半天，最后把牛粪分成两半，一人带一半回家。说起来像是远古的神话，却是近在眼前，那个时代并不遥远，大家都非常珍惜事物，想想看连一个牛粪都要捡了，别的更不用说。

一直到现在，我都维持着碗中不剩下一粒饭的习惯，那是由于我随父亲种田，知道一粒米的长成是多么不易。

所以，我的童年几乎是没有垃圾的，所有的东西都用到最后一分价值，才被丢弃。

有一次我把这个观念告诉一位朋友，他是在城市的富裕家庭中长大，他不相信"人可以不制造垃圾"的观念。直到有一年他到不丹、拉达克去旅行，回来才告诉我，他完全相信了我的话，那里的生活大约是三十年前的台湾，朋友带去的卫生竹筷、保丽龙碗、纸袋子、罐头吃完的空罐，只要一丢掉就被捡去用了，他说："简直没有垃圾，一点垃圾都没有，真是不可思议。"

是的，非常不可思议。不过，没有垃圾的生活，或者说是物质条件差的生活，不见得就比富裕的生活差到哪里去。就以不丹、拉达克来说，一向被认为是人间的仙境，是失去的地平线，在那里生活的人，他们有很高超的宗教文化，也有极深邃的人文思想，不见得会比纽约人逊色。

就说到过年，我感觉到从前的孩子在过年时所感受的幸福比现在的孩子要大得多，穿新衣、戴新帽对现在的孩子早就失去意义（现在的孩子新衣新帽太多了），吃年夜饭，守岁也不稀奇（天天大鱼大肉习惯了），甚至连压岁钱也不会有多大快乐（每天有零用钱就不稀罕了）……回想起我们童年过年的那种快乐，看看自己的孩子对过年平淡的反应，就知道物质生活不能代表什么，精神的喜悦才是真实的快乐。

大丈夫才能真正的温柔

从生活的垃圾想到了生命的垃圾，现代人的生命观点也逐渐制造出垃圾来了。不知道别人怎么想，我感觉中的现代人愈来愈冷漠而僵硬，不像农业社会那样温柔了，当然这也是工商社会的特质，只是，为什么生活在现代的人，就不能有一个温柔的世界观呢？

温柔，是温暖而柔和。
时时和别人维持良善的关系，是温暖。
时时想到能利益社会与人群，是柔和。
温暖，就是佛教中的大慈。
柔和，就是佛教中的大悲。

在佛教经典中曾记载过一个非常慈悲温柔的人，故事我已经忘记了，却记住形容他温柔慈悲的一句话："践地常恐地痛"，使我大

为感动，当一个人踩在地上时都怕地被踩痛，那么，对待世界就可以做到绝对的温柔。

温柔，乃不是弱者的行为，唯有大丈夫才能真正的温柔。

要有温柔的世界观其实不难，就是珍惜"小福"，我们普通人很少一生中有什么大福报，但是在每天里有小小的福分，有小小的喜乐，有小小的温暖，有小小的对人的关怀与爱，有小小的珍惜……这些小福如同棉线一般，编织起来就会是一张温暖柔和的生命之网，看起来柔弱，事实上非常坚强，不至于被现代的冷漠和僵硬所淹没。

亲爱的亮亮，不珍惜小福而想追求大福报，是绝无可能的，唯有珍惜小福，才使生命的每一天都演奏庆典的音乐，过一种没有垃圾的生活。

让我们培养一种温柔的世界观吧！

人在江湖

土能浊河
而不能浊海
风能拔木
而不能拔山

做生意的朋友来看我，谈到内心里的许多挣扎，说有时候为了生意，不免要去应酬、喝酒，有时还要对别人设计、扯谎，其实自己的内心里向往着规规矩矩做生意，过单纯的生活，但这样的希望是很不可得的。

他的结论是："人在江湖，身不由己呀！"

朋友走了以后，我想到"人在江湖，身不由己"不只是做生意的人，也是一般人去做那些不随己意的事时，最常用的借口，江湖，真的那么可怕吗？什么是江湖呢？

"江湖"的用语，最早是出自庄子大宗师里"不如相忘于江湖"，指的是三江（荆江、松江、浙江）五湖（洞庭湖、太湖、鄱阳湖、青草湖、丹阳湖），后来成为佛教里的常用语，把云游四海的云水僧称为"江湖人"。

那是因为在唐朝的时候，江西有马祖道一禅师，湖南有石头希迁禅师，两位禅师的德声享誉四方，同时大树法幢，当时天下各地的禅僧，如果不是到江西去参马祖，就是到湖南去参石头，由于古代的交通不便，光是走到江西、湖南就要一年半载，他们沿路挂单

参访，称为"走江湖"。走在江湖上的行者则称为"江湖人"、"江湖僧"、"江湖众"。

"江湖"还有别的意思，像禅士如果散居于名山大刹之外，居于江畔湖边自己参究的，也称为"江湖人"。

或者，一般隐士之居，也可以叫"江湖"，如汉书之"甚得江湖间民心"，范仲淹《岳阳楼记》说："处江湖之远，则忧其君。"

因此，在早期，"江湖"是很好的字眼，它象征着一种自由追求真理的态度；"江湖人"也是很好的字眼，是指那些可以放下一切，去探究生命真相的人。

不知道什么时候开始，在中国民间，"江湖"成为一般通俗的称呼，浪迹于四方谋生活的人，称为"走江湖"或"跑江湖"；阅历丰富的人称为"老江湖"，而以术敛财的人叫"江湖郎中"。这些都还是好的，江湖只是名词而已，到了现在，"江湖"成为"染缸"的同义词，政客在国会打架、骂"三字经"，说："人在江湖，身不由己。"商人出卖灵魂，重利轻义，说："人在江湖，身不由己。"黑社会杀人放火，无所不为，说："人在江湖，身不由己。"

你们的江湖到底是什么样的江湖呢？

人处世间，江湖风险，似乎是不可避免的，但是在同一个江湖里，有人自清自爱，有人随浊随堕，完全是看个人的选择，"身不由己"只是一个借口罢了！我想起《韩非子》里说："不可陷之盾与无不陷之矛，不可同世而立。"如果心里有清白的向往，却还继续混浊，当然会有矛盾、冲突，与挣扎了。

在我们幼年时代，没有自来水，家家户户都在庭前摆水缸，接雨水备用，接来的水要先放一两天澄清，等泥尘沉淀才可使用。有时候孩子顽皮，以手去搅水缸，只要两三下，水就不能用了，要再澄清一两天才可用。

因此，我们很小的时候就知道绝对不要去搅水缸，因为"要使水澄清很难，要一两天；要使水混浊很容易，只要搅一两下"。

身在江湖的人也是一样的，古代的禅师为了发觉内在澄明的泉源，不惜在江边湖畔，苦苦寻索，是看清了"江湖寥落，尔将安归？"的困局；现代的人则随着欲望之江陷溺于迷茫之湖，向外永无休止的需索，然后用"身不由己"来做借口。

即使我们真是身在江湖，也要了解江湖真实的意涵，"春风桃李花开日，秋雨梧桐叶落时"，江湖实不可畏，怕的是自己一直把手放在水缸里翻搅。

如果马祖与石头还在，我也真想去走江湖，但是如今最好是安住于自己的心，来让那心水澄清，以便那一天，可以拿来饮用呀！

文明的远离

"别人的孩子死不完"的观念，才是今日社会最大的病灶。

每天读报纸的时候，我总会兴起一个念头：

我们离文明社会还远得很呢！

有一位居住在南部的老菜农，生了两个孩子继承衣钵，大儿子娶了媳妇以后，一家和乐。不久之后，二儿子也娶了媳妇。

媳妇刚入门，老菜农就吩咐她："如果要摘菜来吃，就摘最靠边的那一畦菜圃，其他的都是要卖的，不要摘。"

但是，媳妇嫌麻烦，每次摘菜都是摘靠近家的这一边菜圃，心里还想："反正有这么多菜，采哪里的都一样呀！"而且她到"留给自己吃的菜园"去看，发现菜都不漂亮，于是到别区专拣漂亮的摘来吃，心里还嘀咕：公公也真小气，连漂亮的菜也舍不得吃。

过了没多久，老菜农的两个儿子都得了肝癌，医生说可能和吃的食物有关。老菜农痛不欲生，心想：我们喝的水都是纯净的山泉，吃的肉是自己养的鸡鸭，吃的青菜也是特别不用农药的，怎么会因食物而得了癌症呢？

把媳妇叫来问，才知道媳妇摘的菜都不是来自"留给自己吃的菜园"，而是来自"留给台北人吃的农药特区"，这时他才捶胸顿足、痛不欲生：没想到农药的过度使用，反而害了自己的儿子。

这是在南部发生的真实的事。现在凡是种菜种水果的农民都知道"台北人的胃卡勇"，于是抗生素、化学肥料和农药都毫无节制的用在农作物上，有很多在国外要稀释数百倍的农药，在台湾只稀释数十倍，有的甚至使用"原汁"。

台北人的肠胃不是"卡勇"，只是还没有发作罢了，而且还有很多疾病找不出与农药的关联罢了。

农药的问题不只伤害人的身体，也会污染环境和水源，甚至在土地与河流中留下永久的毒性，使鸟兽丧命、鱼虾绝迹。

但是，农药的问题还不是最严重的，最严重的是观念问题。台湾俗语有一句说："别人的孩子死不完。"意指那些自私自利的人，只管自己的利益，不顾别人的死活。

这种，"别人的孩子死不完"的观念，才是今日社会最大的病灶。

最近，桃园县有一个集团，到处收购死猪、病猪来私宰，并且用双氧水漂白，然后把肉卖给军队和学校。甚至把那些腐败、发臭的肉灌制香肠，或者做成便当出售。根据报道，这个私宰场已经做了数年，规模十分庞大，吃过这种死病猪肉的人恐怕有数万人以上。

看到这种报道，除了令人恐惧作呕之外，会想到：怎么这种事也做得出来？这种歹毒的行径比起抢劫杀人还要恐怖百倍，简直是"杀人于无形"，纵使万死也不能辞其咎！

我敢打赌：做这种猪肉私宰的人，绝对不会吃自己卖的肉，他们也不会给自己的孩子吃这种肉，因为"别人的孩子死不完"呀！

除此之外，像"雏妓"问题也是如此，那些买卖"雏妓"、靠小女孩牟利的人，也因为"雏妓"不是自己的女儿。那些去嫖"雏妓"的嫖客也是因为"别人的女儿死不完"。最近政府和警察单位打算把嫖"雏妓"的嫖客，姓名、地址、身份证字号公布，我觉得是公义的做法，这样至少让他的儿女对父亲有更清楚的认识。

只是不要疏忽，要把买卖"雏妓"的人也公布才好。

再则，像海砂屋、辐射钢筋，乃至公共工程的弊案、公共政策的利益输送，一些为了私利的贪污腐败，也都是和喷洒农药、卖死

猪肉、嫖"雏妓"是同质的。那些以贪渎为本质的政客与财阀，只是穿了更讲究的西装、开着更名贵的跑车罢了，他们害死的人可能比卖死猪肉、喷农药的人还多得多。

要从道德、伦理层面，使人心不贪婪，几乎是做不到的，这时候，法律与制度就变得非常重要。试想想，我们管理农药的、管理"雏妓"的、管理卖死猪肉的法律和制度，可以说一点也不完备，才使人那么大胆和猖狂。

再说，对于贪渎的公务员，我们又有着如何松散的法律与制度呀！

每天读报纸的时候，我总会兴起一个念头：我们离文明社会还远得很呢！

屋顶上的田园

连续来了几个台风，全台湾又为了菜价的昂贵而沸腾了，我们家是少数不为菜价烦恼的家庭。

今年春天，我坐在屋顶阳台乘凉的时候，看着空荡荡的阳台，心里想："为什么不在阳台上种点东西呢？"我想到居住在乡间的亲戚朋友，每一小片空地也都是尽量地利用，空着三十几坪的阳台岂不是太可惜吗？

于是，我询问太太和孩子的意见，"到底是种花好呢？还是种菜好？"都认为是种菜好，因为花只是用看的，菜却要吃进肚子里，而台湾的农药问题是如此的可怕。

孩子问我："爸爸，你真的会种菜吗？"

我听了大笑起来，"那是当然的啊！想想老爸是农人子弟，从小什么作物没有种过，区区一点菜算得了什么！"

自己吹嘘半天，却也有一些心虚起来，我的祖父、父亲都是农夫，我小时候虽也有农事的经验，但我少小离家，那已经是很遥远的事了。

种菜，首先要整地，立刻就面临要在阳台上砌砖围土的事情，这样工程就太浩大了。我和孩子一起讨论："如果我们找来三十个大花盆，每一个盆子栽一种菜，一个月之后，我们每天采收一盆，就会天天有蔬菜吃了。"

我把从前种花的时候弃置的花盆找出来，一共有十八盆，再去花市买了十二个塑胶盆子。泥土是在附近的工地向工地主任要来的

17

废土，种子是托弟媳在乡下的市场买的。没有种过菜的人，一定想不到菜的种子非常便宜，一包才十元，大概可以种一亩地没问题，如果种一盆，种子不到一毛钱。小贩在袋子上都写了菜名，在乡下的菜名和国语不同，因此搞了半天，才知道"格林菜"是"芥蓝菜"，"汤匙菜"是"青康菜"，"维菜"是"空心菜"，"美仔菜"是"莴苣"，那些都是菜长出来后才知道的，其实，所有的青菜都很好吃，种什么菜都是一样的。

我先把工地的废土翻松，在都市里的土地从未种作，地力未曾使用，应该是很肥沃的，所以，种菜的初期，我们可以不使用任何肥料。我已经想好我要用的肥料了，例如洗米的水、煮面的汤、菜叶果皮，以及剩菜残羹等等。

叶菜类的生长速度非常的快，从发芽到采收只要三个星期的时间，几乎每天都可以因看到茂盛的生长而感到喜悦。特别是像空心菜、红凤叶、番薯叶，一天就可以长出一寸长。

我也决定了采收和浇水的方法。

一般的菜农采收叶菜，为了方便起见，都是整棵从地里拔起，我们在阳台种菜格外艰辛，应该用剪刀来采收，例如摘空心菜，每次只采最嫩的部分，其根茎就会继续生长，隔几天又可以收成了。

浇水呢？曾经自己种菜的弟弟告诉我，如果用自来水来浇灌，不只菜长不好，而且自来水费比菜价还高。我找来一些大桶子放在阳台，以便下雨时可以集水，平常则请太太帮忙收集洗米洗菜的水，甚至洗手洗澡的水，既是用花盆种菜，这样的水量也就够了。

我种的第一批菜快要可以收成的时候，发现菜园来了一些虫、蜗牛、蚱蜢等小动物，它们对采收我的菜好像更有兴趣、更急切。这使我感到心焦，因为我是不杀生、不使用农药的，把小虫一只一只抓来又耗去了太多的时间。

有一天，一位在阳明山种兰花的朋友来访，我请他参观阳台的菜园。他说他发明了一种农药，就是把辣椒和大蒜一起泡水，一桶水里大约辣椒十条、大蒜十粒，然后装在喷水器里，喷在花盆四周和菜叶上，又卫生无毒又有奇效。

从此，我大约每星期喷一次自制的"农药"，果然再也没有虫害了。

自从我种的菜可以采收之后，每次有朋友来，我都摘菜请客，他们很难相信在阳台可以种出如此甜美的菜。有一位朋友吃了我种的菜，大为感慨："在台北市，大概只有两个大人物自己在屋顶上种菜，一个是王永庆，一个是林清玄。"

我听了大笑，大人物是谈不上，不过吃自己种的青菜确是非常踏实，有成就感。

还有一次，主持《玫瑰之夜》的曾庆瑜小姐来访，看到我种的菜，大为兴奋，摘了一枝红凤菜，也没有清洗，就当场大嚼起来，我想阻止她已经来不及了，如果告诉她农药和肥料的来源，她吃得一定更有"味道"了。

从开始种菜以来，就不再担心菜价的问题了，每有台风来的时候，我把菜端到避风的墙边，每次也都安然度过，真感觉到微小的事物中也有幸福欢喜。

每天的早晨黄昏，我抽出半个小时来除草、浇水、松土，一方面劳动了久坐的筋骨，一方面也想起从前在乡间耕作的时光，在劳苦之中感觉到生活的踏实。

我常想，地球上的土地是造物者为了生养人类而创造的，如今却有很多人把土地作为占有与幸进的工具，真是辜负土地原有的价值。

想到在东京银座有块土地的日本人，却拿来种稻子，许多人为他不把土地盖成昂贵的楼房，而种粗贱的稻米感到不可思议，那是因为人已经日渐忘记土地的意义了，东京银座那充满铜臭的土地还可以生长稻子，不是值得欢喜踊跃的事吗？

我在阳台上种菜是不得已的，但愿有一天能把菜种在真正的土地上。

不是茶

日本茶道大师千利休，是日本无人不晓的历史人物，他的家教非常成功，千利休家族传了十七代，代代都有茶道名师。

千利休家族后来成为日本茶道的象征，留下来的故事不计其数，其中有三个故事我特别喜欢。

千利休到晚年时，已经是公认的伟大茶师，当时掌握大权的将军秀吉特地来向他求教饮茶的艺术，没想到他竟说饮茶没有特别神秘之处，他说："把炭放进炉子里，等水开到适当程度，加上茶叶使其产生适当的味道。按照花的生长情形，把花插在瓶子里。在夏天的时候使人想到凉爽，在冬天的时候使人想到温暖，没有别的秘密。"

发问者听了这种解释，便带着厌烦的神情说，这些他早已知道了。千利休厉声地回答说："好！如果有人早已知道这种情形，我很愿意作他的弟子。"

千利休后来留下一首有名的诗，来说明他的茶道精神：

先把水烧开，
再加进茶叶，
然后用适当的方式喝茶，
那就是你所需要知道的一切，
除此以外，茶一无所有。

这是多么动人，茶的最高境界就是一种简单的动作、一种单纯的生活，虽然茶可以有许多知识学问，在喝的动作上，它却还原到非常单纯有力的风格，超越了知识与学问。也就是说，喝茶的艺术不是一成不变的，随着每个人的个性与喜好，用自己"适当的方式"，才是茶的本质。如果茶是一成不变，也就没有"道"可言了。

另一个动人的故事是关于千利休教导他的儿子。日本人很爱干净，日本茶道更有着绝对一尘不染的传统，如何打扫茶室因而成为茶道艺术极重要的传承。

传说当千利休的儿子正在洒扫庭园小径时，千利休坐在一旁看着。当儿子觉得工作已经做完的时候，他说："还不够清洁。"儿子便出去再做一遍，做完的时候，千利休又说："还不够清洁。"这样一而再，再而三地做了许多次。

过了一段时间，儿子对他说："父亲，现在没有什么事可以做了。石阶已经洗了三次，石灯笼和树上也洒过水了，苔藓和地衣都披上了一层新的青绿，我没有在地上留下一根树枝和一片叶子。"

"傻瓜，那不是清扫庭园应该用的方法。"千利休对儿子说，然后站起来走入园子里，用手摇动一棵树，园子里霎时间落下许多金黄色和深红色的树叶，这些秋锦的断片，使园子显得更干净宁谧，并且充满了美与自然，有着生命的力量。

千利休摇动的树枝，是在启示人文与自然和谐乃是环境的最高境界，在这里也说明了一位伟大的茶师是如何从茶之外的自然得到启发。如果用禅意来说，悟道者与一般人的不同也就在此，过的是一样的生活，对环境的观照已经完全不一样，他能随时取得与环境的和谐，不论是秋锦的园地或瓦砾堆中都能创造泰然自若的境界。

还有一个故事是关于千利休的孙子宗旦，宗旦不仅继承了祖父的茶艺，对禅也极有见地。

有一天，宗旦的好友京都千本安居院正安寺的和尚，叫寺中的小沙弥送给宗旦一枝寺院中盛开的椿树花。

椿树花一向就是极易掉落的花，小沙弥虽然非常小心地捧着，花瓣还是一路掉下来，他只好把落了的花瓣拾起，和花枝一起捧着。

到宗旦家的时候，花已全部落光，只剩一枝空枝，小沙弥向宗旦告罪，认为都是自己粗心大意才使花落下了。

宗旦一点也没有怨怪之意，并且微笑地请小沙弥到招待贵客的"今日庵"茶席上喝茶。宗旦从席床上把祖父千利休传下来名贵的国城寺花筒拿下来，放在桌上，将落了花的椿树枝插于筒中，把落下的花散放在花筒下，然后他向空花及空枝敬茶，再对小沙弥献上一盅清茶，谢谢他远道赠花之谊，两人喝了茶后，小沙弥才回去向师父复命。

宗旦是表达了一个多么清朗的境界！花开花谢是随季节变动的自然，是一切的"因"；小和尚持花步行而散落，这叫做"缘"。无花的椿枝及落了的花，一无价值，这就是"空"。

从花开到花落，可以说是"色即是空"，但因宗旦能看见那清寂与空静之美，并对一切的流动现象，以及一切的人抱持宽容的敬意，他把空变成一种高层次的美，使"色即是空"变成"空即是色"。

对于看清因缘的人，"色不异空"、"空不异色"也就不是那么难以领会了。

老和尚、小沙弥、宗旦都知道椿树花之必然凋落，但他们都珍惜整个过程，这就是我们常说的"惜缘"，惜缘所惜的并不是对结局的期待，而是对过程的宝爱呀！

在日本历史上，所有伟大的茶师都是学禅者，他们都向往沉静、清净、超越、单纯、自然的格局，一直到现代，大家都公认不学禅的人是没有资格当茶师的。

因此，关于茶道，日本人有"不是茶"的说法，茶道之最高境界竟然不是茶，从这里也可以看出人们透过茶，是在渴望着什么，简单地说，是渴望着渺茫的自由，渴望着心灵的悟境，或者渴望着做一个更完整的人吧！

随缘与任运

君但随缘得似风，
飞沙走石不乖空；
但于事上通无事，
见色闻声不用聋。

——佚名

　　李小龙尚未在电影圈成名时，是在好莱坞教授武术。有一天教完武术，和他的弟子、有名的剧作家史托宁·施利芳在一起喝茶聊天，谈到了"花费时间"和"浪费时间"的不同。

　　"花费时间是把时间花在某一个方式上，"李小龙首先开口："在练功夫时，我们是花费时间，现在谈天，也是花费时间。浪费时间则是糊里糊涂或漫不经心地把时间耗掉。我们有时候把时间花费掉，有时候把时间浪费掉，至于花费或浪费，就全靠我们自己的选择了。无论如何，时间一过去，就永远不会回来了。"

　　"时间是我们最宝贵的商品，"史托宁同意："我总是把时间分成无数的瞬间、交易或接触。任何人偷了我的时间，就等于偷了我的生命，因为他们正在取走我的存在。当我岁数越大时，我知道时间是我唯一剩下的东西。因此，有人拿着什么计划找我时，我就会估计该项计划将花掉我多少时间，然后问我自己：'因为这个计划，我愿意从我所剩下的少数时间内，花掉几个星期或几个月吗？它值得我花这么多时间吗？还是我只是在浪费时间呢？'如果我认为这计

划值得我花时间，我就会去做。

"我把同一尺度用在社会关系上。我不容许别人偷走我的时间，我不再广结天下豪杰，我只结交那些能够使我时间过得愉快的朋友。在我的生命中，我空出若干必要的时刻，什么事也不做，但那是我的选择。我自己选择如何花费时间，而不盲从社会习俗。"

史托宁说完之后，李小龙望着天空，一会儿才问，是否可以借打电话。

当李小龙回来时，微笑着说："我刚才取消一项约会，因为对方只是要浪费我的时间，而不是帮助我花费时间。"然后他很诚恳地对史托宁说："今天你是我的老师。我首次知道我一直在跟某些人浪费掉多少时间，从前我从来没有想过他们是在取走我的存在。"

我一直很喜欢李小龙的这个故事，想到李小龙之所以只以很短的时间，少数几部电影就令人念念难忘，是除了他的电影和武术之外，他有一种敏于深思的气质。而这个故事告诉了我们一些关于禅的重要概念，例如要把握当下，因为每一个当下都是生命最宝贵的存在。例如什么事也不做，往往是生命的必要时刻。例如吃饭睡觉虽然是时间的花费，但花费不一定是浪费。例如修行者虽讲随缘，必须要有舍的态度。

"当下即是"、"把握当下"、"活在眼前"是一种平常心与平常事的体现，是彻底的契入生命的存在，也是一种不纵容的思想。宗宝禅师曾把这种精神说是："事来时不惑，事去时不留。"马祖则说："任运过时，更有何事。"

现代人喜欢讲随缘，却不知随缘并不是跟着因缘转，而是其中有所不变，在禅者而言，"随缘"就是"任运"，是在世缘之中不为世法所染。

这种任运，古来的禅师说了很多，像道悟说："任性逍遥，随缘放旷，但尽凡情，别无圣解。"像云门说："终日说事，未曾挂着一唇齿，未曾道着一字；终日着衣吃饭，未曾触着一粒米，挂着一缕丝。"像大珠说："解道者行、住、坐、卧，无非是道。悟法者纵横自在，无非是法。"

道是道路，是人人能走的，法是方法，也是人人能用的，因为人人能走、人人能用，所以是平常的。我很喜欢《金刚经》的开头："尔时世尊食时，着衣持钵，入舍卫大城乞食。于其城中，次第乞已，还至本处，饭食讫，收衣钵，洗足已，敷座而坐。"这是说世尊也要吃饭，也要洗脚，是平常生活，他要花费很多时间在这上面，为什么我们不觉得世尊吃饭、洗脚是"浪费时间"，那是因为悟道者有平常的一面，他随顺世缘，任运自在。

其实，真正的悟道者是没有"浪费"的问题，他是在每一个当下花费他的时间，正如潭州谭禅师说的两个偈子："寂寂无一事，惺惺亦复然。森罗及万象，法法尽皆禅。""一月普现一切水，一切水月一月摄。若人解了如斯意，大地众生无不彻。"

我们还没有到达那样的境界，所以我们对时间、生命、存在应该知所选择，在随缘中不随波逐流，在任运中不放任纵容，我们的生命才不会"漫不经心"地浪费掉。

去做人间雨

有一天晚上，马祖道一禅师带着百丈怀海、西堂智藏、南泉普愿三个得意弟子去赏月，马祖说："这样美的月色，做什么最好？"

西堂智藏说："正好供养。"

百丈怀海说："最好修行。"

南泉普愿一句话也没说，拂袖便去。

马祖说："经入藏，禅归海，唯有普愿独超然于物外。"

（智藏对经典可以深入，怀海会在禅法成就，只有普愿独自超然于物外。）

我很喜欢这个禅宗的故事，在美丽的月色下，供养而使心性谦和，修行提升心灵清净都是非常好的，可是好好的赏月，不发一语，则使人超然于物象之外，心性自然谦和，心灵也在无心中明净了。

因为天上固然有明月皎然，心里何尝没有月光的温柔呢？这是为什么寒山子说"吾心似秋月，碧潭清皎洁"的缘故，也是禅师以手指月，指的并不只是天上之月，也是心里的秋月。心思短促的人，看见的是指月的手指；心思朗然的人，越过了手指而看见天边的明月；心思无碍的人，则不仅见月见指，心里的光明也就遍照了。

僧肇大师曾写过一首动人的诗偈：

> 旋岚偃岳而常静，
> 江河竞注而不流；
> 野马飘鼓而不动，

日月历天而不周。

一个人的心如果能常静、不流、不动、不周，就可以观照到，虽然外在世界迁流不息，却有它不迁流的一面；一个人如果心中长有明月，就知道月亮虽然阴晴圆缺，其实月的本身是没有变化的。

在更高远心灵的道之追求，是要使我们能像天上的云一样自由无住，无心出岫，长空不碍，但是当化成一朵云的时候，是不是也会俯视人间的现实呢？

现实的人间会有一些污泥、一些考验、一些残缺、一些苦痛、一些不堪忍受的事物，此所以把现实人间称为"滚滚红尘"，滚滚有两层意思，一是像飞沙走石，遮掩了人的清明眼目；二是像柴火炽烈，燃烧着我们脆弱的生命。每一次我想到作家三毛的最后一部作品叫《滚滚红尘》，写完后投缳自尽，就思及红尘里的灰沙与柴火，真是不堪忍受的。

灰沙与柴火都还是小的，真实的"滚滚"有如汪洋中的波涛，人则渺茫像浪里的浮沫，道元禅师说："是鸳鸯呢？还是海鸥？我看不清楚，它们都在波浪间浮沉。"不管是美丽如鸳鸯，或善翔像海鸥，都不能飞出浮沉的波浪，人何能独独站立于波涛之外呢？

云，是很美、很好、很优雅、很超然的，但云在世间也不是独立的存在，它可能是人间的烟尘所凝结，它一遇到冷峰，也可能随即融为尘世的泪水。

因此，道的追求不是独存于世间之外，悟道者当然也不是非人，而是他体会了更高的心灵视界罢了，这更高的心灵，使他不能坐视悲苦的人间，也使他不离于有情。这是一种纯净的诗情，王维有一首《文杏馆》很能表达这种诗情：

文杏裁为梁，
香茅结为宇。

不知栋里云，

去作人间雨。

迈向诗心与道情的人，是以高洁的文杏做成梁柱，以芳香的茅草盖成屋宇，虽然居住于自然与美之中，心里却有问世的意念，想到在栋梁间飘忽的白云，不知道是不是也和自己一样，要去化作造福人间的雨呢？

要去化雨的白云，是体知了燥热的人间需要滋润与清凉的雨，要去问世的高士，虽住于杏树香草做成的房屋，已无名利之念，但想到滚滚红尘，心有不忍。

道心与诗心因此都不离开有情，不是不能离开，而是不愿离开，试想蓝天里如果没有云彩与晚霞，该是多么寂寞。

智者，只是清明；觉者，只是超越；大悲者，只是广大；并不是用皮肉另塑一个自我，而是以活生生的血肉作人的圆满、作心的清明、作环境里的灯火。

在《临济录》里讲到临济义玄禅师开悟以后，时常在寺院后面栽植松树，他的师父黄檗希运问他说："深山里已经有这么多树了，你为什么还要种树呢？"

临济说："一是为了寺院的景色；二是为后人做标榜。"

所以他的师兄睦州对师父说："临济将来经过锻炼，定能成一棵大树，与天下人作阴凉。"

不论多么大的树，都是来自一颗小小的种子，来自一尖细细的芽苗，长成大树的人不该忘记天下人都是大树的种子与芽苗，因此誓愿以阴凉的树荫，来使天下人得以安和地生活。

出世的修行，是多么令人向往呀！但是"微风吹幽松，近听声愈好"，如果没有化作人间雨的立志，那么就会像一朵云，飘向不可知的远方了。

斩春风

四大非我有，

五蕴本来空；

掉头挨白刃，

恰似斩春风。

——僧肇和尚

民国初年的高僧印光大师，在他的佛堂里一物也无，只在正中央用大笔写了一个字"死"，用来策励自己的修行，因为"生死事大、无常迅速"，一个人等于每天都在面对生死的问题，若不能真实面对生死，就不算是修行了。

最近来台湾弘法的宣化上人也说过八字的名言："一寸时光，一寸命光。"意思是一寸时光的流逝等于一寸生命的死亡，修行者应该好好珍惜光阴。

佛教一切修行的法门都是用来解决生死的问题，其中尤以禅宗与净土宗特别重视生死的解脱。这并不意味说修行者畏惧生死，反而是说，他们希望从生死的面对中来看清生命的实相，来珍惜生命、庄严生命，让生命赋予一个无上、究极、真实的意义。

净土是在为今生的死亡预作准备，期待在最后一刻进入佛的清净国土；禅则是要通贯三世，了透生死的实相，因此，所面对的都是人的生死问题。有一位幻住和尚说："参禅只为明生死，念佛唯图了死生；但向一边挨得入，两条门路不多争。"就好像一个人在旷野

中遇到了凶狠的强盗拔刀追杀，这人奋力逃走跑到了河边，当他远远看到河流时，不会有时间去想："我过河时要脱衣渡河呢？或是穿衣渡河呢？脱衣渡河恐怕没有时间，穿衣渡河又怕坏了我的衣领呀！"他只是一心奔逃，纵身一跃地渡河！

禅或净宗行者，都是在避却死亡之贼的追赶，根本没有想到衣服的问题（佛教里常以衣服来象征人身），由于死亡之贼凶猛，所以修行人一刻也不能放松。

仰山祖钦在追随径山师范时，一起坐禅的有位修上座，祖钦一直想与他亲近，总是找不到机会，这样过了一年，有一天在走廊遇见了，赶紧向前亲近问说："去年要与你说话，只避我，为何？"修上座回答说："真正辨道人，无剪爪之工，更与你说话在！"这句话说得真好，真正修行的人连剪指甲的工夫都没有，哪里还有时间说闲话。

当一个人做好工夫，贯通了三世的实相，他就能超越生死的畏惧与挂怀了。净土行者通常在死的一刻才知道自己是否解脱（因为他要仰赖佛力），禅师则是在顿悟的一刻已了脱生死了。

晋朝的僧肇和尚是很好的写照，他一开始修学老庄思想，后来拜在中国最伟大的佛教译师鸠摩罗什，罗什称他为"法中龙象"。苻坚窜起后，很欣赏僧肇的才华，强迫他还俗为臣，他不肯，因此被苻坚处了极刑，他在临刑前，就说了"四大非我有，五蕴本来空；掉头挨白刃，恰似斩春风"这首遗偈，让我们几乎可以回想到他掉头挨白刃的富有启发性的表情！

明朝的紫柏真可禅师，晚年因冤狱入狱受刑，他遗言："世法如此，久住何为？"念佛数声，闭目坐脱。说来就来，说走就走，唯有到了这样的境界，才能把身体与春风等量齐观呀！

检点自己的宝盒

眼光随色尽，
耳识逐声销；
还源无别旨，
今日与明朝。

　　　　　　——越山师鼐禅师

有一位朋友失去了至亲的人，曾经有一段日子感到非常悲伤哀痛，几乎失去生命的勇气，每次听到忧伤的歌就流泪，看到往昔的照片就悲不能抑，于是尽最大的可能不去碰触任何会使自己痛苦的事物，久而久之，整个人就像失去神智一样。

朋友在谈起那段时间的心境时，神态平静，眼神里有超越的光。

"那么，你是怎么度过的呢？"

"有一天，我想到日子仍然要过下去，但是不能这样过下去，于是开始写日记，希望把自己的心情记录下来，例如什么使我悲伤？我最怀念的事物是什么？哀伤可以把我打击到什么程度？我把它一点一点拿出来看，然后写下来，本来混沌的心经过一段时间就逐渐清明起来了。"

在记录自己身心的过程里，朋友逐渐看见忧伤的本质，再过一段时间，他在日记里记载下一些自己想做还没做的事、自己未了的心愿，那些对未来的观点竟如同在烂泥中突然长出几棵翠绿的幼苗，他说："真的好像看见在悲伤中的希望，是绿色的幼苗。"

经过了这样清明的观察与体验，他的心境得到转化，凡是遇到从前使自己悲伤的事物，本来很自然地就要转过头逃开，但是，他立刻站定，更仔细地去看那些事物。例如从前每次一听就要哭的歌，这时停下来仔细地听，一遍一遍，听到自己不哭为止，甚至去检视那哭与不哭的界线。

朋友说："我知道要改变心境最好的方法不是去压抑或逃避它，而是去正视和检点，就好像我们有一个宝盒，里面装了许多混乱的东西，整理这个宝盒最好的方法，是把宝盒打开，一样一样拿出来检点，再装回去，摆好位置，然后把一些不好的、次要的、装不回去的东西舍弃掉。如果不经过检点，便把宝盒关上，那么，就会常常在不小心的时候，宝盒里的东西就掉出来了。"

听了朋友的话，我心里十分感动，我说："你的这整个历程就是一种修行呀！"

因为，当我们说"修行"时，最简单的意思是"修正自己的行为"，行为乃是由心境造成的，因此检点自己的心正是修行的初步，正如《碧岩录》中所说："但去静坐，向他句中点检看。"一个人一旦能清楚检点自己的心，这时虽然也有烦恼与波动，也不会失去其清明。

若能检点自心，即能不被外境所转动，就不至于被快乐或忧伤所染着了，这种看清，就是一种悟，就像清凉澄观禅师说的："迷则人随于法，法法万差而人不同；悟则法随于人，人人一智而融万境。""唯忘怀虚朗，消息冲融。其犹透水月华，虚而可见；无心鉴象，照而常空也。"

在告辞朋友的时候，我忍不住想起一句禅师的用语对朋友说："从此，再也没有什么可以奈何得了你了！"

走出巷口，发现黛特台风正在大声呼号，狂风暴雨交织在夜空之中，想到这强大的风雨正如人生的风雨，终有清明之时，那是因为我们看清了风雨的背后有一个广大湛蓝的天空。我们的宝盒虽然零乱，只要一再地检点，总有理清的一天。

于是，我仰起头，看风雨之夜，让雨水交加，心里浮起空海大师的两句话：

不要制止风，愿将此身化为风；
不要制止雨，愿将此身化为雨。

满天都是小星星

夜晚沿着仁爱路的红砖道散步，正是春夜晴好。仁爱路上盛放着橙色的木棉花，叶已全数落尽，木棉树的枝桠呈着接近黑的褐色，仿佛已经干去一般，它唯一还证明自己活着的，是那些有强硬花瓣的，在夜风中微微抖动的花朵。

到了二段以后，木棉少了，只有安全岛上的椰子树孤单而高傲的探触着天空一角。不知道为什么，我总觉得城市里的木棉与椰子树是兄弟一样的品种，不开花的时候，往往使我们忘记它的存在，但是它们却一年年活了下来，互相看守道路，在寂寞的时候互相对应。

有时我追索着为什么把它们当成相同的品种，是因为长久的观察，使我知道，在都市的木棉与椰子是永不结果的。如果在我的故乡，春末的木棉花开过后并不掉落，它们在树上结成棉果，熟透之后就在树上爆裂，木棉的棉絮如冬天第一场细雪，随风飘落。每一片乳白的木棉絮都连着一粒黑色的种子，随风落处只要是有土的所在，第二年就长出木棉树的嫩芽。所以我们常会在水田中看到一株孤零零的木棉耸立，那可能是几里外另一株木棉飘过来的种子。

到了夏天，是椰子结实的时候，那时椰子纷纷"放花"完成，饱满青苍色的椰子好像用起重机高高的升到树顶上。但是收采椰子的时候，农人常常留下几棵最强壮的椰子做种，等到椰子内部长成实心的时候才采收下来，埋在地下，不久就长芽抽放；如果将它放在大盆子里，每天浇点清水，椰子也照样的发芽，然后运送到城市，成为充满绿意的盆栽。

记得我故乡的国民小学，沿着低矮的围墙就种满了椰子树，门口的两株长得格外高大，那椰子树是父亲读小学时就有的，后来我才知道整个校园的椰子树全是由门口的两株传种，一个校园的上百株椰子树事实上是一个庞大的家族，有着血亲的关系。每次想到那一群椰子，都给我一种莫名的感动。

如今在仁爱路上的椰子，不要说结实传种，它们甚至是不开花的，只有站在安全岛的一角，默默倾听路过的车声。

过了临沂街右转，就走进铜山街的巷子，走进了我生命中的一段历史。

十几年前我初到台北，虽然心中有着向新环境开拓的想法，但从偏远的乡间突然进入这样的大城，不免有一种惶惑和即将迷失的恐惧。我从台北车站小心翼翼地坐上零南公车，特别交代车掌小姐在临沂街口让我下车，我坐在车掌身后的位子上，张皇地看着窗外的景物，直到看见了仁爱路上的椰子和木棉才稍稍放松心情。

公车到站的时候，就读小学三年级的大侄女，在站牌下等我，带我到堂哥家里。堂哥当时住在铜山街三十三巷一号，是一个两百坪的日式平房，屋前的庭园种了正在盛开的花草，门口的两边各种了一株数丈高的椰子树，那时正结满了椰子。屋后的院子是水泥地，让小孩子玩耍。

初到台北时寄住在堂哥家里，他让我住在庭园边的小房间，每天从窗口都能看见那两株高大到几乎难以攀爬的椰子树。那时的堂哥正当盛年，意气十分风发，拥有一家规模极大的石棉工厂，和一家中型的水泥厂，他曾在故乡担任过一届县议员两届省议员，是普遍受到尊敬的。我非常敬爱他，虽然我们年龄相差很大，观念也不太能沟通，甚至在家里也很少交谈，但是我每天看他清晨在园中浇水，然后爱惜地抚摸椰子树干，心里就充满了感动。

有一次我们坐在一起听音乐，同时看着窗外，目光不约而同落

在椰子树上，堂哥的脸上突然流过孩子一般天真的笑容，对我说："你看，这椰子是不是长得和家乡种的一样好？有人说台北的椰子不结果，我种的一年可以生一百多粒呢！"我点头表示同意，他随即感喟的说："可惜这椰子长得太瘦了，没有我们家的强壮。"

接着我们沉默起来，让黄昏逐渐退去，黑暗慢慢地流进来。

我找到过去住的铜山街，门牌的号码早就更换了，堂哥的房子被铲平，盖成一栋七层的大楼，不要说椰子树，连一朵花都看不见了。

我在堂哥家住了一年，直到我考上郊区的学校才搬走。接着是台北一次空前的经济低潮，堂哥的事业纷纷因负债而被拍卖，甚至连住的房子都保不住。房子要卖之前我去看他，他仍像往常一样乐观，反过来安慰我："难不成我回家种田就是了。只是这两丛椰子砍掉，实在可惜。"

那一次卖房子对堂哥的打击很大，他的身子没有以前健朗，加上租屋居住，时常搬家，使他的性格也变得忧郁了。他把最后的积蓄投资建筑业，奋力一搏，没想到遭逢建筑业不景气，反而使他一病不起。

他过世的前几天，我到医院看他，他从沉沉的午睡中惊醒，那时他的耳朵重听，身体已不能动了，说话十分吃力，看到我却笑了一下，我俯身听他说话，他竟说："我刚刚做了一个梦，梦见乡下的粉肠和红糟肉，你小时候我带你去吃过的，真是好吃。"说完，失神的眼睛仿佛转回了故乡那一担以卖粉肠和红糟肉闻名的小摊。

第二天，我带粉肠和红糟肉给他吃，他只各吃了一口，就流下泪来，把东西放在病床一角，微弱地说："真是不如我们乡下的呀！"他默默地流泪，一句话也不肯再说。

一个星期后，堂哥过世了。

他留下来的最后一句话是："赶快把我送回乡下去埋葬吧！墓前种两丛椰子树。"

堂哥留下四个孩子，当年在站牌等我的大侄女，如今已是大学四年级的学生，时间就这样流逝，好像清晰如昨日的事，没想到已经十几年了。

静夜里我常想起堂哥的一生，想到他和椰子树那不为人知的情感，令我悲伤莫名。或者他就是乡间移植到城市的一株椰子树，经过努力的灌溉，虽然也结果，却不免细瘦，在一整个城市与时间的流转中，默默地消失了。

我沿着铜山街，一步一步地走到底，整条街竟看不见一株椰子树，而仁爱路上的那些，是没有一株会结果的。

走出铜山街，抬头见到满天的小星星，忆起童年常唱的两句歌词："一闪一闪亮晶晶，满天都是小星星。"星星还是一样的星星，可是星星知道什么呢？星星知道人世里的一株树有时就会令人落泪吗？

我突然强烈地思念着故乡，想起故乡木棉和椰子那落地生根的力量，想起堂哥犹新的墓园，以及前面那两株栽种不久还显得娇嫩的椰子树。

等到那椰子成熟，会不会长出更多的椰子树呢？那上面，永远都会有微笑闪动光明的星星吧！

卢桑夜船

到瑞士卢桑时已是黄昏，投宿了酒店，夜里想到卢桑街头走走，才发现整个卢桑已经陷入了黑夜的沉静，商店全部打烊，由于夜里北国的清冷，路上绝少行人的踪迹。连两旁的路灯都因宽广寂寥的马路，显得幽晦而寂寞。

街上仅存的活动，是几家街头露天咖啡厅，供应热腾腾的咖啡给行色匆匆的人。我们坐在露天的咖啡座，它正临着卢桑湖，湖水是安静的，湖边几只天鹅则早已缩着身子沉睡，无巢的鸽子一只只用双翼温暖头颅，排成一排，站在卢桑桥上。就着路灯的微光，还可以蒙眬地看到整个卢桑城，尖顶的屋宇错综排列，交织成繁复的画面。

我们想到这异国之夜，大概是无以排遣了。回想中午还在意大利米兰用过午饭，驱车赶往卢桑，工业城的米兰在逗留的两天中给我一种无聊的感觉，这种感觉一直到瑞士边境时才慢慢散去。瑞士给人的印象除了山光，就是水色，边境的人家散落地居住在高大的树林中，远方的阿尔卑斯山像地平面上一个清楚的坐标，我们的车就向那坐标驶去。

车子随即陷进一连串长长的隧道，它凿通了意大利与瑞士边境连绵的山脉，每过一座隧道，就是一个完全不同的景观，越来越深入瑞士的腹地，越来越有美丽的青山。当车子穿过世界最长的一条隧道——圣哥达隧道时，脑中嗡嗡作响，几疑没有尽处。司机说这隧道正穿过阿尔卑斯山，全长十七公里，我们共花了十四分三十六秒才摆脱了长长的暗影，穿出一个类似桃花源的景色，那种感觉美到极处，也就在那一刻我才真的体会到，瑞士的风光实在是欧洲最令人留连的。

对照着广大的湖泊、高耸的群山与温柔的草原，瑞士边地的人迹算是稀少的，仅见的是颜色清雅的平房稀落地建在一片广大的土地，靠山的一边，家家都有璀璨的花园和工整的球场；靠湖的一边，则户户门前都有精致的游艇，靠在家前的码头上。有时车过牧场，牛羊散置在绿野上，不知名的鸟雀在牛羊身后觅食。

我想山水之美的感动与人文之美是全然不同的，前者使人心胸为之一宽，后者使人精神为之一紧。前者是数大便是美、大块假我以文章的平远，后者是冠盖满京华、斯人独憔悴那样的幽深。陈子昂《登幽州台赋》里，"前不见古人，后不见来者，念天地之悠悠，独怆然而涕下"的情怀正是山水与人文两相结合的触感，没有幽州台的登高不能有这样的情感，而没有天地之悠悠也不能有这样的情感——我在瑞士高处望远，心里想到的正是陈子昂的诗，而感动无限。

看我痴了的样子，妻子拍拍我说："你知不知道，瑞士这个国家什么都好，就是没有产生过大的文学家、思想家、哲学家和艺术家？"我搜寻着记忆中无数熟悉的名字，发现确实没有一个是瑞士籍的，才如大梦初醒。妻子又说："因为瑞士的生活太安逸了，风景太美了，每次大战时他们都是中立，而全世界的黑钱都存在这里，人民自然像桃花源的人，不知有汉、无论魏晋，每天享受生活都来不及了，哪有时间去深思人间的大问题？哪里肯艰苦地去创作呢？"

听到这里，我们一起眺望窗外流过的青色流光，正能深切体会到过于美的风景、过于安逸的生活有时真能给人直接的感动，并且断送那间接的、千回百转的心灵世界。恐怕只有生在脏乱的地方才切盼着俗外的美景，只有活在苦痛的人才能深刻体会安逸生活的可贵；生活在逸乐里的人，哪里知道什么是人间的痛苦？而没有人间

的痛苦与关怀，文学、思想、艺术自然就像清水的浮波，不能有深刻的创造。

一旦怀着这样的心情，看瑞士的风景就能脱出迷惑，有一种清明的心，能超然地看那瞬间变化的颜色。黄昏的时候我们就到了卢桑，卢桑算是不小的城市，但它给人的感觉不是城市的，而是小镇的，因为它没有城市的匆匆行色，反倒有小镇一样错落有致的格局。夜里的灯也是小镇之灯，不像城市里大放的光明。

我们正烦恼着不知道要不要去卢桑桥上看沉睡的天鹅时，小店的伙计告诉我们，卢桑湖上有一种游船，夜里八点从港口出发，绕着整个卢桑，到深夜始归，说不定我们可以去碰碰运气，因为这船非常豪华，供应传统的瑞士晚餐，常常客满。

我们终于买到票，当然是最价廉的一种，仅供应咖啡或葡萄酒。这船的名字叫"卢桑夜船"（Night Boat Luzern），分成两层，每层都有用玻璃盖起来的豪华舱，坐满盛装夜礼服的仕女，正享用着烛光的晚餐，玻璃舱外的船头船尾则是用长板条钉成的椅子，是露天的，用极便宜的价格卖给那些只看夜色的人，我们的位置就在最船头。

夜船开得很快，也很平稳，但是船头破浪而过，拍打得人两颊生疼，同时，船头也是视野最广的地方。那夜无星无月，只看到湖边城市的两岸灯光，正从一方方小小的窗口透出，围抱着一片广大的港水，在夜的冥暗中，一切都沉静了，只能听到湖水清凉的呼吸。

突然背后的音乐热闹地响动，原来仕女们用过晚餐，餐厅成为夜总会，有音乐的节目，还有美女的服装表演，而夹在两舱中间的空地则辟成舞池，室内乐队奏着清雅的音乐，许多人簇拥着，婆娑起舞，我四望那热闹的夜总会，更益发体会了湖水深沉的静寂。

船在湖中的时候，天空飘下闪闪的微雨，打湿了船头飘扬的瑞士国旗，缩成一团的船旗也像在沉思着什么。然后船行到两岸的山谷间，是湖中最细小的瓶颈，音乐打到山谷，纷纷反弹回来回荡在谷口，久久不绝。那一刻我觉得，小小的玻璃船舱是一堵墙，阻绝了人与自然间相通的心，连山谷听到这样嚣闹的音乐，都禁不住低吟。

午夜时分，全船的人终于疲累了，船缓缓靠岸，大家兴尽地下船，我才发现穿在身上远从台湾带来的毛衣，被那看起来毫无分量的小雨完全润湿了。下船的时候忍不住回头看，山依然在那里，湖水依然幽静，而两岸窗口里的小灯则大部分熄灭了。

步行回旅店的时候，我放慢步履走过卢桑桥，靠在桥边的栏杆，看到桥下巨大纯白的天鹅完全沉睡到夜色里了，桥边花圃中的花，还不知夜临似的盛开着。

旅店旁有一家大型的钟表店，人已离去，店中犹点着灯，金碧辉煌的金表光芒四射。瑞士向以精密手工闻名于世，钟表也能做到分秒无差，对这么有壮丽秀美风景的国家，大部分人不能退出来看风景，而走进钟表的精工，使我留下一个强烈的问号。

拉开旅店窗口，让夜风进来，我同时看到湖光与远山，那时我真正崇仰着山水之美，思及下午的思考，假如一地不能产生文学家、哲学家、艺术家，山水太美绝对不能引为借口，我心里正浮上两句诗："但识琴中趣，何劳弦上音。"

星落尼罗河

　　黄昏来的时候，是尼罗河最热闹的时间。

　　阳光这时脱下了热情的白衣，露出了河水一样的温柔，踩着浅棕色的步子，从上游一路走过河岸；恍惚间，众树喧哗，万雀争唱，本来躺在树下午睡的人也纷纷起身，赶着系在一旁的驴子，要走那未走完的路。

　　我坐在尼罗河中部路克索的旅店阳台，视线越过正如火开放的凤凰木，越过绿得晶明的草坪，十公尺外就是尼罗河。这条河多年以来在地理课本上、历史课本上读过，在文明史、艺术史上沉思过，在电影上、在梦境里白帆驶过，现在正南北纵横的展开在视线的两头了。

　　即使是近了秋天，尼罗河的日照还是很长，要到夜里八点，天色才拉下一张灰色的帐子，四周景物还看得清明，将褪未褪的夕阳在河岸上还留着余光点点；白日的炙热退去；夜晚的寒凉掩来，装饰豪华的马车得得，在慢慢冷却的柏油上跑着轻快的步子；长袍的埃及人步履无声，仿佛伴着影子，飘飘走过。孩子们在温柔的草地上打滚、追逐。

　　尼罗河在动着，可是人的感觉仍然静寂，最惊人的大概是麻雀与燕子吧！麻雀结束了一天的觅食，纷纷在树上栖停；这里的麻雀好像无巢，全挤到树上，由于每棵树都挤满了，它们一直不停在争取自己的位子，叽叽喳喳一阵，哗然全部飞起，然后如雨点般落下归位；争吵、飞起、归位，不断在那里闹着；每棵树都那样，就益发觉得麻雀们的世界热闹非凡，这种游戏，要一直进行到天色黑了才休止。麻雀过度的吵闹与骚扰，使凤凰花落得一地都是。

比起麻雀，燕子是安静的处子。一大群一大群剪着尾羽做一天最后的飞翔，随着河面上开始有风，燕子全身放松，任风飘飞，好像剪纸一般贴在湛蓝色的天上，从天空缓缓滑下，滑到接近树梢，突然一阵扭头转飞奋扬而起；那时它不是剪纸，而是活生生的燕子，只是在热浪中显得慵懒罢了。

尼罗河的麻雀与燕子，使我在劳累的旅途上想起台湾南部的家乡，唯一不同的是，台湾的河没有这么清，天没有那么蓝，阳光也没有如此明艳。尼罗河水深到无波，透明泛出微微青色，天干净得没有一片云，是那种深深而温润的蓝，沙洲上的植物肥满得翠绿欲滴，背景是金色浩瀚的沙漠——这些好景致，当然都是因为黄昏。如果是中午，阳光当头，再美的景物也无法欣赏，就像底片曝光过度，无法显影，再美的景致都是惘然。

尼罗河是我梦想多年的地方，但是第一眼看到尼罗河时，心里有说不出的失望。一个埃及导游带领我们从市区往郊外走，先是高耸的大楼、精美的回教寺院、穿梭来往的人群，然后走到坟墓区，导游正在说明埃及人如何注重来生，因此他们的坟墓都是一个家族聚在一起，盖得像院落，那孤独坐在墓区的，是富有人家请来看守坟墓以防被盗的人。走着走着，他指向眼前一条并不开阔的河流，不经意地说："这是尼罗河！"

"尼罗河！"我们惊叹起来，颇为眼前这一条脏黑的河流是尼罗河而不敢相信自己的眼睛，埃及人知道我们的意思，他苦笑着说："这一定不是你们想象的尼罗河，但有哪一条流过都市的河流是干净的呢？"我们笑起来，在脑中寻思着所有经过都市的河流，确实在记忆中不曾有一条是干净的，尼罗河自然不能例外。就像埃及人所说，尼罗河从发源地维多利亚尼安撒湖开始向北流，一开始全是洁净的，到了开罗三角洲以后混沌一片，是全长四千里的尼罗河最脏的一段。

他说："都市，是任何自然的敌人，在都市里，山水花木都不能干净，人自然也不能干净了。"我颇为这满脸胡茬的埃及人说出如此的智慧语而感叹，到后来才知道他的名字叫穆罕默德。

穆罕默德和所有的埃及人一样，对尼罗河含有一种深刻的感恩。说起尼罗河的重要，他说他活到三十岁了，还没有看过下雨的景象，埃及不知多少年才能下一次雨，至少已经三十年没有下过了。长久的缺乏雨水，埃及人却能一代一代地活下去，那是因为有尼罗河；数千年来，尼罗河不但是埃及人的生命之泉，也是埃及文明沿承发展的神经，所以虽然它污染严重，埃及人仍像神一样敬重着它。

但是对万里迢迢赶来的我们，污秽的尼罗河仍然令我们感到痛心，它不再是流经沙漠的碧澄之水，而与沙漠同色，甚至比沙漠更幽暗了。站在桥上，看两边的尼罗河，真难以想象，它在百年、千年，甚至万年以前是什么颜色，它像一支长针刺破了我们远方的梦想。想想四千万人口的埃及，有一千四百多万聚集在开罗，似乎也就没有希望能干净了。

我不愿相信在开罗所见的是真正的尼罗河。

幸好，我们的行程开始往南方移动，先是离开开罗到基沙，看到一大片玉米田和橄榄树如何接受了尼罗河的灌溉，长出累累的果实，然后到了埃及最古老的都城孟菲斯。这里离开罗已远，大麦茂盛地生长，沿尼罗河岸还有墨绿色的西瓜田，已经是农业地区了；妇人们缓缓滑下河岸斜坡，从河边汲水到陶罐子里，顶起在头上，轻步走过市街；驴子转动水车，把河水打进田里，小孩光着身子成群跳进河中戏水，河岸水浅处也能见到翠绿的水草了。

尼罗河是世界上唯一北流出海的河流，我们往南方行走正是溯河而上，慢慢逆寻它清澈的流迹。从开罗搭埃及航空公司飞往路克索和帝王谷的空中，我特别留心观察这世界最长的一条河流。俯瞰的尼罗河如一条蓝色的襟带，从无边的沙漠穿越而过，埃及的空中无云，飞机越高飞，越能感受到尼罗河的绵延无尽，仿佛能看到公元前三千年在尼罗河航行的船只，正运着巨大无比的石块，要向北去建造法老王的金字塔。

真正体会尼罗河之美是在路克索的黄昏。在这个只有七万人口的小城，依靠过活的方式是农业和观光，还有极少数人从事尼罗河的鱼捞，及小交易的商业，所以尼罗河几乎是未被污染的。它两岸的植物也都长得格外青葱，草地是不用说了，满树繁红的凤凰花，白色与粉红色的夹竹桃，高大如塔的樟树，擎天而举的槟榔……在路克索的三天，天天有说不出的惊喜，因为想象不到的植物竟都在这里看到。第二天发现了扁柏、武竹、天人菊、向日葵、芦苍、九重葛、变叶木、木麻黄，就像是走在台湾乡间的小镇。第三天看到了一片稻米田、一片棉花田，还看到令人不敢相信埃及会有的莲花。尼罗河的富庶不必再看河水了，只看植物生长的情况就能深切知道。

最好当然还是天蓝无云，落日深红的黄昏，虽说尼罗河畔温度较沙漠凉爽，到底还是非洲的太阳不能承受，本生本长的埃及人也吃不消他们的太阳，所以埃及众神里，太阳神最发达。他们午后吃过饭，纷纷斜躺在草地上午睡，抽闷烟、聊天，马、驴子、骆驼也全躲在树下，等太阳西斜，要到下午三点以后才慢慢有人慵懒地上工。路边那卖埃及茶的老人也怨天热，自己倒杯茶在凉棚喝起来了。

只有到黄昏要来临前，小镇才突然从燠热的昏睡中醒转，才热闹起来。懒散的埃及人看到日头要落进平沙，早就收工了，在埃及工作时间之短颇令人吃惊。那里，当然是没有冷气的，整个路克索，只有临着尼罗河的三家旅馆有冷气的设备，只是不准本地人进入纳凉，不知道为了什么。

我说路克索的黄昏美，不仅限于景色。路克索小城中心有一个夜市，黄昏才开放，夜市里卖有许多埃及特产，还有提着手工艺品穿梭贩卖的人。埃及人是全世界最会讨价还价的人，与美金几乎等值的埃及币，如果他开价一百元，可能五元就可以买到，因此不管开价多少，总是从二元开始出价；平常慵懒的埃及人，讨起价来声

音奇大，语言也模糊不清，如果一家小店中有三个客人就仿佛一个市集一般，千军万马的情况可以想见。夜市里也有很高级的店，卖欧洲进口的用品，从最好的到最坏的，唯一没有的是吃的东西，一个摊贩告诉我们："要吃东西，要到尼罗河畔。"

沿着尼罗河畔，路克索有许多小吃店，一半架在河上，一半搭在草坪上，用的是竹子和稻草。许是省电的关系，小吃店一律点蜡烛，进来一位客人点一枝蜡烛，到处烛光摇曳。临河的窗子是用竹子向外撑，河面上的风微微吹送，河上还有月光与星光，衬着屋里的烛光，河面显得格外的光明。

对埃及的食物我们毫无概念，只叫了一客典型的地方食物，主菜当然是闻名于世界的尼罗河鱼了。在河畔烛光的晚餐中不能无酒，又点了一瓶土制的埃及啤酒。先上来的是啤酒，金赤色，喝在口中有点刺舌，是道地尼罗河水酿造的，小吃店的服务生说。

接着送上黄瓜与大饼，削片的黄瓜爽脆可口，大饼是粗麦做成，硬得像窝窝头，难以下咽。主菜里有一小撮大米、一小撮黄豆，与半条尼罗河鱼同熬，味道甚是奇特。尼罗河鱼值得一记，形状与台湾的尼罗河红鱼一般，却比台湾的大三倍，也不是红的，是褐色，肉质极粗，味同橡皮，我们总算领教了道地的埃及菜。第二天并且付出代价，上吐下泻，腹痛如绞，我们的导游说这是"尼罗河肚子痛"，是大部分观光客都会遇到的，他说："尼罗河水就是这么奇怪，埃及人吃了无碍，外地人一吃就闹肚子。"他并且警告我们不要下尼罗河玩水，因为里面菌类丰富，外地人连洗手都可能敏感。

虽然尼罗河的晚餐是付出代价的，但我这是喜欢那样的晚餐，尤其是夜渐渐深沉，能听闻河水轻轻的流动声，看烛光与月光映照，星子一颗颗明亮的倒影，就像突然从天空落到水上，无声而清明。埃及古文明数千年就像河水流过长夜，那闪亮的星子则是永垂的古迹，能听到法老王轻轻的咳声。

离开路克索一小时车程的帝王谷，也在尼罗河旁，是历代埃及君王的陵墓之地，景观却与路克索完全不同。路克索到处是绿色植物，漾满生机；帝王谷则是巨石与沙漠的天下，一株草都难以生长；偶尔路过几个小村，居屋窄小，人民生活贫困，车子一停，大群衣衫褴褛的孩子就围在窗口向人乞讨，随便给一个孩子一颗糖，就可能造成孩子打成一团，看起来让人伤心。导游告诉我们，除了城市较繁荣以外，埃及大部分土地上都是这样贫苦的人民，虽然他们也依尼罗河维生，可是沙漠大部分土地无法种作，耕地极小，生活至为不易。

当我们看到帝王谷里那豪华的，铺满金银宝石，四周全是彩色斑斓的壁画时，我不禁想起就在谷地四周穷得无鞋可穿的孩子。为什么埃及曾有那么伟大的文明，而如今的埃及人却连三餐都不继，更不用说文明了。为什么同样饮着尼罗河的水，开罗的富豪吃饭时还边看肚皮舞，而南方的村落里竟吃不到一颗糖？在卡拉卡大神庙后的尼罗河边我几乎明白了这个道理，此岸是沙，隔几十公尺才长出一丛草，而彼岸却是正在结穗的广大稻田——这是尼罗河自己也无法决定的事吧。

埃及人普遍的相信命运、相信轮回、相信有一个来生的期待，与尼罗河两岸景观的不同大概也有莫大关系。贫困的埃及人相信来生，是希望有比今生更好的日子。

法老王相信来生，则寄望来世还是个王——导游告诉我说："以前，许多埃及人都不知有大海的，以为尼罗河是无穷流去，没有尽头，甚至流到来生。"从这里，大约能看到尼罗河不仅是埃及人命运的象征，也是他们对无尽生命的寄望。

路克索还是尼罗河豪华游轮的停靠大站（这种游轮因在电影《尼罗河上的惨案》上出现而举世知名），听说乘坐游轮，从开罗一路往上游，到亚斯文时几乎能看遍埃及古迹。我们无缘搭乘，只好搭阿尔及利亚航空公司飞机沿河而下，一路到亚斯文——这个以世界第一大拦水坝闻名于世的地方。

我们居住在亚斯文的象岛上，听说岛上以前产象群，不知何时已绝种了。全岛只盖一家"奥比罗饭店"，四周则是饭店的庭院和草坪，尼罗河到此分叉，象岛是最富庶的一块绿洲。"奥比罗饭店"有自备的轮船作为与对岸亚斯文大城的交通工具，还有帆船供人乘坐，住在象岛绿洲才更深刻感觉尼罗河的魅力。河水像两只温柔的手臂环抱着小岛，四周全是澄明呈碧绿色的尼罗河水，由于有绿洲，河水流速更缓，仿佛大湖。远望尼罗河的来势，真是河水滔滔，有无穷之相；亚斯文的尼罗河又比路克索要美，因为它更巨大、更清洁，鱼产也更丰。

要说亚斯文的尼罗河段鱼产丰富，不必看那两人一组的舟子在河面上撒网捕鱼，光看河岸边的白色水鸟就能知悉。水鸟群聚在沙洲上密密麻麻，竟是没有丝毫空隙，轮船驶过则全数飞起，咻咻相应，那时每一只水鸟是一个音符响起，千万个音符随风响起，尤其是清晨和黄昏，水鸟就跟随着轮船驶过的波动水涟，寻找着浮出水面的游鱼，满天翱翔的水鸟，景观甚是壮丽。舟子说，尼罗河流过肯尼亚、乌干达、伊索匹亚、苏丹、埃及，而亚斯文这一段算是最美的。我们问他为何知悉，他说从出生就长在尼罗河畔，曾溯河驶船而上，几乎看遍一条尼罗河，也曾顺流到过开罗，并且同意开罗那一段是尼罗河最糟的一段。

亚斯文有许多驾驶帆船的青年，他们长得黝黑瘦小，看不出岁月的痕迹。只要花五元埃及币就可以雇一条帆船放帆湖上。我们几天的黄昏几乎全是在帆船上度过，什么事都不做，只看山光水色。放帆的青年都是热情喜爱歌唱的，他们一路唱着当地节奏轻快简单动人的民谣，而在尼罗河上放船、歌唱，就是他们的人生。

有一次，我们坐到一艘帆船，舟子是一百四十公分不到的小黑人，看起来像孩子一样，我们万万没想到他已经三十岁了，并且曾经参加过以阿战争，还杀死过几个敌人；对那一次战役，他的结论是："我讨厌战争，只想平安地在尼罗河上过日子。"

我们常常到天黑还舍不得下船，在亚斯文，天尚未黑，星子早就在天上，每一颗都像是尼罗河水清洗过，结实而明亮，它们落在河中的倒影更美——水不断地无声流过，星子永远在同一地方，不奔逐流水。星子在尼罗河中，像伸手就可以触及。黑夜来临的时候，那有过战争的舟子正忘情地放歌，歌声一再重复，但曲调每一句都不同，时而欢快奋扬，时而低沉忧伤，时而缠绵悱恻，时而柔肠寸断，问起歌里的意思，他说只有一句，是："我心爱的人，在远方，我心爱的人，在远方……"是他在战地里常唱的歌，那一刻听起来，歌声好像随河水，真的飘往远方去了。

到亚斯文，不能不去世界最大的水坝——亚斯文水坝，也是世界最大的人工湖，长五百公里，宽三十公里，水深一百二十公尺，在视觉里就像一湾青色的海洋，从这湖中捞起的尼罗河鱼，每天就有五十公吨。湖边有十二座发电厂，全埃及的电全是这里供应，甚至还能外销。

这硕大无朋的水坝，始建于 1902 年，1921 年、1933 年扩建两次，历时三十年才完成，千余人在建坝时死亡，有十六个神庙迁走，三万五千人离开故居，这些数目都一再印证亚斯文水坝在沙漠地带建起的艰辛。水坝刚建成的时候，埃及人都陷入狂欢状态，因为它使尼罗河不再泛滥，增加耕种面积达埃及原有的三分之一，发电、灌溉、鱼产都足以供应全国。

经过五十年，埃及人的狂欢冷却了，并且开始真正体会到亚斯文水坝的严重缺点，最大的一项是它整个改变了尼罗河的生态锁链，断丧了许多沿岸生活的动植物生机。其次，原来每年六月到九月尼罗河泛滥，为两岸农田带来肥沃的泥土，使作物不必施肥就能生长，现在肥沃的泥土全在水坝沉积，农田失去沃土，政府不得不投下无以数计的资金向国外购买肥料。其三，由于河水被拦住，下游河水水位降低，每年海水向南倒灌，造成稻田、棉田两大生产的无数损失。

最后，亚斯文水坝的效益正在减少，每年沉积泥土七十五公分，十年七十五公尺，水深每年涨高三公尺，水坝又无法清理，它的寿命日渐短促，使得一般有远见的埃及人忧心忡忡；而且它将来可能是尼罗河的癌症，毫无解救的办法。

我们站在高处，瞭望这一片广大靘明的湖水，真不敢相信湖底下竟有那么深的隐忧，正在随湖水日日上升；一般埃及人当然不能知悉这些，唯一知道的是，古文明的埃及已随河水流去了岁月，现在机械文明的脚步则一步步踩在文明之上从河水上走来。将来会如何，是谁也不能预测的！亚斯文水坝附近有一个理工学院，建在亚斯文沙漠与撒哈拉大沙漠的交界处，许多埃及大学生埋首研究水坝的问题，他们在寸草难生的沙漠地上，研究着世界上最大的湖水的将来，说起来也是数千年来生育埃及文明的尼罗河，一个极大的讽刺。

埃及农民才是最辛苦的，他们每年要到河岸挑土加在苗里才能耕种，还要做几千年祖先未曾做过的施肥工作，不免对水坝有一种又爱又恨的情愫吧！

河水对这些全然无言，它只是顺着河道前行，往地中海直奔。人所种的因，要由人自己去付出代价。尼罗河从开天辟地起就不曾改变它的流量与河道，它的美丑是由人来决定的，这样想时，就益发觉得尼罗河的宽大与无限。亚斯文水坝看起来是够壮观了，但是，比起一整条河又算得了什么呢？

在亚斯文的最后一天，我们特地起了绝早，夜色尚未散去，而清晨在沙漠天空里的星星格外繁多而明媚，雇了一条昨夜已经相约的帆船，绕象岛一圈，那时没有看见水鸟、燕子、麻雀，当然也没有人。对岸亚斯文城还沉睡着，岸边的树木朦胧一片，河上仅余的是几艘停泊的帆船，还有落了满河的星星，河上的星与天空的星无语对视，天边晨曦的微红正一丝丝的染过河面，又是尼罗河上新一天的开始。直到星星全数在河面隐遁，我们才告别尼罗河。

离开埃及的时候，空中的尼罗河与我们初到时已全然不同，这不同是因为我们曾经在那里泛舟，曾在那里怀想七千年的埃及文明，而远远看，完全看不到尼罗河落脚的地中海；只知道它向那里流去，只知道明天有明天的星，不断一天天在尼罗河上，升起，又沉落，永无休止。

买一斤山水

坐在荷兰阿姆斯特公园里贩卖咖啡的露天铁椅上，因为是清晨，空气里围绕着一层淡薄的凉意。晓雾尚未散去，正在喷水池的周边流动着，滚热的刚端上桌的咖啡，蒸腾的烟与流过来的雾混成一气，从植满玫瑰的花园那边流去。

环顾四周，繁花的颜色突然一下子细语起来，各种花的本色在流动的雾和斜照的曦光中，柔软清晰得近乎透明。几只有着斑燦羽毛的公鸡正在花园四围的浅华上踱着方步，昂着首，走过来，走过去，偶尔俯下身来看着草地，寻找着食物。

视线如果从喷水池四散的水雾看过去，就能见到远方起伏不定的山峦，因为有了水，山显得又温柔又明净。然后调整视距，能清楚地见到花园里盛开的色泽，其实，园子里的花都是很平常的，玫瑰，蔷薇、海棠之属，却不知道为什么这一刻显得这样美丽，是因为人在异国吗？还是荷兰人真的会种花？我这样想着。

循着思绪，我慢慢找着贴切的答案，在台湾的风土，以台湾花农的种植技术，我相信如果提供一个同样的花园，我们也能种出和荷兰一样好的花，说不定还能更好。但是，我们为什么没有这么美的花园呢？

在荷兰、瑞士这两个国家，我对风景有一种特别的感怀，因为荷兰、瑞士比起埃及、希腊、意大利、法国，不像它们有那么深沉的文化和艺术，我们千里迢迢来此，想要看的只是山水而已，虽然荷兰也有林布兰特，也有梵谷，却不像山水那样深深令人动容，因为林布兰特和梵谷的作品大部分外流了，不像它的风景不动如山，不可更移。

坐在阿姆斯特公园，我对妻子说："我们到这里为的是买一斤山水罢了。"

山水固然是无价的，但是我们计算起来，要看异国没有污染的山水，必须坐飞机横越大洋，要投宿在不知名的旅店，还要吃饭、坐车，算起来，如果我们目见的美景能以斤两计算，那么一斤山水的昂贵实在不亚于一斤黄金，何况山水是带不走的，它永远在那里，在明信片上、在海报上，刺激人的购买欲。欧洲一些没有文化背景的国家，靠着山水的维护，每一年不知道收入多少外汇！

对于清明纯净的山水的向往，多年来使我旅行过不少地方，足迹也遍布台湾全岛，有许多地方甚至多次造访。令人难过的是，当你第二次前往的时候，山水就不是原来的山水。台湾所有的观光区都可以归入山水破坏的一个环节，只要在地图上标有观光区标帜的地方，就表示不必徒劳往返，它一定被盖成一些俗不可耐的房子，一定到处都是垃圾，一定这里被挖去一块，那里被削去一角，然后有人拉着你买过期的特产，有人强迫你照相。

我觉得台湾山水是很贱价的，不要说一斤，成吨成吨的搬移，也常无人过问，因为我们管不到山水。

山水是无言的，就是我们在台湾所有的山水都盖水泥厂，山水也不会抗议。但是所有的工业、科技、生产在山水的眼中都是渺小的，因为只有山水给人永恒的启示。我觉得活在工业社会还能有一点趣味，那是在遥远的郊区还有一片山水洗涤我们，倘若失去这些，人活着还有什么用处呢？

我们到北部滨海公路，是买一斤山水。

我们去东部沿岸，是买一斤山水。

我们到南部海滨，是买一斤山水。

我们进入环山部落，是买一斤山水。

然后，山水慢慢失去原味，在生活里变质了，于是我们往更远的地方去。

我们到澎湖群岛，去买一斤山水。

我们到兰屿和绿岛，去买一斤山水。

慢慢的，澎湖、兰屿、绿岛居民也学会我们这一套——你不知道兰屿的珠光黄裳凤蝶一只卖八十元，使它几乎在兰屿绝迹吗？——把山水改变、海岸破坏，我们往那里去呢？我们只好到更远的地方去。

到处去买山水，已经是现代人生活的一种方式，但最可悲的，是那些无知贱价毁了自己山水的人。

我们的山水已经破产了。

或者说，我们的山水一定会破产。

台湾通过都市的河流，已经捞不起一条鱼。

台湾深山林地里，过度的滥垦与捕杀，使原有的山羌、石虎、黑熊、猴子……几乎全部绝迹，只能在动物园里看见。为什么一个在艺术里最讲山水，在哲学里最追求天人合一，在文学诗歌里最歌颂自然的民族，竟会沦落到为了眼前的小利把由南至北、从东到西的山水破坏到完全没有立足的地方呢？

有人认为这是工商业发展的必经之路，但这是禁不起分析的。瑞士的精密工业是世界第一，为什么他们的山水不会破坏？荷兰的机械、运输、电子何等发达，为什么他们能维护一整个国家的山水？北欧的瑞典，城市的规划何等现代，为什么城市可以与山水并存？即使在植物难以生长的丹麦，他们甚至想尽办法在温室里培养山水。

到了这个时代，也许用工商经贸的发达可以评定一个国家的富裕，但一个国家的品质，则要从他们对待山水的态度来评定。在中东一些产油的国家，生活是富裕的，可是总给人品质不良的印象，那是因为他们根本没有山水，一个没有山没有水的地方，那里还能谈到生活的情趣呢？

我们山水的沦落与丧失，不在于我们真的没有山水，而在人的贪欲、人的自私。因为所有的物品都可以由私人来用，唯有山与水，是每个人不论贫富都可以享受的，问题是：有许多人连山水都要耗尽，用来追逐自己的欲望——山林的破坏，是为了能多种几棵果树；河水的污染，是为了自己经营的工厂。在山溪河沟电鱼的人，只管一天能电到几斤鱼，那里想过一条河的死亡？

我读书的时候，时常在景美的仙迹岩念书，仙迹岩上有几个传说是吕洞宾的脚印，那个传说是这样的：

吕洞宾在仙界百无聊赖，想要收一位徒弟把毕生的仙术传授给他，他想：我的徒弟应该具备什么样的资格呢？最后他订出一个简单的条件："只要不贪心的少年就好。"

吕洞宾想到这里，摇身一变，变成一个卖汤圆的老头，他在摊子上挂一块招牌："一个铜钱吃一碗，两个铜钱随意吃。"然后坐在路边等待他未来的徒弟。

从清晨到黄昏，所有路过的人都掏出两个铜钱拼命吃汤圆，直到吃撑了才一摇一摆地走了。天黑的时候，来了一位少年，只付一个铜钱吃一碗汤圆就要离开，吕洞宾心想收徒有望，大为高兴，连忙叫住少年："你为什么只吃一碗汤圆就走？你是人间唯一不贪心的人。"少年哭笑不得地说："我身上只有一枚铜钱，否则当然是吃饱了才走。"

吕洞宾长叹一声，一跃而起，双足在仙迹岩上顿了一下，飞天而去，发现人间竟没有不贪心的人。仙迹岩上如今留下的吕洞宾脚印真是意味深长，可惜已经被淡忘了。不要说是汤圆，就是我们的山水日月也是在贪念之下完全丧失了。没有一个卖木材的人只砍一棵树，没有一位猎人只打一种猎物，没有一个毒鱼的人只毒一条河，也没有一个建筑师只铲平一座山……

吕洞宾曾有两句诗："一粒粟中藏日月，半升铛内煮山川"，同样的，一条河、一座山的受伤就足以代表了我们对日月山川的看法。

　　我有一个朋友，许多年来一直在做记录台湾山水的摄影工作，留下很多尚未被毁的山水镜头。他有时开玩笑地说："不要小看了这些景物的照片，一百年后拿出来放映还可以收门票呢！因为到那个时候，台湾的孩子们已经不知道我们曾经有那样的景色了。"

　　那些照片现在看起来还不算稀奇，有的是春天草原上盛放的鲜花，有的是夏天的群树歌唱，众荷喧哗，有的是秋天的红枫落叶最后的鸣蝉，有的是冬天的雪地中挣脱的一叶新芽，有的只是单纯的阳光明亮的普照……

　　想到这些举目所见的景物，一百年后可能在我们的土地消失，说不定真要买票才能看到它在照片上重现，心里不免深深地忧伤起来。

　　山水本是无辜的，过去的山水无价，但当我们必须远离居住的地方才能见到明山净水，山水就变得有价了。一斤山水之价绝对胜过一斤黄金，因为黄金也许不会消失，永远被宝爱的人收藏，然而山水呢？看现在的趋势，总有消失的一天。

　　那一天的到来，中国历千年的美学、哲学、文学全都失去了意义，纵使把整个历史翻转也无能为力了。

暹罗猫的一夜

朋友要出国前夕，坚持要送我一只暹罗猫，我虽然向来对猫没有什么好感，但朋友说："如果你不领养它，我只好把它捉到市场去放生。"听起来非常的不忍心，才决定要收养那只猫。

看到猫的时候，我很为它的娇小而感到吃惊，因为这只猫才出生十五天，而朋友为了安排在台湾的后事，早把它的母亲送人了，只是为了这只小猫吃奶的问题，母猫还一直没有送走，"你一捉走小猫，下午就有人会来把母猫带走。"朋友说。

我不禁惶恐起来，问说："可是这只小猫这么小，没有母亲的奶我怎么喂它呢？"

"去买个婴儿的奶瓶嘛！"朋友恶戏地说："趁你还没有小孩，用猫来实习做父亲的滋味，我连名字都帮你取好了，叫 Yoko！"

"为什么叫 Yoko 呢？"

"Yoko 是日文名字，翻成中文是洋子。前几年被刺死亡的约翰·列侬的日本老婆就叫做大野洋子，老外人人都叫她 Yoko，Yoko 是个好名字呢！"

我想起了年轻时代与朋友一起着迷于披头音乐的景况，那时就对列侬身边那个神秘、敏感、充满了古典艺术气息又糅和了东方现代气质的像猫一样的女人充满了好感，忍不住笑了起来，对朋友说："好，我决定收养'大野洋子'。"

洋子初到我们家的时候，毛还没有完全长全，稀稀疏疏绒绒的一团，眼睛半睁半闭的，看起来十分弱不禁风，可是行动的快速却

令我吃惊，它可以在一瞬眼的时间飞奔过整个客厅，除非好意相求，否则无法逮住它。

我去买了一个最小号的奶瓶和奶嘴，回到家时才知道洋子的嘴巴张开到极限也不足以塞进奶嘴，它自己又不会吃，想要向朋友求告，他又刚刚才去了美国，眼看着洋子饿得乱转乱叫却又无法喂食，真把我急得一夜失眠。清晨点眼药水时灵机一动，就把整瓶眼药水挤光清洗干净，装了牛奶喂食，这下子十分灵光，总算让洋子吃了一顿牛奶大餐，虽然它食量奇小，一回只吃一瓶眼药水的量。

我用眼药水瓶子喂猫的消息很快地传开了，一时之间访客络绎不绝，都把洋子看成是我们新收养的女儿，有送奶粉的，有送罐头的，还有的周日接它到家里度周末，而洋子越来越美，又善于撒娇，我的朋友无非是打着如意算盘，等洋子生产以后能分到一只小暹罗猫。

我们确实把洋子当成是女儿一样，特别辟了一个房间给它，里面有一角还铺了沙堆，每日更换沙子，俨然如一间高级套房，夜里还说故事给它听，一有空闲就带它出外散步，遇有较长的旅行也把它带在身边，只除了没有送它上学，现代人对于女儿的关心与疼爱我们大概都做到了。

洋子也不负众望，长得亭亭玉立，苗条修长，线条之文雅，姿势之优良真是罕有其匹，它的毛色也不像其他暹罗猫身上披一团灰气，除了头尾稍带灰色，身上就像浅白的法兰丝绒，令人看了忍不住打心底喜欢。

它愈长大一点就愈发像个淑女，连叫声都是轻声娇嗔，不像小时候那样大吵大闹的胡来，有时候一天也不说一句话，只是窝在沙发里发呆或者梳理自己光洁的毛发。它吃东西和走路也开始有了讲究，吃东西时一定站得挺直有如淑女吃法国大餐，而且食量很小，很少把碗里的菜都吃完，用餐完毕还会抹抹嘴唇，把碗推到角落里去。走路更是细致，它从不走曲线，一向走的直线，无声无息的，像是顶着书练习走红毯的新娘。

不用说，它小时候随地大小便、哭闹不休、时常抓破椅背、拼死也不肯洗澡、喜欢舐人脚趾的坏习惯是早就改掉了。

太太看洋子变得那样淑女，也有一点喜不自胜，逢人便说："我家洋子如何如何……"时常说了半天，对方才知道话题的中心只是一只猫，因为她说起洋子的时候，脸上流露着母亲的光辉。有时候她抱起洋子亲了又亲十分不舍的样子对我说："你应该给你的女儿找个婆家了。"

这话说得也是，洋子再怎么说也是一只纯种的暹罗猫，总该找一头可以和它匹配的公猫，这种事女儿通常不好意思开口，做父亲的只好担起重责大任。我便先从亲戚朋友的名单中找养暹罗猫的家庭，还不时到宠物店里去寻找较好的血统，前前后后一共看了二十几只暹罗猫，最后选中了三只。我选"女婿"的条件非常简单，就是：一、身家清白；二、无不良嗜好；三、外貌英挺；四、身体健康。其他学历、年龄等等不在考虑之列。对方的条件也十分简单，生下来的儿女对半均分，如果是单数则女儿多分一只，如果是独生子就归女方所有。

这三位"乘龙快婿"于是开始分批住进我们家里来，先来的一只最年轻，夜里从洋子房间里传来怪叫连连，我对妻子说："好事已经成了，其余两只可要退聘了。"第二天打开洋子的房内，屋里一团混乱，洋子蹲在墙角气呼呼地看着我，它的夫婿则是一溜烟跑到客厅，我趋前查看，才看到那只公猫的前胸后背都受了伤。这倒使我纳闷起来，不知道发生何事，只好帮公猫敷药送还它的主人，而洋子几天都不说话，我心想处女变成新娘大概都是如此，并未特别注意。但是经过很长时间，洋子都没有怀孕的迹象倒使我着急起来，不得不找来第二个女婿，当夜的情形也和洋子的初夜一样，吵闹不休，第二天这只年纪稍大颇有经验的公猫也负伤而出。

洋子的肚子仍然没有消息，但它显然开始不安于室了。每天在

大门口走来走去，不安地徘徊，不时低声地呜咽。到了夜里更是大声小叫，如婴儿夜啼，再也不肯睡在房间里，每天都在窗户边张望。妻子看了不忍，说："还是放它出去吧，这样也不是办法。"我是坚持不行的，就像严格的父亲不准女儿在外面过夜，我说："如果这一刻放它出去，生了小猫我们一定会后悔的，还是给它找一位门当户对的吧！"当天火速进行，把第三位女婿请来，这个女婿可不是吴下阿蒙，它是宠物店中的种猫，娶过的女子何止千百，宠物店老板还拍胸脯保证百发百中，我看它老成持重的样子也就放了心，当夜让它们同房。

不幸的是，这第三位女婿也是负伤而出。这下子令我大感不解，不敢确知洋子所要的是什么，如果它不肯出嫁，那何至于夜夜在窗口叫春呢？如果她正合适于出嫁，为什么又对我们所挑选的门当户对的女婿不满呢？如果它的搏斗奋战是对我的抗议，我是不是应该让步，让它去找自己所要的呢？

不行！我在心里这样呐喊，因为我知道一旦把洋子放出去的结果。它从小就在这样小的空间长大，出去不认得路，很可能就沦为街上的野猫，即使认得路回来，一定肚子里要怀着马路上的野种，这是做父亲的不能忍受的事。

于是洋子又在我的禁令之下，在家里吵闹了几个礼拜，我则忙于给它物色新的公猫，这时我稍做让步，除了暹罗猫以外，波斯猫也行，说不定洋子喜欢洋人哩！

有一天回到家里，我惊奇地发现客厅落地窗的纱窗被抓破了一个大洞，而洋子却不见了踪影，很显然它是趁我们不在抓破纱窗，越墙而去。洋子的离家出走，使我们陷进了忧伤的境地中，好像一年来抚养、疼惜它的心神都白费了，也破坏了我们对它未来的妥善安排。

三天以后，洋子回来了，它蹲在楼梯口，看到我们深深地把头垂了下来，它全身像在泥巴里打滚过，而且浑身都是抓伤还未愈合的伤口。我只好帮它洗澡疗伤，好像父亲迎接离家归来的女儿，不忍责问它的去处，洋子则除了眼神，一直是默默的，不肯叫一声。

洋子终于怀孕了，我们只有忍痛接受了这个事实。几个月以后它生出了五只小猫，一只是白的，两只花的，两只黑的，而且两只花的也不同，一只有白趾；两只黑的又不同，一只的尾巴呈灰色。可以说五只小猫长得都不一样，除了身形还有一点暹罗猫的迹象，其他看起来就像街上到处翻垃圾找东西吃的野猫。我们看了以后大失所望，洋子大概也能了解我们这种心情，尽量的把它的小孩移到隐秘的地方，有时候一天迁移两次，我们看了也于心不忍，只好承认它和它的孩子，并且开始给它买鱼坐月子。

一直到现在我还是不能明白，洋子为什么不肯接受我们的安排，宁可到街上去找它的对象呢？它是真的喜欢那些街上的野猫吗？还是只是为了抗拒我们所给它的安排？只是小孩子对父母的必然的反叛吗？

它到底在想什么呢？它挣脱着离家出走那一个晚上做了些什么？它的小猫是和什么样的公猫生的？是一只公猫呢？还是几只公猫？怎么小猫的颜色都不一样呢？

这些对我都是永远不能解开的谜题了，但是由于洋子的出走却启示了我的视野，了解到情感是非常微妙的东西，即使小小的一只猫都是争取着情感的自主和自由的吧！那么何况是一个人呢？做父母的人不明白这个道理，所以这个世界将会不断的有类似的悲剧发生。

当我把小猫载到市场放生时，想到我家洋子为了争取情感自由所付出的代价，差些些激动得落下泪来，因为这五只杂种猫没有人愿意收养，它们日后也将步上父亲流落街头的命运，而洋子在为自己抗争时是未曾想过这些的吧！

洋子比以前更成熟，似乎在这一次的教训里长大了许多，只是这个教训的代价未免太大了！

禅皮诗骨

> 松下问童子，
> 言师采药去；
> 只在此山中，
> 云深不知处。
>
> ——无本法师（贾岛）

时常有人问我关于文学与禅的问题，大家都知道禅是不立文字、教外别传，因此肯定地说，文学是无法传递禅心或描述禅心的，那么，文学究竟可以做到什么程度？文学里有禅吗？

这问题使我想到唐朝的诗人贾岛，贾岛青年时代出家为僧，名无本法师，他素有诗才，在出家时就写过许多诗歌，后来听了韩愈的话还俗，生活虽然穷愁潦倒，仍然写下许多传世的作品，成为中唐的重要诗人，韩愈曾经写过一首诗推崇他的诗文："孟郊死葬北邙山，日月星辰顿觉闲。天恐文章中断绝，再生贾岛在人间。"对贾岛的称赞可谓到了极致。

贾岛出家的时候住在洛阳，当时洛阳城的禁令，规定出家人午后就不许出寺，贾岛因而写诗自况："不如牛与羊，犹得日暮归。"韩愈读了，很爱惜他的才华，就劝他还俗应举，但他考运不佳，屡次举进士不第，官也做得不如意，唐文宗时被贬为长江主簿，后来又调到四川去做参军，到六十五岁客死他乡。

贾岛的诗以一字不苟、刻苦求工闻名，传说他有一次赴京城考试，坐在驴子上忽然得到两句："鸟宿池边树，僧敲月下门。"一直想把"敲"换成"推"，以致一时茫然失神，冲撞了京兆尹韩愈的车骑，被左右押到韩愈面前，韩愈问明原委，不但没有责备他，还对他说："作敲字佳矣！"——这就是后代的人把写文章用字难以决定叫做"推敲"的来源。

还有一个故事是说，他在一首"送无可上人"里写下"独行潭底影，数息树边身"两句时，自己说："二句三年得，一吟泪双流；知音如不赏，归卧故山秋。"可见他的写作是多么辛苦了。

贾岛写诗认真谨慎的态度，使他虽是中唐的大诗人，但历来的诗评家，却都认为他的诗佳句很多，从全篇看起来，就差了一些。贾岛的诗以五言律诗见长，我们选录几首与禅有关的诗，来看看他的僧人与诗人角色。

宿山寺

众岫耸寒色，精庐向此分。
流星透疏木，走月逆行云。
绝顶人来少，高松鹤不群。
一僧年八十，世事未曾闻。

哭柏岩和尚

苔覆石床新，师曾占几春？
写留行道影，焚却坐禅身。
塔院关松雪，经房锁客尘。
自嫌双泪下，不是解空人。

送贺兰上人

野僧来别我，略坐傍泉沙。
远道攀空钵，深山踏落花。

无师禅自解，有格句堪夸。
此去非缘事，孤云不定家。

题李凝幽居

闲坐少邻并，草径入荒园。
鸟宿池边树，僧敲月下门。
过桥分野色，移石动云根。
暂去还来此，幽期不负言。

不管诗评家如何评论贾岛的诗，我是不喜欢他的诗，一则是他的诗枯槁瘦弱，没有开朗庄严的气概。二则是他的诗都像景物的静照，缺乏活泼的生气。三是他的诗在细节上下苦功，没有大开大合的风格。如果以禅心来说，他这出过家的诗人，还真不如王维、苏东坡远甚！

诗文与禅心之间没有必然的关系，但用文字来写禅意，境界的高低差别是十分巨大的，因而，诗与禅都不可作假，有就是有，如果没有，纵使"一吟泪双流"、"自嫌双泪下"，也还是没有的。

一个诗人，如果有大智慧，他可以品味体会到禅的境界，虽然他不能完全作禅的表达，仍然可以为人们开启禅的门扉，禅的门扉正是一种开朗庄严的气概、一种活活泼泼的生气、一种大开大合的风格，如果不能抓到这些气息，则文字的描写不但无法使我们接近禅，反而使我们走向了远离的道路。

文字里可以有禅心，但禅心的得到不是文字所能做到，那就像喝水一样，我们烧水的时候，在火与水之间一定要用锅，把水烧开了，锅也无用了。

那也像在餐厅里叫菜，当我们点过了菜，菜单就无用了。没有菜单，我们很难叫菜，但没有人吃菜的时候，口袋还放着菜单的。

文字也像咖啡中的奶精和糖，只为了让我们能易于饮下咖啡、人要喝咖啡，可以喝纯咖啡不加糖和奶精，也可以加很多糖和奶精，但从来没有人喝咖啡只喝糖和奶精的。

贾岛的诗歌，如果以禅的观点来看，是有锅没有水，有菜单没有菜，有糖和奶精却没有咖啡，读了令人叹息，曾为僧修行的人只能写到这种境界，可见以诗文写禅是多么艰难！因此，要使诗文中有禅，要先有水才准备锅，先有菜才开菜单，先有咖啡再加糖，不能反其道而行。

我觉得，一位有诗骨的人，如果能把诗写到最高境界，正好触到禅的皮；知道了文字的极限，就能触到禅的血肉；体会禅的自由与文字的渺小，则触到禅的骨；只有到了无言的时候，才触到了禅心！

一粒沙，或一条河岸？

　　当我在澄思静虑的时候，有时自己陷入一种两难的情况。

　　这种情况常常发生在看到别人受苦而找不到出路，看到善良的人在苦难里挣扎不能解脱的时候，——看别人痛苦以致感同身受的锥刺是一种难以言诠的经验。

　　我因此常在内心呐喊：难道这是宿命的吗？难道不可改变吗？难道是不得不偿还的业吗？

　　想到众生的心灵不能安稳，有时惊心到被窗外温柔的月光吵醒，然后我就会在寒夜的冷风中独坐，再也无法安睡。有时我甚至一个人跑到山上，对着萧萧的草木大吼大叫，来泄去心中看到善良的人受苦而生起的悲愤。有时我会在草原上拼命奔跑，跑到力尽颓倒在地上，然后仰望苍空，无声的喘息："天呀！天呀！"悲唤起来。

　　没有人知道我的这种挣扎与忧伤，对众生受困于业报的实情，有时令我流泪，甚至颤抖，全身发冷，身毛皆竖。

　　幸好，这样的颤抖很快就能平息，在平复的那一刻就使我看见自己是多么脆弱，多么容易受到打击，我应该更坚强一些、更广大一些，不要那样忧伤与沉痛才好。可是也就在那一刻，我会更深的思索"业"的问题，众生的业难道一定要如此悲惨的来受报吗？当见到来生饱受折磨时，究竟有谁可以为他们承担呢？

　　龙树菩萨的"中观"告诉我们，业好比一粒种子，里面有一种永不失去、永不败坏的东西，这就好像生命的契约，这契约则是一种债务，人纵使可以不断的借贷来用，但是因为契约，他迟早总要去偿还他的债务。业的种子是如此的牢不可破，业如果可破，果报就不成立了，业的法则适用于善业与恶业，永不失去。

在原始佛教里，业力因果是那样坚强，整个人生就由一张业网所编织而成，即使死亡，业网也还在下一世呼吸的那一刻等待我们。

这种观点有时使我非常悲观，如果因果业报是"骨肉至亲，不能代受"，那么我们的自修自净有何意义呢？

我的悲观常常只有禅学可以解救，禅告诉我们，并没有人束缚我们、没有人污染我们、在自性的光明里业是了不可得的。人人都有光明自性，则人人的业也都可以了不可得。但是，这不是充满了矛盾吗？

我们的人生渺小如一粒沙子，每一粒沙子都是独立存在与别的沙子无关，那么，我只能清洗自己的沙子，有什么能力清洗别人的沙子？即使是最邻近的一粒沙，清洗似乎也是不可能的。

当我看到新闻，有人杀人了，那两人之间真的是从前的旧债吗？这样，不就使我们失去对被杀者的悲悯，失去对杀人者的斥责吗？不应该这样的呀！每一次的恶事不应该只由当事者负责，整个社会都应有相关的承担，这样真实的正义才能接头，全体的道德才有落脚之处。

西方净土之所以没有恶事，并非在那里的人都是完全清净才往生的！而是那里有完全清净的环境，不论什么众生去往生，也都可以纯净起来。

我觉得，这世界所有的一切恶事，都不应该由当事人承受，这世界一切众生之苦也不可以是从前造罪而活该当受的。修行的人不应该有"活该"的思想，也不应该有一丝丝"活该"的念头。

世界的人都在受报，但不应该人人都是"活该"！

因此，我虽无法解开那张业网，让我作其中的一条丝线，让我作其中的经纬。

大乘佛教对业报的看法总在最悲观时抚慰我，我虽渺小，但宇

宙之网是由我为中心向时空开展，要以自净来净化整个宇宙的罪业，用这微弱的双肩来承担世界污秽的责任。业绝不是单一的自我，而是世界的整体。

人生若还有罪业，我就难以自净；众生若不能安稳，我就永远不可能安稳！

我的不能安稳，我的沉痛，乃至我鲜为人知的颤抖，不也是一种自然的呈现吗？正因我不是焦芽败种，我才有那样热切滚烫的感受吧！

我只是一粒沙，这是生命里无可如何的困局，但是我多么希望，我每次看到生命的苦楚，都看到一整条河岸，而不只看见受难的那一粒沙。

这样想时，我总是渴切的祈祷：佛、菩萨、龙天护法，请悲悯这个世界！请护念这个世界！请嘱咐这个世界！请使这世界成为清净的国土！

林边莲雾

到南部演讲，一位计程车司机来看我，送我一袋莲雾。

他说："这莲雾不同于一般莲雾，你一定会喜欢的。"

"这莲雾有什么不同吗？"我把莲雾拿起来端详，发现它的个儿比一般的莲雾小一点，颜色较深，有些接近枣红。

"这是林边的莲雾，是我家乡的莲雾呀！"他说。

"林边不是生产海鲜吗？什么时候也出产莲雾呢？"我看着眼前这位出身于海边，而在城市里谋生的青年，他还带着极强的纯朴勇毅的乡村气息。

青年告诉我，林边的海鲜很有名，但它的莲雾也很有名，只可惜产量少，只有下港人才知道，不太可能运送到北部。加上林边莲雾长得貌不起眼，黑黑小小的，如果不知味的人，也不会知道它的珍贵。

来自林边的青年拿起一个他家乡的莲雾，在胸前衬衫上来回擦了几下，莲雾的光泽便显露出来，然后他递给我叫我当场吃下。

"要不要洗一下？"我说。

"免啦，海边莲雾很少洒农药。"

我们便在南方旅店里吃起林边莲雾了，果然，这莲雾与一般的不同，它结实香脆、水分较少，比一般莲雾甜得多，一点也吃不出来是种在海边的咸地上。我把吃莲雾的感想告诉了青年，他非常开心地笑起来，说："我就知道你会喜欢，今天我出门要来听你的演讲，对我太太说想送一袋莲雾给你，她还骂我神经，说：'莲雾也不

是什么贵重的东西!'我就说了:'心意是最贵重的,这一点林先生一定会懂!'"

我听了,心弦被震了一下,我说:"即使不是林边莲雾,我也会喜欢的。"

"那可不同,其他莲雾怎么可以和林边的相比!"他理直气壮地说道。

我也学他的样子,拿一个莲雾在胸前搓搓,就请他吃了。我们两人就那样大嚼林边莲雾,甚至忘记这是他带来的礼物,或是我在请他吃。

话题还是林边莲雾,我说:"很奇怪,林边靠着海岸,怎么可能生出这样好吃的莲雾?"

"因为林边的地是咸的,海风也是咸的,莲雾树吸收了这些盐分,所以就特别香甜了。"他说。

"既然吸收的是盐分,怎么会变成香甜呢?"

"它是一种转化呀!海边水果都有这种能力,像种在海岸的西瓜、香瓜、番茄,都比别地方香甜,只可惜长得不够大,不被重视。也可以说是一种对比,就像我们吃水果,再不甜的水果只要沾盐吃,感觉也会甜一些。"这一段话真是听得我目瞪口呆,从盐分变成香甜感觉上是那样的自然。

看我有点发怔,青年说:"这很容易懂的,就像如果我们拿糖做肥料,种出来的不一定甜。前一阵子不是有些农人在西瓜藤上打糖精吗?那打了糖精的西瓜说多难吃,就有多难吃!"

在那一刻,我感觉眼前的林边青年,就是一位哲学家。后来,他告辞了,我独自坐在旅舍里看着窗外黯淡的大地,吃枣红色的林边莲雾,感受到一种难以言说的滋味,感念这青年开老远的车,送我如此珍贵的礼物,也感念他给我的深刻启发。

在生命里确实是这样的,有时我们是站在咸地上,有时还会被咸风吹拂,这是无可如何的景况,不过,如果我们懂得转化、对比,在逆境中或者可以长出更香脆甜美的果实。

　　这样想来，林边莲雾是值得欢喜赞叹的，它有深刻的生命力，因而我吃它的时候，也不禁有庄严的心情。

来自心海的消息

几天前，我路过一座市场，看到一位老人蹲在街边，他的膝前摆了六条红薯，那红薯铺在面粉袋上，由于是紫红色的，令人感到特别的美。

老人用沙哑的声音说："这红薯又叫山药，在山顶掘的，炖排骨很补，煮汤也可清血。"

我小时候常吃红薯，就走过去和老人聊天，原来老人住在坪林的山上，每天到山林间去掘红薯，然后搭客运车到城市的市场叫卖。老人的红薯一斤卖四十元，我说："很贵呀！"

老人说："一点也不贵，现在红薯很少了，有时要到很深的山里才找得到。"

我想到从前在物资匮乏的时候，我们也常到山上去掘野生的红薯，以前在乡下，红薯是粗贱的食物，没想到现在竟是城市里的珍品了。

买了一个红薯，足足有五斤半重，老人笑着说："这红薯长到这样大要三四年时间呢！"老人那里知道，我买红薯是在买一些已经失去的回忆。

提着红薯回家的路上，看到许多人排队在一个摊子前等候，好奇走上前去，才知道他们是排队在买"番薯糕"。

番薯糕是把番薯煮熟了，捣烂成泥，拌一些盐巴，捏成一团，放在锅子上煎成两面金黄，内部松软，是我童年常吃的食物，没想到在台北最热闹的市集，竟有人卖，还要排队购买。

我童年的时候非常贫困，几乎每天都要吃番薯，母亲怕我们吃腻，把普通的番薯变来变去，有几样番薯食品至今仍然令我印象深刻，一个就是"番薯糕"，看母亲把一块块热腾腾的、金黄色的番薯糕放在陶盘上端出来，至今仍使我怀念不已。

另一种是番薯饼，母亲把番薯弄成签，裹上面粉与鸡蛋调成的泥，放在油锅中炸，也是炸到通体金黄时捞上来。我们常在午后吃这道点心，孩子们围着大灶等候，一捞上来，边吃边吹气，还常烫了舌头，母亲总是笑骂："夭鬼！"

还有一种是在消夜时吃的，是把番薯切成丁，煮甜汤，有时放红豆，有时放凤梨，有时放点龙眼干，夏夜时，我们总在庭前晒谷场围着听大人说故事，每人手里一碗番薯汤。

那样的时代，想起来虽然辛酸，却有一种难以言说的幸福。我父亲生前谈到那段时间的物质生活，常用一句话形容："一粒田螺煮九碗公汤！"

今天随人排队买一块十元的番薯糕，特别使我感念为了让我们喜欢吃番薯，母亲用了多少苦心。

卖番薯糕的人是一位年轻少妇，说她来自宜兰乡下，先生在台北谋生，为了贴补家用，想出来做点小生意，不知道要卖什么，突然想起小时候常吃的番薯糕，在糕里多调了鸡蛋和奶油，就在市场里卖起来了。她每天只卖两小时，天天供不应求。

我想，来买番薯糕的人当然有好奇的，大部分则基于怀念，吃的时候，整个童年都会从乱烘烘的市场，寂静深刻的浮现出来吧！

"番薯糕"的隔壁是一位提着大水桶卖野姜花的老妇，她站的位置刚好，使野姜花的香正好与番薯糕的香交织成一张网，我则陷入那美好的网中，看到童年乡野中野姜花那纯净的秋天！

这使我想起不久前，朋友请我到福华饭店去吃台菜，饭后叫了两个甜点，一个是芋仔饼，一个是炸香蕉，都是我童年常吃的食物；

当年吃这些东西是由于芋头或香蕉生产过剩，根本卖不出去，母亲想法子让我们多消耗一些，免得暴殄天物。

没想到这两样食物现在成为五星级大饭店里的招牌甜点，价钱还颇不便宜，吃炸香蕉的人大概不会想到，一盘炸香蕉的价钱在乡下可以买到半车香蕉吧！

时代真是变了，时代的改变，使我们检证出许多事物的珍贵或卑贱、美好或丑陋，只是心的觉受而已，它并没有一个固定的面目，心如果不流转，事物的流转并不会使我们失去生命价值的思考；而心如果浮动，时代一变，价值观就变了。

克勤圆悟禅师去拜见真觉禅师时，真觉禅师正在生大病，膀子上生疮，疮烂了，血水一直流下来，圆悟去见他，他指着膀上流下的脓血说："此曹溪一滴法乳。"

圆悟大疑，因为在他的心中认定，得道的人应该是平安无事、欢喜自在，为什么这个师父不但没有平安，反而指说脓血是祖师的法乳呢？于是说："师父，佛法是这样的吗？"真觉一句话也不说，圆悟只好离开。

后来，圆悟参访了许多当代的大修行者，虽然每个师父都说他是大根利器，他自己知道并没有开悟。最后拜在五祖法演的门下，把平生所学的都拿出来请教五祖，五祖都不给他印可，他愤愤不平，背弃了五祖。

他要走的时候，五祖对他说："待你着一顿热病打时，方思量我在！"

满怀不平的圆悟到了金山，染上伤寒大病，把生平所学的东西全拿出来抵抗病痛，没有一样有用的，因此在病榻上感慨地发誓："我的病如果稍微好了，一定立刻回到五祖门下！"这时的圆悟才算真实的知道为什么真觉禅师把脓血说成是法乳了。

圆悟后来在五祖座下，有一次听到一位居士来向师父问道，五祖对他说："唐人有两句小艳诗与道相近：频呼小玉原无事，只要檀郎认得声。"居士有悟，五祖便说："这里面还要仔细参。"

圆悟后来问师父说："那居士就这样悟了吗?"

五祖说："他只是认得声而已!"

圆悟说："既然说只要檀郎认得声，他已经认得声了，为什么还不是呢?"

五祖大声地说："如何是祖师西来意? 庭前柏树子! 去!"

圆悟心中有所省悟，突然走出，看见一只鸡飞上栏杆，鼓翅而鸣，他自问道："这岂不是声吗?"

于是大悟，写了一首偈:

> 金鸭香销锦绣帷，笙歌丛里醉扶归;
> 少年一段风流事，只许佳人独自知。

我很喜欢这个故事，特别是真觉对圆悟说自己的脓血就是曹溪的法乳，还有后来"见鸡飞上栏杆，鼓翅而鸣"的悟道。那是告诉我们，真实的智慧是来自平常的生活，是心海的一种体现，如果能听闻到心海的消息，一切都是道，番薯糕或者炸香蕉，在童年穷困的生活与五星级大饭店的台面上，都是值得深思的。

圆悟曾说过一段话，我每次读了，都感到自己是多么的庄严而雄浑，他说:

> 山头鼓浪，井底扬尘;
> 眼听似震雷霆，耳观如张锦绣。
> 三百六十骨节，一一现无边妙身;
> 八万四千毛瑞，头头彰宝王刹海。
> 不是神通妙用，亦非法尔如然;
> 苟能千眼顿开，直是十方坐断。

心海辽阔广大，来自心海的消息是没有五官，甚至是无形无相的，用眼睛来听，以耳朵观照，在每一个骨节、每一个毛孔中都有着庄严的宝殿呀！

夜里，我把紫红色的红薯煮来吃，红薯煮熟的质感很像汤圆，又软又Q，想起很久很久以前在晒着谷子的庭院吃红薯汤，突然看见一只鸡飞上栏杆，鼓翅而鸣。

呀！这世界犹如少女呼叫情郎的声音那样温柔甜蜜，来自心海的消息看这现成的一切，无不显得那样的珍贵、纯净，而庄严！

雪的面目

在赤道，一位小学老师努力的给儿童说明"雪"的形态，但不管他怎么说，儿童也不能明白。

老师说：雪是纯白的东西。

儿童就猜测：雪是像盐一样。

老师说：雪是冷的东西。

儿童就猜测：雪是像冰淇淋一样。

老师说：雪是粗粗的东西。

儿童就猜测：雪是像砂子一样。

老师始终不能告诉孩子雪是什么，最后，他考试的时候，出了"雪"的题目，结果有几个儿童这样回答："雪是淡黄色，味道又冷又咸的砂。"

这个故事使我们知道，有一些事物的真相，用言语是无法表白的，对于没有看过雪的人，我们很难让他知道雪，像雪这种可看的、有形象的事物都是无法明明白白的讲，那么，对于无声无色、没有形象、不可捕捉的心念，如何能够清楚的表达呢？

我们要知道雪，只有自己到有雪的国度。

我们要听黄莺的歌声，就要坐到有黄莺的树下。

我们要闻夜来香的清气，只有夜晚走到有花的庭院。

那些写着最热烈优美的情书的，不一定是最爱我们的人；那些陪我们喝酒吃肉搭肩拍胸的，不一定是真朋友；那些嘴里说着仁义道德的，不一定有人格的馨香；那些签了约的字据呀，也有背弃与

撕毁的时候!

这个世界最美好的事物，都是语言文字难以形容与表现的。

那么，让我们保持适度的沉默吧！在人群中，静观谛听；在独处的时候，保持灵敏。

就像我们站在雪中，什么也不必说，就知道雪了。

在雪中清醒的孤独，总比在人群中热闹的寂寞与迷惑要好些。

雪，冷而清明，纯净优美，念念不住，在某一个层次上，像极了我们的心。

玻璃心

在中部的一所中学演讲，有一个学生问了大问题："你认为人最大的危机是什么？"

我不假思索地说："我认为人最大的危机是越来越不像人。"

"为什么？"

"因为人的品质日渐低落，越来越多的人像动物一样，充满了欲望，只追求物质的实现与满足。而人在生活形式上则越来越像机器，由于和机器相处的时间日渐增加，甚至超过人与人相处的时间，人在无形中受到机器影响，人味比从前淡薄了。"我说。

那位中学生听了，又站起来问："那么，你觉得人最大的希望是什么？"

我说："人最大的希望是单纯的心、奉献的心、爱人的心。"

"所谓单纯的心就是不功利、没有杂染的心；奉献的心就是时常渴望为别人做些什么，带给别人利益；爱人的心就是设身处地为别人着想，发自内心的关怀别人。如果有这些心，人就会比较有希望了。"我补充地说。

另一位看起来很活泼的女生站起来，俏皮地说："可是杨林有一首歌叫'玻璃心'，说爱人的心是玻璃做的，很容易破碎的！"

说完后，哄堂大笑，结束了这一次演讲。在往台北的火车上，我回想着这一段对话。我们时常为我们的中学生担心，其实他们对生命仍然有着深刻的沉思，为某些生命的大问题找寻答案，只要这样的态度存在，生命的希望也就存在了。

　　我倒是觉得自己的答复有一些需要补充的。最近这些年，我感觉越来越多的人有两极化的倾向。一种是生活、行为、动机、人生目标极像动物，就是我们所说的"衣冠禽兽"，他们几乎不管心灵的提升，只求物质的满足，还有一些是不在乎别人死活，杀盗淫妄无所不为。另一种则是极像机器人，全部自动化，终日不与人相处，只与机器相处，在家里一切都是机器化，出门关在汽车里，在办公室则与电话、电脑、传真机为伍，晚上在沙发上看电视、听音响，一直到睡去为止。

　　这种两极化的倾向是非常令人忧心的，人间的冷漠无情、僵硬无义也就成为一种不可避免的倾向，因为不管是"衣冠禽兽"或"衣冠机器人"的共同特质就是缺乏人间的沟通与情义。时日既久，当然成为人最大的危机了。

　　要突破禽兽与机器人唯一的方法就是有一个温暖的心，过单纯的生活，真实的为别人奉献，花更多的时间在人的身上而不是机器身上，其实这也只不过是坚持为人追求真、善、美、圣的品质罢了。

　　确实，做一个完整的人比做禽兽复杂得多，与人沟通相爱比起和机器相处困难得多，使大部分人"既期待又怕受伤害"，不肯承担人的责任与荣誉。我们可以看到那些倾向动物或机器的人，都是曾受过伤害，与害怕受伤害的人。

　　可是，有一个容易受伤害的玻璃心，总比没有心要好得多，偶尔听听心灵破碎的声音也比只想贪求世界便宜的人要可爱得多。

　　有时候极让人痛心的是，人类文明的推动发展，到最后竟使我们在流失人的品质。我们借着电脑、电话、传真机沟通，而懒于互相谈话、拥抱、互爱；我们看一幅画的好坏先看其标价；我们交朋友先衡量互相的价值，以便踩别人的肩膀向上爬……到最后，许多人竟无视别人的死活，杀人放火、奸淫掳掠，被捕了还在电视上微笑。天啊！动物相互之间都还有哀矜与关爱之情；机器都有无误守信之义，人为什么沦落至此！

人最大的危机就在这里，而人最大的希望就是要大家一起来反制这种危机！用玻璃的心、水晶的心、钻石的心、黄金的心都好，不管是什么心，只要有心就好！

孩子， 是我的禅师

带着孩子在公园里玩遥控车，突然看到一排小小的黑线在流动着，孩子眼尖，赶快跑过去说： "爸爸，你看，一群蚂蚁在搬东西哩！"

我们把遥控车丢了，跑过去看蚂蚁搬东西，这时发现在蚂蚁的长列里有两只死去的动物，一只是蟑螂，一只是蝴蝶。那蟑螂是新死不久，尸身还很完整，蝴蝶似乎死去较久了，双翼零落，有一边完全凋尽，另一边破一个大洞，但显然在生前是一只很美的蝴蝶，从黑翅黄点看来，是一只凤蝶。

"好可惜喔！这么美丽的蝴蝶死了。"孩子说。

"你为什么只可惜蝴蝶，不可惜前面的这只蟑螂呢？"我指着前面的蟑螂说。

孩子对我的话显然感到惊异，露出迷惑的眼神看我，说： "蟑螂好丑喔，又脏，满地乱爬，死了有什么可惜？"

我没有回答他，反而问他： "如果有一个小孩，长得很丑，好脏，满地乱爬，他死了，他的爸爸妈妈会不会伤心？"

"当然会了！"孩子理直气壮地说。

"那么一只小蟑螂死了，它的爸爸妈妈也一样很伤心的，因为它在爸爸妈妈眼中是最美的。"我说。

我们蹲在地上看蚂蚁吃力地搬动食物，继续就蝴蝶和蟑螂事件交谈，我说： "蝴蝶和蟑螂都是昆虫，它们都会飞、都有翅膀，饿了都要吃，我们为什么都喜欢蝴蝶胜过蟑螂呢？"

孩子说："那是因为蝴蝶的颜色很美，又是吃蜜，又都在花上飞。蟑螂小小黑黑的，整天在垃圾堆跑来跑去，看了好恶心。"

"其实，蝴蝶和蟑螂都只是为了活下去，它们并没有美丑的观念，也没有害虫或益虫的分别心。看到蟑螂就讨厌，看到蝴蝶就喜欢，这是我们人的问题，和它们没有什么关系。如果有一国的人，他们国家里到处都是蝴蝶，没有蟑螂，那一天突然飞来一只蟑螂，他们一定很喜欢那只蟑螂，因为稀少嘛！就像你们现在都爱恐龙，是恐龙绝迹的关系，如果到处都是恐龙，不吓死才怪！"我说。

孩子很专心地听着，颇表示同意，但是听完后，他仍然下结论："不过，爸爸，我还是喜欢蝴蝶呢！"

我说："那么，你喜不喜欢毛毛虫？"

孩子说："哎呀！恶心！我最不喜欢毛毛虫了。"

"对了，你看到毛毛虫的感觉和蟑螂一样讨厌，可是你不能只喜欢蝴蝶，不喜欢毛毛虫，因为蝴蝶是毛毛虫变的，蝴蝶也是毛毛虫的爸爸妈妈。"

孩子点点头，表示同意，虽然在感觉上他还是喜欢蝴蝶胜过蟑螂（我何尝不是如此?），但在理上，他知道了好恶是来自人的区别心。

我们看蚂蚁搬食物看了半天，孩子站起来说要继续玩遥控车，我说："我们换个地方玩吧！万一压到蚂蚁怎么办?"

"不会的，我会很小心。"

"很小心也不行，太危险了。"我说，并且当场编了一个蚂蚁的故事："从前有一个小孩，很有慈悲心，有一天尿急跑到院子尿尿。他把小鸟拉出来的时候，才发现一群蚂蚁搬东西回家。他立刻憋住尿，跑到另一边去尿尿，因为他想到他的一泡尿虽小，对蚂蚁就是一场大水灾了呀！你的遥控车对蚂蚁来说，是一部战车呢！"

孩子听了哈哈大笑，提起遥控车走到更远的地方去。

在孩子玩遥控车的时候，我坐在公园草地上思考刚刚的事情，

想到蝴蝶与蟑螂使我想到"红颜薄命"这个成语。其实，红颜薄命的虽多，一定没有丑女来得多。只是一般人心怜红颜，只要她们踢到一块石头也会心疼而大叹薄命，这就好像我们看到蝴蝶翅翼破洞，可能怜悯之情还大过一只蟑螂被踩碎黏在地上！

想到蚂蚁，我想到丰子恺在《护生画集》里画过一幅"蚂蚁救护"的画，是说他看到阶下两只蚂蚁拉扯，拿放大镜一看，原来是一只蚂蚁在救另一个负伤的同伴，结果过了三天，丰子恺还常常想到："那只负伤的蚂蚁不知复原起床了没有？"他为此写过一首诗，写得很好，可是我记不完全，回家得查查资料才行。

黄昏了，我带小孩子回家，在马路边的野草中看到一些盛开的紫茉莉（煮饭花），结了许多种子。孩子提议说："爸爸，我们采一些种子，回去种在阿公的花园里！"我说："好呀！"两人蹲下来比赛采紫茉莉的种子。

我很高兴暑假的时候可以带孩子回旗山老家，那是为了让我们有更多时间陪伴我的母亲，另外，让我在城市里长大的孩子，有机会体验到乡间生活，就像此刻在路边采野花的种子，是城市里绝不会有的。

回到家，我们跑到"阿公的花园"，那是我父亲生前种花的地方，他去世后由我大哥整理，还有许多空的花盆，我们常把乡下采的花种拿去种。我的孩子对"阿公"的印象模糊，但对"阿公是个勤快的农夫"印象却很深刻，因为阿公的田地、花园、水果园都还在呢！有一次我带他去看"阿公的香蕉园"，教他分辨椰子和槟榔。我说："胖胖的是椰子，瘦瘦的是槟榔！"沿路上他竟吟诗一样的唱着歌："胖子是椰子，瘦子是槟榔，椰子吃了退火，槟榔吃了吐血！"回来的路上他一路唱诗，有一首我的印象最深，他唱：

> 树是鸟的家，
> 花是蝴蝶的家，

马路是车子的家，

天空是白云的家，

土地是农夫的家，

水牛是鹭鸶的家，

山边是太阳的家……

他几乎看到任何画面立刻就编进这首歌里，使我感受到天真与想象力的震撼。我永远也忘不了开车到家的彼时，他欢呼大叫："旗山，是爸爸的老家！"

等我们种完花，孩子开心地对我说："阿公知道我在他花园种这么多煮饭花，一定很高兴。"

夜里，带孩子到妈祖庙边我小时候常去的地方吃冰豆花，顺便告诉他小时候吃豆花是用小担子挑的，也教他唱我儿时唱的一首小调：

豆花车倒担，

一碗两角半；

若无车倒担，

一碗两块半。

一路上，我们就唱这首小调回家。等孩子睡着了，我把《护生画集》拿出来，找到丰子恺的诗画：

阶下有小虫，蠕蠕形细长；似蝇不是蝇，似虬并非虬。

就近仔细看，两蚁相扶将；颇像交际舞，几步一回翔。

速取放大镜，我欲窥其详；原来两蚁中，一蝼已受伤。

后脚被切断，腹破将见肠；一蚁衔其手，行步甚踉跄。

不闻呻吟声，惟见色仓皇；我欲施救助，束手苦无方。

目送两蚁行，直到进泥墙；事过已三日，我心犹未忘。
不知负伤者，是否已起床？

　　我把这首诗抄在笔记上，希望明天能说给孩子听，让他也看看丰子恺的漫画，我看着孩子熟睡在我童年时睡过的木板床上，感觉到孩子就是我的禅师，他是为了教育和启发我而投生做我的孩子。我也是为了教育和启发他，而投生做他的爸爸。我们一定是前世有约的那种知己的朋友。

　　我们共同在这个世界携手前行，是为了互相启发，不要忘失前世的慈悲心，也是为了互相期许，走向智慧的道路。

　　就像我太太常说的："你们是一对咕嘟宝！"

　　我们都搞不清什么是"咕嘟宝"，有一次一起去问"妈妈"，她说："就是一对胖嘟嘟的宝贝，像寒山、拾得那一种呀！"

养着水母的秋天

从南部的贝壳海岸回来，带回来两个巨大的纯白珊瑚礁石。

由于长久埋在海边，那白色珊瑚礁放了许多天都依然润泽，只是缓慢地褪去水分，逐渐露出外表规则而美丽的纹理。但同时我也发现了，失去水分的珊瑚礁仿佛逐渐失去生命的机能，连色泽也没有那样精灿光亮了。当然，我手里的珊瑚礁不知道在多久以前已经死亡，因于长期濡染海浪的关系，使它好像容蕴了海的生命，不曾死去。

为了让珊瑚礁能不失去色泽与生机，我把它们放进一个巨大的玻璃箱里，那玻璃箱原是孩子养水族的工具，在鱼类死亡后已经空了许久。我把箱子注满水，并在上面点了一只明亮的灯。

在水的围绕与灯的照耀下，珊瑚礁重新醒觉了似的，恢复了我在海边初见时那不可正视的逼人的白色，虽然没有海浪和潮声，它的饱满圆润也如同在海边一样。

我时常坐在玻璃箱旁，静静地看着这两块在海边极平凡的礁石，它虽然平凡，但是要找到纯白不含一丝杂质，圆得没有半点欠缺的珊瑚礁也不容易。这种白色的珊瑚礁原是来自深海的生物，在它死亡后被强劲的海浪冲激到岸上来，刚上岸的时候它是不规则的，要经过千百年一再的冲刷，才使它的外表完全被磨平，呈现出白玉一般的质地。

圆润的白色珊瑚礁形成的过程，本身就带着一些不可思议的神秘气息，宜于时空的联想。在深海里许多许多年，在海浪里被推送

许多许多年,站在沙岸上许多许多年,然后才被我捡拾。如果我们从不会见,再过许多许多年,它就粉碎成为海岸上铺满的白色细砂了。面对海的事物,时空是不能计算的,一粒贝壳砂的形成,有时都要万年以上的时间。因此,我们看待海的事物——包括海的本身、海流、海浪、礁石、贝壳、珊瑚,乃至海边的一粒砂——重要的不是知道它历经多少时间,而是能否在其中听到一些海的消息。海的消息?是的,就像我坐在珊瑚礁的前面,止息了一切心灵的纷扰,就听到从最细微处涌动的海潮音,像是我在海岸旅行时所听见的一般。海的消息是不论我们离开海边多久,都那样亲近而又辽远、细微而又巨大、深刻而又永久。

有一个从海岸迁居到都市的老人告诉我,从海岸来的人在临终的时候,转身面向故乡的海,最后一刻所听见的潮声,与他初生时听见的海潮音之第一印象,是完全相同的。"所以,海边来到都市的人们,死时总面向着海,脸上带着一种似有若无似笑非笑的苍茫神情,那种表情就像黄昏最后时刻,海上所迷离的雾气呀!"老人这样下着结论。

我边听老人的说话,边就起了迷思:那一个初生的婴儿,我们顺着他的啼声往前追索,不管他往什么方向哭,最后是不是都到了海边呢?那一个临终的老人,我们顺着他的眼睛往远处推去,不管他躺卧什么方向,最后是不是都到了海岸呢?我们是住在七山八海交互围绕的世界,所以此岸就是彼岸,彼岸就是此岸,都市汹涌的人群是潮水的一种变奏,人潮中迷茫的眼睛,何尝不是海岸上的沙呢?

对于海,问题不在我们的时空、距离、位置,问题在于我们能不能体贴海的消息。眼前的白色珊瑚礁在某些时候,确实让我想到临终时在心里听到海潮音的老人。它闭着眼睛,身体僵硬如石,石心里还有温暖的质地,那是属于海的部分,不能够改变的。

我养了那两个礁石很久以后,有一天,夜里开灯,突然看见了水面上翻滚漂浮着的一群生物，在灯光下闪动着萤光，我感到十分吃惊，仔细地看那群生物，它们的身体很小，小得如同初生婴儿小拇指上的指甲，身上的颜色灰褐透明，两旁则有无数像手一样的东西在划动着，当它浮到水面，一翻身，反射灯光就放出磷火一样的光芒。它身体的形状也像一片指甲，但也像一把伞，背后还有细微几至不可辨认的黑点。

这一群不知从那里冒出来的生物就像太空船忽然来临，使我惶惑。到底这是什么生物？什么因缘突然出生在水箱里？我只能判别这群生物的诞生必与珊瑚礁石有关，其他什么都不知道。

直到有一天来了一位懂生物的朋友，他大叫一声："哎呀！这是水母嘛！"我们坐着研究半天，才做出这样的结论：水母是由体腔壁排卵，卵子孵化为胚以后，就会附着在海上的物体，像礁石一类，过一段时间从胚中横裂分离，就生出水母，一个胚分裂后会变成一群水母，我从海岸携回的白色珊瑚礁原来就有水母胚胎的附着，到水箱以后才分裂出生了一大群小水母。

"这已经是最合理的推论了，不过，"朋友带着疑惑的表情说："理论上，水母在淡水，尤其是自来水出生，一定会立刻死亡，不会活这么久。"我们同时把目光移向在水里快乐游动的水母，它们已经活了几十天，应该还会继续活下去。

朋友说："有一点似乎可以解释这奇怪的现象，有些科学家实验在水中生孩子，小孩生下来自然就会游泳，反过来说，水母在淡水中生活也不是不可能。"

接下来许多日子的深夜，我都会想着水母在水箱中存活的原因，它们在水箱中诞生的时候，并不知道这世界上有海，当然也没有海水的记忆，这使它可以毫无遗憾的在注满自来水的玻璃箱中生活，水母和人其实没什么不同，今日生活在欧美严寒雪地中的黑人，如何能记忆他们热带蛮荒中的祖先呢？

水母在水箱中活着，却也带给我一些恐慌，那是因为问遍所有

的鱼店，没有一个人知道如何养水母，只好偶尔用海藻来喂它们，幸而水母也一天天长大，养了一整个秋天，每一只水母都长得像大拇指甲一样大了。自然，这些水母赢得了无数的赞叹，水族馆中任何名贵的水族也不能相比。

当我还在痴心妄想水母是不是可以长得像海面上的品种那么巨大的时候，水母就一只一只在箱中死亡，冬天才开始不久，一群水母都死光了。我找不出它们死亡的原因，是由于冬季太冷吗？海上的冬天不是比水箱更冷！是由于突然有了海的记忆吗？已经过了这么久，那里还会在意！或者是由于某些不知的意识突然抬头而意识到自己只能在海里生存吗？

水母没有给我任何回声，我唯一能确信的，是那些水母临终的最后一刻，一定能听见海的潮声，虽然它们初生时并未听见。

水母死后，我经历了一段时间的忧伤，就像海边的渔民遇到东北季风。一直到有一天我和一群朋友相见，我指着水箱对他们说："在这个水箱里我曾经养过一群水母，养了一整个秋天。"竟然没有一个人肯完全的相信，因为水箱早已空了，只剩下两块失去海色的珊瑚礁，当朋友说："骗鬼！"的时候，我才真正从隐秘的忧伤中醒来。

海潮、水母、秋天、贝壳海岸，都是多么真实的东西，只是因为时间，所以不在了。

我想到，带我去贝壳沙滩的朋友，他说："主要的是去见识整个海岸布满贝壳沙的情景，捡贝壳还是小事。"最后，我没有捡贝壳，却在海岸的角落带回珊瑚礁，于是就有了水箱、有了水母，以及因水母而心情变化的秋天，还时常念记着海天的苍茫……这种真实，其实是时间偶遇的因缘。

因缘固然能使我们相遇，也能使我们离散，只要我们足够明净，相遇时就能听见互相心海的消息，即使是离散了，海潮仍然涌动，偶尔也会记起，海面上的深夜，曾有过水母美丽的磷光，点缀着黑暗。

在时间上、在广大里、在黑暗中、在忧伤深处、在冷漠之际，我们若能时而真挚地对望一眼，知道石心里还有温暖的质地，也就够了。

归彼大荒

每年总要读一次《红楼梦》，最感动我的不是宝玉和众美女间的风流韵事，而是宝玉出家后在雪地里拜别父亲贾政的一段：

> 那天乍寒下雪，泊在一个清静去处。贾政打发众人上岸投帖，辞谢朋友，总说即刻开船，都不敢劳动。船上只留一个小厮侍候，自己在船中写家书，先打发人起岸到家，写到宝玉事，便停笔。抬头忽见船头上微微的雪影里面一个人，光着头，赤着脚，身上披着一领大红猩猩毡的斗篷，向贾政倒身下拜。贾政尚未认清，急忙出船，欲待扶住问他是谁。那人已拜了四拜，站起来打了个问讯。贾政才要还揖，迎面一看，不是别人，却是宝玉。贾政吃一大惊，忙问道："可是宝玉么？"那人只不言语，似喜似悲。贾政问道："你若是宝玉，如何这样打扮，跑到这里来？"宝玉未及答言，只见船头上来了两人——一僧一道——夹住宝玉道："俗缘已毕，还不快走！"说着，三个人飘然登岸而去。贾政不顾地滑，急忙来赶，见那三人在前，哪里赶得上，只听得他们三人口中不知是哪个作歌曰：
>
> "我所居兮，青埂之峰；我所游兮，鸿蒙太空。谁与我逝兮，吾谁与从？渺渺茫茫兮，归彼大荒！"

读到这一段，给我的感觉不是伤感，而是美，那种感觉就像是读《史记》读到荆轲着白衣渡易水去刺秦王一样，充满了色彩。试想，一个富贵人家的公子看破了世情，光头赤足着红斗篷站在雪地上拜别父亲，是何等的美！因此我常觉得《红楼梦》的续作者高鹗，文采虽不及曹雪芹，但写到林黛玉的死和贾宝玉的逃亡，文章之美，实不下于雪芹。

贾宝玉原是女娲炼石补天时，在大荒山无稽崖炼成的三万六千五百零一块的顽石之一，没想到女娲只用三万六千五百块补天，余下的一块就丢在青梗峰下，后来降世为人，就是贾宝玉。他在荣国府大观园中看遍了现实世界的种种桎梏，最后丢下一切世俗生活，飘然而去。宝玉的出家是他走出八股科考会场的第二天，用考中的"举人"作为还报父母恩情的礼物，还留下一个腹中的孩子，走向了自我解脱之路。

我每读到宝玉出家这一段，就忍不住掩卷叹息。这段故事也使我想起中国神话里有名的顽童哪吒，他割肉还母，剖骨还父，然后化成一道精灵，身穿红肚兜，脚踏风火轮，一程一程地向远处飘去，那样的画面不仅是美，可以说是至庄至严了。《金刚经》里最精彩的一段文字是"若以色见我，以音声求我，是人行邪道，不能见如来"。我觉得这"色"乃是人的一副皮囊，这"音声"则是日日的求告，都是有生灭的，是尘世里的外观，讲到"见如来"，则非飘然而去了断一切尘缘不能至。

何以故？《金刚经》自己给了注解："如来，若来若去，若坐若卧。""如来者，无所从来，亦无所去，故名如来。"我常想，来固非来，去也非去，是一种多么高远的境界呢？我也常想，贾宝玉光头赤足披红斗篷时，脱下他的斗篷，里面一定是裸着身的，这块充满大气的灵石，用红斗篷把曾经陷溺的贪嗔痴爱隔在雪地之外，而跳出了污泥一般的尘网。

贾宝玉的出家如果比较释迦牟尼的出家，其中是有一些相同的。释迦原是中印度迦毗罗国的王子，生长在皇室里歌舞管弦之中，享受着人间普认的快乐，但是他在生了一子以后，选个夜深人静的时

候，私自出宫，乘马车走向了从未去过的荒野，那年他只有十九岁（与贾宝玉的年纪相仿）。

想到释迦着锦衣走向荒野，和贾宝玉立在雪地中的情景，套用《红楼梦》的一句用语："人在灯下不禁痴了。"

历来谈到宝玉出家的人，都论作他对现世的全归幻灭，精神在人间崩解；而历来论释迦求道的人，都说是他看透了人间的生老病死，要求无上的解脱。我的看法不同，我觉得那是一种美，是以人的本真走向一个遥远的、不可知的、千山万叠的风景里去。

贾宝玉是虚构的人物，释迦是真有其人，但这都无妨他们的性灵之美。我想到今天我们不能全然地欣赏许多出家的人，并不是他们的心不诚，而是他们的姿势不美；他们多是现实生活里的失败者，在挫折不能解决时出家，而不是成功地、断然地斩掉人间的荣华富贵，在境界上大大地逊了一筹。

我是每到一个地方，都爱去看当地的寺庙，因为一个寺庙的建筑最能表现当地的精神面貌，有许多寺庙里都有出家修道的人，这些人有时候让我感动，有时候让我厌烦，后来我思想起来，那纯粹是一种感觉，是把修道者当成"人"的层次来看，确实有些人让我想起释迦，或者贾宝玉。

有一次，我到新加坡的印度庙去，那是下午五点的时候，他们正在祭拜太阳神，鼓和喇叭吹奏出缠绵悠长的印度音乐，里面的每一位都是赤足赤身只围一条白裙的苦行僧，上半身被炙热的太阳烤成深褐色。

我看见，在满布灰鸽的泥沙地上，有一位老者，全身乌黑、满头银发、骨瘦如柴，正面朝着阳光双手合十，俯身拜倒在地上，当他抬起头时，我看到他的两眼射出钻石一样耀目的光芒，这时令我想起释迦牟尼在大苦林的修行。

还有一次我住在大岗山超峰寺读书，遇见一位眉目娟好的少年和尚，每个星期日，他的父母开着宾士轿车来看他，终日苦劝也不能挽回他出家的决心，当宾士汽车往山下开去，穿着米灰色袈裟的少年就站在林木掩映的山上念经，目送汽车远去。我一直问他为何出家，他只是面露微笑，沉默不语，使我想起贾宝玉——原来在这世上，女娲补天剩下的顽石还真是不少。

这荒野中的出家人，是一种人世里难以见到的美，不管是狂欢或者悲悯，我敬爱他们；使我深信，不管在多空茫的荒野里，也有精致的心灵。而我也深信，每个人心中都有一颗灵石，差别只是，能不能让它放光。

林 清 玄

作 品 精 选

不信青春唤不回

不信青春唤不回

悬崖边的树

好老师正如同悬崖边的树，
能挡住那些失足坠落的学生。

我读初中的时候，成绩不好。由于对课外书及美术的热爱，我的初中生活一直过得迷迷糊糊，好像一转眼就升上初三了。

就在初三刚开始不久，父亲把我叫去，说："像你的这种成绩，我的脸都被你丢尽了，我看你初中毕业不要去高雄参加联考了，你去台南考。"

我当场怔在那里，因为在我居住的乡镇，所有的孩子都是参加高雄联考，去台南考试，无异就是放逐，连在乡镇里的旗美高中也不能考了。

不知道那里来的勇气，我自己一个人跑到台南去考高中，放榜的时候发现考上一个从未听说过的高中"私立瀛海高中"。

瀛海高中刚成立不久，是超迷你的学校，每一年级只有三个班，整个高中加起来只有三百多人。学校在盐分地带，几乎可以用"寸草不生"来形容，土地因为盐分过高，一片灰白色。学校独立于郊野，四面都是蔗田和稻田。

记得注册时是爸爸陪我去的，他看到那么简陋的校舍和荒凉的景色，大吃一惊，非常讶异地问我："你怎么会考上这种学校？"

由于学生很少，大部分的学生都住校，我也开始了离家的生活。

住在学校认识了许多死党，加上无人管教，我的心就像鸟飞出

笼子一样，几乎把所有的时间用来读课外书，画画，和写文章。每到假日，就跑到台南市去看电影、逛书店。

我的高中生活大致是快乐的，除了功课以外。学校的功课日渐令我厌烦，赤字一天一天增加，到高一结束时，有一大半的功课都是补考才通过的。

这时，我默默的准备辍学或转学，当我把这想法告诉爸爸，他气得好几天不和我说话，有一天他终于开口了："你再读一学期，真的不行，再转回来吧！"

升上高二，我换了导师，是一位七十岁的老头，听说是早年北京大学毕业的，因为在省中退休，转到私校来教。他就是后来彻底改造我的王雨苍老师。

开学不久，他叫我去他家包饺子，然后告诉我："你在报纸上的文章我看过，写得真不错。"这是第一位确定那些文章是我写的老师，以前的老师都以为只是同名同姓的人。

然后，王老师告诉我，他从事教育工作快五十年了，差不多学生的素质一眼就可以看出来。他之所以退而不休，转到私立学校教书，不只是为了兴趣，也是为了寻找沧海遗珠。

吃完师母的饺子告辞的时候，王老师搂着我的肩膀说："你有什么想法，随时可以来找老师谈谈，林清玄，你不要自暴自弃呀！"我从未被老师如此感性的对待，当场就红了眼睛。

接下来就像变魔术一样，我把一部分的心力用在课业上，功课虽然不好，都还在及格边缘。

由于王老师的鼓励，我把大部分心力用在写作上，不仅作品陆续发表在报章杂志上，还连续两次得到全台南市中学作文比赛的第一名，使我加强了对自己的信心，也更确定日后的写作之路。

不管是写作文或周记，或是发表在报上的文章，王雨苍老师总是仔细斟酌修改，与我热心讨论，使我在升学至上的压力中还有喘息的空间，渴望成为作家的梦想是我在高中生活中，犹如大海里的浮木，使我不致没顶，王老师则是和我一起坐在浮木上的人，并且帮我调整了浮木的方向。

在我高中毕业的时候，我不再对前途畏惧了，虽然大学的考试一直不顺利，我知道，我的写作不会再被动摇了。

一直到现在，我只要想起中学生活，王雨苍老师那高大的身影、红润的双颊就会在眼前浮现，想到他最常对我说的："你一定会成功的，不要自暴自弃呀！"

我不知道自己是不是王老师寻找的沧海遗珠，但我知道好老师正如同悬崖边的树，能挡住那些失足坠落的学生。

现在时空遥隔了，老师的魂魄已远，但我仿佛看到在最陡峭的悬崖边，还长着翠绿的大树。

素　质

很小很小的时候，我就感觉到花是非常奇怪的，因为在家院的庭前种了桂花、玉兰和夜来香，到了晚上，香气随风四散，流动在家屋四周，可是这些香花都是白色的。反而那些极美丽的花卉，像兰花、玫瑰之属，就没有什么香味了。

长大以后，才更发现这种截然不同的风格，凡香气极盛的花，桂花、玉兰花、夜来香、含笑花、水仙花、月桃花、百合花、栀子花、七里香，都是白色，即使有颜色也是非常素淡，而且它们开放的时候常是成群结队的，热闹纷繁。那些颜色艳丽的花，则都是孤芳自赏，每一枝只开出一朵，也吝惜着香气一般，很少有香味的。

"香花无色，色花不香"这真是一个惊人的发现；"素朴的花喜欢成群结队，美艳的花喜爱幽然独处"也是惊人的发现。依照植物学家的说法，白花为了吸引蜂蝶传播花粉，因此放散浓厚的芳香；美丽的花则不必如此，只要以它的颜色就能招蜂引蝶了。

我们不管植物学家的说法，就单以"香花无色，色花不香"就可以给我们许多联想，并带来人生的启示。

在人生里，每一个人都有其独特非凡的素质，有的香盛，有的色浓，很少很少能兼具美丽而芳香的，因此我们不必欣羡别人某些天生的素质，而要发现自我独特的风格。当然，我们的人生多少都有缺憾，这缺憾的哲学其实简单：连最名贵的兰花，恐怕都为自己不能芳香而落泪哩！这是对待自己的方法，也是面对自己缺憾还能自在的方法。

面对外在世界的时候，我们不要被艳丽的颜色所迷惑，而要进入事物的实相，有许多东西表面是非常平凡的，它的颜色也素朴，但只要我们让心平静下来，就能品察出它内部最幽深的芳香。

当然，艳丽之美有时也值得赞叹，只是它适于远观，不适于沉潜。

一个人在年轻的时候，很少能欣赏素朴的事物，却喜欢耀目的风华；但到了中年则愈来愈喜欢那些真实平凡的素质。例如选用一张桌子，青年多会注意到它的颜色与造形之美，中年人就比较注意它是紫檀木或鸟心石的材质，至于外形与色彩就在其次了。

最近这些日子里，我时常有一种新的感怀，就是和一个人面对面说了许多话，仿佛一句话也没说；可是和另一个人面对面坐着，什么话也没说，就仿佛说了很多。人到了某一个年纪、某一个阶段，就能穿破语言、表情、动作，直接以心来相印了，也就是用素朴面对着素朴。

古印度人说，人应该把中年以后的岁月全部用来自觉和思索，以便找寻自我最深处的芳香。我们可能做不到那样，不过，假如一个人到了中年，还不能从心灵自然的散出芬芳，那就像白色的玉兰或含笑，竟然没有任何香气，一样的可悲了。

生平一瓣香

　　你提到我们少年时代，常坐在淡水河口看夕阳斜落，然后月亮自水面冉冉上升的景况，你说："我们常边饮酒边赋歌，边看月亮从水面浮起，把月光与月影投射在河上，水的波浪常把月色拉长又挤扁，当时只是觉得有趣，甚至痴迷得醉了。没想到去国多年，有一次在密西西比河水中观月，与我们的年少时光相叠，故国山川争如水中之月、镜中之花，挤扁又拉长，最后连年轻的岁月也成为镜花水月了。"

　　这许多感怀，使你在密西西比河畔因而为之动容落泪，我读了以后也是心有戚戚。才是一转眼间，我们竟已度过几次爱情的水月镜花，也度过不少挤扁又拉长的人世浮嚣了。

　　还记否？当年我们在木栅的小木屋里临墙赋诗，我的木屋中四壁萧然，写满了朋友们题的字句，而门上匾额写的是一首《困龙吟》。有一次夜深了，我在小灯下读钱钟书的《谈艺录》，窗外月光正照在小湖上，远听蛙鸣，我把书里的两段话用毛笔写在墙上：

　　　　水月镜花，固可见而不可提，然必有此水而后月可印潭；有此镜而后花可映面。
　　　　水与镜也，兴象风神，月与花也，必水澄镜朗，然后花月宛然。

　　那时我是相当穷困，住在两坪大只有一个书桌的小屋，我唯一的财产是满屋的书以及爱情。可是我是富足的，当我推开窗子，一棵大榕树面窗而立，树下是植满了荷花的小湖，附近人家都是那么亲善，有时候，我为了送女友一串风铃到处告贷，以书果腹，你带酒和琴来，看到我的窘状，在我的门口写下两句话：

月缺不改光，剑折不改刚。

我在醉酒之后也高歌："我醉欲眠君且去，明朝有意抱琴来。"似乎是我们穷到只要有一杯酒、一卷书，就满足地觉得江山有待了。后来我还在穷得付不出房租的时候，跳窗离开那个木屋。

前些日子我路过，顺道转去看那一间我连一个月三百元房租都缴不起的木屋，木屋变成一幢高楼，大榕树魂魄不在，小湖也盖了一幢公寓，我站在那里怅望良久，竟然忘了自己身在何方，真像京戏《游园惊梦》里的人。

我于是想到世事一场大梦，书香、酒魄、年轻的爱与梦想都离得远了，真的是镜花水月一场，空留去思。可是重要的是一种回应，如果那镜是清明，花即使谢了，也曾清楚地映照过；如果那水是澄朗，月即使沉落了，也曾明白地留下波光。水与镜似乎都是永恒的事物，明显如胸中的块垒，那么，花与月虽有开谢升沉，都是一种可贵的步迹。

我们都知道击石取火是祖先的故事，本来是两个没有生命的石头，一碰撞却生出火来，石中本来就有火种——再冷酷的事物也有它感性的一面——，不断地敲击就有不断的火光，得火实在不难，难的是，得了火后怎么使那微小的火种得以不灭。镜与花，水与月本来也不相干，然而它们一相遇就生出短暂的美，我们怎么样才能使那美得以永存呢？

只好靠我们的心了。

就在我正写信给你的时候，突然浮起两句古诗："笼中剪羽，仰

看百鸟之翔；侧畔沉舟，坐阅千帆之过。"爱与生的美和苦恼不就是这样吗？岁月的百鸟一只一只地从窗前飞过，生命的千帆一艘一艘地从眼中航去，许多飞航得远了，还有许多正从那些不可测知的角落里航过来。

记得你初到康乃狄格不久，曾经为了想喝一碗羼柠檬水的爱玉冰不可得而泪下，曾经为了在朋友处听到雨夜花的歌声而胸中翻滚，那说穿了也是一种回应，一种羼和了乡愁和少年情怀的回应。

我知道，我再也不可能回到小木屋去住了，我更知道，我们都再也回不到小木屋那种充满了精纯的真情的岁月了，这时节，我们要把握的便不再是花与月，而是水与镜，只要保有清澄朗净的水镜之心，我们还会再有新开的花和初升的月亮。

有一首词我是背得烂熟了，是陈与义的《临江仙》：

忆昔午桥桥上饮，
座中尽是豪英。
长沟流月去无声。
杏花疏影里，
吹笛到天明。
二十馀年如一梦，
此身虽在堪惊。
闲登小阁看新晴。
古今多少事，
渔唱起三更。

我一直觉得，在我们不可把捉的尘世的运命中，我们不要管无情的背弃，我们不要管苦痛的创痕，只要维持一瓣香，在长夜的孤灯下，可以从陋室里的胸中散发出来，也就够了。

连石头都可以撞出火来，其他的还有什么可畏惧呢？

卷　帘

有一次我买回一卷印刷的长江万里图长卷，它小得不能再小，比一枝狼毫小楷还短，比一碇漱金好墨还细，可以用一只手盈握，甚至把它放在牛仔裤的口袋里，走着也感觉不到它的重量。

中夜时分，我把那小小的图卷打开，一条万里的长江倾泻而出，往东浩浩流去，仿佛没有尽头。里面有江水、有人家、有花树、有亭台楼阁，全是那样浩大，人走在其中，还比不上长江水里一粒小小的泡沫。

那长江，在图里面是细小精致的，但在想象中却巨大无比。那长江，流过了多少世代、多少里程，流过多少旅人的欢欣与哀愁呢？想着长江的时候，我的心情不一定要拥有长江，也不要真的穿过三峡与赤壁，只要那样小而精致的一卷图册来包容心情，也就够了。

读倦的时候，把长江万里图双手卷起，放在书桌上的笔筒里，长江的美就好像全收在竹做的笔筒里；即使我的心情还在前一刻的长江奔流，也不免想到长江只是一握，乡愁，有时也是那样一握，情爱与生命的过往也是如此。它摊开来长到无边无际，卷起时盈盈一握，再复杂的心情刹那间凝结成一粒透明的金刚钻，四面放光。

那种感觉真是美，好像是钓鱼的人意不在鱼，而在万顷波涛，唐朝的船子和尚《颂钓者》诗写过这种心情：

千尺丝纶直下垂，
一波才动万波随；

夜静水寒鱼不食，

满船空载月明归。

钓鱼的人意不在鱼，看图的人神不限于图，独坐的人趣不拘于独坐，正足以一波动万波，达到更高的境界。

同样的读屈原离骚，清朝诗人吴藻却读出"一卷离骚一卷经，十年心事十年灯"；同样看芦苇，王国维却看出"人生只似风前絮，欢也零星，悲也零星，都作连江点点萍"；同样诵梅花，黄庭坚却诵出"坐对真成被花恼，出门一笑大江横"；同样是夜眠有梦，欧阳修却梦到"夜凉吹笛千山月，路暗迷人千种花；棋罢不知人换世，酒阑无奈客思家"……同样是面对小小的景物，人却往往能超想于物外，不为景物所限。

这种卷帘望窗的心情几乎是无以形容的，像是"平芜尽处是春山，行人更在春山外"、是"佳句奚囊盛不住，满山风雨送人看"。秦观的几句词说得最好："无端天与娉婷，夜月一帘幽梦，春风十里柔情。"

帘与窗是不同的，正如卷起来的图画与装了画框的画不同。因为帘不管是卷起或放下，它总与外界的想象世界互通着呼吸，有时在黑夜不能视物，还能感受到微风轻轻的肤触，夜之凉意也透过帘的空隙在周边围绕。因为卷起来的画不像画框一览无遗，它里面有惊喜与感叹，打开的时候想象可以驰骋，卷收的时候仿佛拥有了无限的空间在自己掌中。

我从小就特别知觉那种卷藏的魅力，每看到长辈有收藏中国书画，总是希望能探知究竟。每天最喜欢的时刻，就是清晨母亲来把我们窗口的帘子卷起，阳光就像约定好的，在刹那间扑满整个房间，即使我们的屋子非常简陋，那一刻都能感觉到充分的光明与温暖。

父亲有一幅达摩一苇渡江的图画，画上没有署名，只是普通民间艺匠的作品，却也能感觉到江面在无限延伸。那达摩须发飞扬地站在一株细瘦几不可辨的苇草上，江水滔滔，达摩不动如山，两只巨眼凝视着东方湛然的海天，他的衣袂飘然若一片水叶，他的身姿又稳然如一尊大山。

父亲极宝爱那幅画，平时挂在佛堂的右侧，像神一样地看待他。佛堂是庄严神圣之地，我们只能远远看着达摩，不敢乱动。我十六岁时我们搬家，父亲把达摩卷成一卷，交我带到新家。

把达摩画像夹在腋下，在田埂上走的时候，我好像可以在肌肤上，感觉达摩的须发与巨眼，以及滚动的江水，顿时心中涌上一片温热，仿佛那田埂是一苇，两边随风舞动的稻子是江浪渺渺，整个人都飘飘然起来。

当时的达摩不是佛堂里神圣不可冒犯的神了，而和凡人一样有脉搏的跳动，令我感动不已。听说达摩祖师的东来之意，是要寻找一个"不受人惑"的人，"不受人惑"的理想标杆，原像一苇那么细弱，但把达摩收卷在腋下时，我觉得再细弱的苇草，也可以度人走过汨汨流波，"不受人惑"也就变得坚强，是凡人可以触及的。

我把达摩挂在新家的佛堂时，画幅由上往下开展，江水倾泻，达摩的巨眼在摊开的墙壁上，有如电光激射，是我以前都不能感受到的。如今一收一放，感觉之不同竟有至于斯，达到不可想象的境界。

在我们故乡附近，有一座客家村，村里千百年来，流传着一项风俗，就是新婚夫妻的新房门前，一定要挂一幅细竹编成的竹门帘；站在远处看三合院，如果其中有竹门帘，真像是挂在客厅里的中堂；它不像一般门帘是两边对分，而是上下卷起，富有古趣，想是客家的古制之一。

送给新婚夫妻的门帘上，有时绘着两株花朵，鲜艳欲滴地纠缠在一起；有时绘着一双龙凤，腾空飞翔互相温柔地对看；最普遍的是绘两只鸳鸯，悠然的、不知前方风雨地从荷塘上相依漂过。

客家竹门帘的风俗，不知因何而起，不知传世多久，但它总给

我一种遗世之美。每当我们送进一对新人放下门帘的时候，两只彩色斑斓的鸳鸯活了起来，在荷塘微风的扬动中，游过来，又追逐过去。纵令天色已暗，它们也无视外面忽明忽灭的星光。

新婚时的竹门帘，让人想到情感再折磨，也有永世的期待。

后来我常爱到客家村，有时不为什么，只为了在微风初起的黄昏去散步时，看看每家的竹门帘。偶尔看到人家门口多添了一张新门帘，就知道有一对新夫妻，正为未来的幸福做新的笺注和眉批。但是大部分人家的竹门帘，都在岁月的涤洗中褪色了，有的甚至破烂不堪，卷起时零零落落，像随时要支离。仔细地看，纠缠的花折断了，龙凤分飞了，鸳鸯有的折伴有的失侣，有的苍然浑噩不能辨视它旧日的模样。

原来，大部分夫妻婚后就一直挂着新婚的门帘，数十年不曾更换，时间一久，竟是失了形状、褪了色泽。我触摸着一只断足的鸳鸯，心中感怀无限：不知道那些老夫妇掀开门帘，走近他们不再鲜丽的门帘时，是一种什么心情。我知道的是，人世的情爱，少有能永远如新地穿过岁月的河流，往往是岁月走过，情爱也在其中流远，远到不能记忆青衫，远到静海无波。而情爱与岁月共同前行的步迹，正在竹门帘上显现出来。

有时候朋友结婚，我也会找一卷颜色最鲜、形式最缠绵的竹门帘送他们，并且告以这是客家旧俗中最美的一种传统，就看见两朵粲然的微笑，自他们的容颜升起。然而走在回家的路上，我却不敢想起客家村落常见的景象。那剥落的景象正如无星的黑夜，看不见一点光。

我知道情感可以如斯卷起，但门帘即使如新，也无以保存过去的感情，只好把它卷在心中最深沉的角落。就像卷得起长江万里图，心中挂着长江；卷得起一苇渡江，但江面辽阔，遥不可渡。

卷着的帘、卷着的画，全是谜一般的美丽。每一次展开，总有庄穆之心，不知其中是缠绵细致的情感，或是壮怀慷慨的豪情；也不知里面是江南的水势、江北的风寒，或是更远的关外的万里狂沙。唯一可确定的是，不管卷藏的内容是什么，总会或多或少触动心灵的玄机。

诗人韦庄有一阕常被遗忘的好词，正是写这种玄机被触动的心情：

春雨足，
染就一溪新绿。
柳外飞来双羽玉，
弄晴相对浴。

楼外翠帘高轴，
倚遍阑干几曲。
云淡水平烟树簇，
寸心千里目。

前半段写的是一双白羽毛的鸟在新绿的溪中相对而浴，是鸳鸯竹帘的心情；后半段写的是翠帘高卷的阑干上目见的美景，寸心飞越千里，是长江万里图的家国心情。读韦庄此词，念及他壮年经黄巢之祸的乱离，三十年家国和千百里河山全在一念之间，跌宕汹涌而出。而且我们不要忘记，他卷起的帘外，不只是一幅幅的图画，也是一层层的心情！有时多感不一定要落泪，光看一张帘卷西风的图像，就能使人锥心。

我有一幅印刷的王维《山阴图卷》，买来的时候久久不忍打开，一夜饮中微醉，缓缓展开那幅画。先看到左方从山石划出来的一苇小舟，坐着一位清须飘飘的老者泛舟垂钓，然后是远处小洲上几株迎风的小树，近景是一棵大树悠然垂落藤蔓。画的右边是三个人，两位老者促膝长谈，一位青年独对江水，两眼平视远方。最右侧是几

株乱树，图卷在乱树中戛然而止。

泛舟老叟钓到鱼了没有？我不知道。

两位老者在谈些什么？我也不知道。

那位青年面对江水究竟在独思什么？我更全然不知。

《山阴图卷》本来是一幅淡远幽雅的古画，是我们壮怀的盛唐里生活平静的写照。可是由于我的全然不知，读那幅画时竟有些难以排遣的幽苦，幻化在那江边，我正是那独坐的青年，一坐就坐到盛唐的图画里去。等酒醒后，才发现盛唐以及其后的诸种岁月已流到乱树的背后，不可捉摸了。

我想过，如果那幅画是平裱在玻璃框里，我绝对不会有那时的心情，因为那青年的图像，在画里构图的地位非常之小，小到难以一眼望见；只有图卷慢慢张开的时候，才能集中精神，坐进一个难以测知的想象世界。

有一年，是在风雨的夜里吧，我在鼻头角的海边看海潮，被海上突来的寒雨所困，就机缘地夜宿灯塔。灯塔最是平凡的海边景致，最多只能赢得过路时一声美的赞叹。

夜宿的心情却不同。头上的强光一束，亮然射出，穿透雨网，明澈慑人。塔的顶端窗门竟有竹帘，我细心地卷了帘，看到天风海雨围绕周边，海浪激射一起一落，在夜雨的空茫里，渔火点点，有的面着强光驶进港内，有的依着光飘向渺不可知的远方。

那竹帘是质朴的原色，历经不知多少岁月还坚固如昔。竹帘不比灯塔，能指引海上漂泊的人，但它能让人的想象不可遏止还胜过灯塔。

我知道那是台湾的最北角，最北最北的一张竹帘。那么，仿佛一卷帘，就能望见北方的家乡。

家乡远在千山外，用帘、用画都可以卷，可以盈握，可以置于怀袖之中。卷起来是寸心，摊开来是千里目，寸心与千里，有一角明亮的交叠，不论走到哪里，都是浮天沧海远，万里眼中明。

在鼻头角卷帘看海那一夜，我甚至看见有四句诗从海面上浮起，并听到它随海浪冲打着岩岸，那四句诗是于右任的《壬子元日》：

> 不信青春唤不回，
> 不容青史尽成灰。
> 低徊海上成功宴，
> 万里江山酒一杯。

不放逸的生活

我有两个少年时代因采访认识的朋友，最近，一个去世了，名字叫做古龙；一个生了重病，名字叫做北港六尺四。

记得古龙过世前不久，我去看他，他的形容枯槁，苍老得像七十岁的老头子，他那时为重病所困，全身已没有一个器官是健康的，当然，酒是一点也不能喝了。

我们坐在日影西斜的暮色里，一起回忆着年轻的时候，那时为所谓的豪情所驱，每次会面一定是大醉狂歌而归，有时候一夜就喝掉十几瓶上好的白兰地。

大侠的挽歌

有一回，光是我们两人对饮，一夜就喝掉六瓶 XO，喝到眼睛不能对焦了，人在酒台一仰身就睡昏了过去。想起来，那已是八年前的旧事，那年我二十三岁，古大侠四十岁。

谈到这些，古龙说："你小的时候酒量酒胆——都是一流的，可惜我病成这样，否则真能再畅饮一番！"

我不知道说什么，两人沉默了一阵。

古龙突然说："其实，我很后悔以前过那么放纵的生活，尤其在酒色上面，荒唐得太久了。"我所认识的古龙，是向来不说丧气话，不表示悔意的，听他这样一说，反使我吃了一惊，他接着又说："你以后要少喝酒呀！"

"我早就戒酒了。"我说。

古龙先是露出诧异的神色，那神色就像所有认识我的朋友听到我戒酒的消息一样，然后马上转为欣慰说："酒不是什么好东西。"

其实，古龙的酒名之盛并不亚于他的武侠，在他的朋友里，我的酒量是排名在后面的，他的许多朋友都有把威士忌当白开水喝的本事，和他们喝酒，就像亲见到古龙小说中狂饮放歌的场面。

喝酒，使古龙付出了十分惨痛的代价。他的婚姻失败了，妻子远离，临终时竟没有亲人在身旁，含恨而去。他大部分的社会新闻都是因酒而起，在北投被砍杀的那一场，也是由于纵酒的关系。酒也使他昏沉，大部分时间沉迷醉乡，使他在最巅峰的时候，有很长一段时间没有作品，这是最可惜的。

从他劝我不要喝酒那一次以后，我没有再见过古龙，因为他遽然过世了，死时才四十八岁，死因完全是酒引起的。我想到他临死前劝我少喝酒的情状，知道那是朋友真正的善意，这种体会是他用生命的代价所换来的。

记得他病后在写"大武侠系列"，曾感慨地对我说："我只希望老天还能给我两年的时间，让我把大武侠系列告一个段落，流传下来，这样我死也瞑目了。"

可叹，老天连一年的时间也不给他。

他死后，朋友商议要用四十八瓶最好的轩尼斯 XO 给他陪葬，我真希望他在九泉下不要跳了起来说："我喝酒都喝死了，死了你们还叫我喝！"

他的朋友是一番善意，但是我们每个人劝人喝酒时何尝不是善意呢？只是善意放在酒中也变成杀人的毒汁了。

云　散

我喜欢胡适的一首白话诗《八月四夜》：

> 我指望一夜的大雨，
> 把天上的星和月都遮了；
> 我指望今夜喝的烂醉，
> 把记忆和相思都减了。
> 人都静了，
> 夜已深了，
> 云也散干净了，
> 仍旧是凄清的明月照我归去，
> 我的酒又早已全醒了。
> 酒已都醒，
> 如何消夜永？

这首《八月四夜》，是根据周邦彦的一首词《关河令》改写成的，《关河令》的原文是：

> 秋阴时晴渐向暝，
> 变一庭凄冷。
> 伫听寒声，
> 云深无雁影。

更深人去寂静。

但照壁、

孤灯相映。

酒已都醒，

如何消夜永？

　　胡适的诗一点也不比周邦彦的原词逊色。我从前喜欢这首诗，是欢喜诗中的孤单和寂寞的味道，尤其是在烂醉之后醒来，不知道如何度过凄清的好像永无尽头的寒夜时。我在少年时代，有很多次的心境都接近了这首诗的情景。

　　这使我想起，孤单和寂寞虽也有它极美的一面，但究竟不是幸福的。只是有时我们细细想来，幸福里如果没有孤单和寂寞的时刻，幸福依然是不圆满的。

　　最好的是，在孤单与寂寞的时候，自己也能品味出那清醒明净的滋味，有时能有一些些记忆和相思牵系，才是最幸福的事。

　　清晨滚着金边的红云，是美的。

　　午后飘过慵懒的白云，是美的。

　　黄昏燃烧炽烈的晚霞，是美的。

　　有时散得干净的天空，也是美的。

　　那密密层层包裹着青天的乌云，使我们带着冷冽的醒觉，何尝不美呢？

　　当一个人，走过了辉煌的少年时代，有许多人就开始在孤单与寂寞的煎熬中过日子；当一个人，失去了情爱与生命的理想，可能就会在无奈的孤独中忍受一生；当一个人，不能体会到独处的丰富与幸福时，他的生命之火就开始黯然褪色……

　　凄清的明月是不是与美丽的明月同一个明月呢？当我们从生命的烂醉醒来的时候，保持明净的心灵世界，让我们也欢喜独处时的寂寞吧！因为要做一个自足的人，就是每一时每一刻都能看清云彩

从心窗飘过的姿势。在云也散干净的时候，还能在永夜中保持愉悦清明，那么，即使记忆与相思不减，我们也能自在坦然地走下去。

飞鸽的早晨

哥哥在山上做了一个捕鸟的网，带他去看有没有鸟入网。

他们沿着散满鹅卵石的河床，那时正是月桃花开放的春天，一路上月桃花微微的乳香穿过粗野的山林草气，随着温暖的风在河床上流荡。随后，他们穿过一些人迹罕到的山径，进入生长着野相思林的山间。

在路上的时候，哥哥自豪的对他说："我的那面鸟网仔，飞行的鸟很难看见，在有雾的时候逆着阳光就完全看不见了。"

看到网时，他完全相信了哥哥的话。

那面鸟网布在山顶的斜坡，形状很像学校排球场上的网，狭长形的，大约有十公尺那么长，两旁的网线系在两棵相思树干上，不仔细看，真是看不见那面网。但网上的东西却是很真切的在扭动着，哥哥在坡下就大叫："捉到了！捉到了！"然后很快地奔上山坡，他拼命跑，尾随着哥哥。

跑到网前，他们一边喘着大气，才看清哥哥今天的收获不少，网住了一只鸽子、三只麻雀，它们的脖颈全被网子牢牢扣死，却还拼命的在挣扎，"这网子是愈扭动扣得愈紧"。哥哥得意地说，把两只麻雀解下来交给他，他一手握一只麻雀，感觉到麻雀高热的体温，麻雀蹦蹦慌张的心跳，也从他手心传了过来，他忍不住同情地注视刚从网子解下的麻雀，它们正用力地呼吸着，发出像人一样的咻咻之声。

咻咻之声在教室里流动，他和同学大气也不敢喘，静静地看着老师。

老师正靠在黑板上，用历史课本掩面哭泣。

他们那一堂历史课正讲到南京大屠杀，老师说到日本兵久攻南京城不下，后来进城了，每个兵都执一把明晃晃的武士刀，从东门杀到西门，从街头砍到巷尾，最后发现这样太麻烦了，就把南京的老百姓集合起来挖壕沟，挖好了跪在壕沟边，日本兵一刀一个，刀落头滚，人顺势前倾栽进沟里，最后用新翻的土掩埋起来。

"民国二十六年十二月十三日，你们必须记住这一天，日本兵进入南京城，烧杀奸淫，我们中国老百姓，包括妇女和小孩子，被惨杀而死的超过三十万人……"老师说着，他们全身的毛细孔都张开，轻微地颤抖着。

说到这里，老师叹息一声说："在那个时代，能一刀而死的人已经是最幸运了。"

老师合起历史课本，说她有一些亲戚住在南京，抗战胜利后，她到南京去寻找亲戚的下落，十几个亲戚竟已骸骨无存，好像从来没有在这个世界存在过，她在南京城走着，竟因绝望的悲痛而昏死过去……

老师的眼中升起一层雾，雾先凝成水珠滑落，最后竟掩面哭了出来。

老师的泪，使他们仿佛也随老师到了那伤心之城。他温柔而又忧伤地注视这位他最敬爱的历史老师，老师挽了一个发髻，露出光洁美丽饱满的额头，她穿一袭蓝得天空一样的蓝旗袍，肌肤清澄如玉，在她落泪时是那样凄楚，又是那样美。

老师是他那时候的老师里唯一来自北方的人，说起国语来水波灵动，像小溪流过竹边，他常坐着听老师讲课而忘失了课里的内容，就像听见风铃叮叮摇曳。她是那样秀雅，很难让人联想到那烽火悲歌的时代，但那是真实的呀！最美丽的中国人也从炮火里走过！

说不出为什么，他和老师一样心酸，眼泪也落了下来，这时，他才听见同学们都在哭泣的声音。

老师哭了一阵，站起来，细步急走地出了教室。他望出窗口，看见老师从校园中两株相思树穿过去，蓝色的背影在相思树中隐没。

哥哥带他穿过一片浓密的相思林，拨开几丛野芒花。

他才看见隐没在相思林中用铁丝网围成的大笼子，里面关了十几只鸽子，还有斑鸠、麻雀、白头翁、青笛儿，一些吱吱喳喳的小鸟。

哥哥讨好地说："这笼子是我自己做的，你看，做得不错吧?"他点点头，哥哥把笼门拉开，将新捕到的鸽子和麻雀丢了进去。他到那时才知道，为什么哥哥一放学就往山上跑的原因。

哥哥大他两岁，不过在他眼中，读初中一年级的哥哥已像个大人。平常，哥哥是不屑和他出游的，这一次能带他上山，是因为两星期前他们曾打了一架，他立志不与哥哥说话，一直到那天哥哥说愿意带他到山上捕鸟，他才让了步。

"为什么不把捕到的鸟带回家呢?"他问。

"不行的，"哥哥说，"带回家会挨打，只好养在山上。"

哥哥告诉他，把这些鸟养在山上，有时候带同学到山上烧烤小鸟吃，真是人间的美味。在那样物资匮乏的年代，烤小鸟对乡下孩子确有很大的诱惑。

他也记得，哥哥第一次带两只捕到的鸽子回家烧烤，被父亲毒打的情景，那是因为鸽子的脚上系着两个脚环，父亲看到脚环时大为震怒，以为哥哥是偷来的。父亲一边用藤条抽打哥哥，一边大声吼叫："我做牛做马饲你们长大，你却去偷人家的鸽子杀来吃!"

"我做牛做马饲你们长大，你却……"这是父亲的口头禅，每次他们犯了错，父亲总是这样生气地说。

做牛做马，对这一点，他记忆中的父亲确实是牛马一样日夜忙

碌的，并且他也知道父亲的青少年时代过得比牛马都不如，他的父亲，是从一个恐怖的时代活存过来的。父亲的故事，他从年幼就常听父亲提起。

父亲生在日据时代的晚期，十四岁时就被以"少年队"的名义调到左营桃仔园做苦工，每天凌晨四点开始工作到天黑，做最粗鄙的工作。十七岁，他被迫加入"台湾总督府勤行报国青年队"，被征调到雾社，及更深山的"富士社"去开山，许多人掉到山谷死去了，许多人体力不支死去了，还有许多是在精神折磨里无声无息地死去了，和他同去的中队有一百多人，活着回来的只有十一个。

他小学一年级第一次看父亲落泪，是父亲说到在"勤行报国青年队"时每天都吃不饱，只好在深夜跑到马槽，去偷队长喂马的饲料，却不幸被逮住了，差一点活活被打死。父亲说："那时候，日本队长的白马所吃的粮，比我们吃得还好，那时我们台湾人真是牛马不如呀！"说着，眼就红了。

二十岁，父亲被调去"海军陆战队"，转战太平洋，后来深入中国内地，那时日本资源不足，据父亲说最后的两年过得是鬼也不如，怪不得日本鬼子后来会恶性大发。父亲在求生不能求死不得的战火中过了五年，最后日本投降，他也随日本军队投降了。

父亲被以"日籍台湾兵"的身分遣送回台湾，与父亲同期被征调的台湾籍日本兵有二百多人，活着回到家乡的只有七个。

"那样深的仇恨，都能不计较，真是了不起的事呀！"父亲感慨地对他们说。

那样深的仇恨，怎样去原谅呢？

这是他幼年时代最好奇的一段，后来他美丽的历史老师，在课堂上用一种庄严明澈的声音，一字一字朗诵了那一段历史：

"我中国同胞们须知'不念旧恶'及'与人为善'为我民

族传统至高至贵之德行。我们一贯声言，我们只认日本黩武的军阀为敌，不以日本的人民为敌。今天敌军已被我们盟邦共同打倒了，我们当然要严密责成他忠实执行所有的投降条款。但是，我们并不要报复，更不可对敌国无辜人民加以污辱。我们只有对他们为他的纳粹军阀所愚弄所驱迫而表示怜悯，使他们能自拔于错误与罪恶。要知道，如果以暴行答复敌人以前的暴行，以奴辱来答复他们从前错误的优越感，则冤冤相报，永无终止，绝不是我们仁义之师的目的。"

听完那一段，他虽不能真切明白其中的含意，却能感觉到字里行间那种宽广博大的悲悯，尤其是最后"仁义之师"四个字使他的心头大为震动。在这种震动里面，课室间流动的就是那悲悯的空气，庄严而不带有一丝杂质。

老师朗读完后，轻轻地说："那时候，全国都弥漫着仇恨与报复的情绪，虽然说被艰苦得来的胜利所掩盖，但如果没有蒋主席在重庆的这段宣言表明政府的态度，留在中国的日本人就不可收拾了。"

老师还说，战争是非常不幸的，只有亲历战争悲惨的人，才知道胜利与失败同样的不幸。我们中国人被压迫、被惨杀、被蹂躏，但如果没有记取这些，而用来报复别人，那最后的胜利就更不幸了。

记得在上那抗战的最后一课，老师已洗清了她刚开始讲抗战的忧伤，而是那么明净，仿佛是芦沟桥新雕的狮子，周身浴在一层透明的光中。那是多么优美的画面，他当时看见老师的表情，就如同供在家里佛案上的白瓷观音。

他和哥哥打架时，深切知道宽容仇恨是很困难的，何况是千万人的被屠杀？可是在那些被仇恨者中，有他最敬爱的父亲，他就觉得那对侵略者的宽容是多么伟大而值得感恩。

老师后来给他们说了一个故事，是他永远不能忘记的：

有一只幼小的鸽子，被饥饿的老鹰追逐，飞入林中，这时一位高僧正在林中静坐。鸽子飞入高僧的怀中，向他求救。高僧抱着鸽子，对老鹰说：

"请你不要吃这只小鸽子吧！"

"我不吃这只鸽子就会饿死了，你慈悲这鸽子的生命，为什么不能爱惜我的生命呢？"老鹰说。

"这样好了，看这鸽子有多重，我用身上的肉给你吃，来换取它的生命，好吗？"

老鹰答应了高僧的建议。

高僧将鸽子放在天平的一端，然后从自己身上割取同等大的肉放在另一端，但是天平并没有平衡。说也奇怪，不论高僧割下多少肉，都没有一只幼小的鸽子重，直到他把股肉臂肉全割尽，小鸽站立的天平竟没有移动分毫。

最后，高僧只好竭尽仅存的一口气将整个自己投在天平的一端，天平才算平衡了。

老师给这个故事做了这样的结论："生命是不可取代的，不管生命用什么面目呈现，都有不可取代的价值，老鹰与鸽子的生命不可取代，侵略者与被侵略者也是一样的，为了救鸽子而杀老鹰是不公平的，但天下有什么绝对公平的事呢？"

说完后，老师抬头看着远方的天空，蓝天和老师的蓝旗袍一样澄明无染，他的心灵仿佛也受到清洗，感受到慈悲有壮大的力量，可以包容这个世界，人虽然渺小，但只要有慈悲的胸怀，也能够像蓝天与虚空一般庄严澄澈，照亮世界。

上完课，老师踩着阳光的温暖走入相思树间，惊起了在枝桠中的麻雀。

黄昏时分，他忧心地坐在窗口，看急着归巢的麻雀零落地飞过。

他的忧心，是因为哥哥第二天要和同学到山上去烧鸟大会，特别邀请了他。他突然想念起那一群被关在山上铁笼里的鸟雀，想起故事里飞入高僧怀中的那只小鸽子，想起有一次他和同学正在教室里狙杀飞舞的苍蝇，老师看见了说："别打呀！你们没看见那些苍蝇正在搓手搓脚地讨饶吗？"

明天要不要去赴哥哥的约会呢？

去呢？不去呢？

清晨，他起了个绝早。

在阳光尚未升起的时候，他就从被窝钻了出来，摸黑沿着小径上山，一路上听见鸟雀们正在醒转的声音，在那些喃喃细语的鸟鸣声中，他仿佛听见了每天清晨上学时母亲对他的叮咛。

在这个纷乱的世间，不论是亲人、仇敌、宿怨，乃至畜生、鸟雀，都是一样疼爱着自己的儿女吧！

跌了好几跤，他才找到哥哥架网的地方，有几只早起的麻雀已落在网里，做最后的挣扎，他走上去，一一解开它们的束缚，看着麻雀如箭一般惊慌地腾飞上空中。

他钻进哥哥隐藏铁笼的林中，拉开了铁丝网的门，鸟们惊疑地注视着他，轻轻扑动翅翼，他把它们赶出笼子，也许是关得太久了，那些鸟在笼门口迟疑一下，才振翅飞起。

尤其是几只鸽子，站在门口半天还不肯走，他用双手赶着它们说："飞呀！飞呀！"鸽子转着墨圆明亮的眼珠，骨溜溜地看着他，试探地拍拍翅，咕咕！咕咕！咕咕！地叫了几声，才以一种优美无比的姿势冲向空中，在他的头上盘桓了两圈，才往北方的蓝天飞去。

在鸽子的咕咕声中，他恍若听见了感恩的情意，于是，他静静地看着鸽子的灰影完全消失在空中，这时候第一道晨曦才从东方的山头照射过来，大地整个醒转，满山的鸟鸣与蝉声从四面八方演奏出来，好像这是多么值得欢腾的庆典。他感觉到心潮汹涌澎湃，他第一次知道自己的心那样清和柔软，像春天里初初抽芽的绒绒草地，

随着他放出的高飞远扬的鸽子、麻雀、白头翁、斑鸠、青笛儿，他听见了自己心灵深处一种不能言说的慈悲的消息，在整个大地里萌动涌现。

看着苏醒的大地，看着流动的早云，看着光明无限的天空，看着满天清朗的金橙色霞光，他的视线逐渐模糊了，才发现自己的眼中饱孕将落未落的泪水，心底的美丽一如晨曦照耀的露水，充满了感恩的喜悦。

红心番薯

　　看我吃完两个红心番薯，父亲才放心地起身离去，走的时候还落寞地说：为什么不找个有土地的房子呢？

　　这次父亲北来，是因为家里的红心番薯收成，特地背了一袋给我，还挑选几个格外好的，希望我种在庭前的院子。他万万没有想到，我早已从郊外的平房搬到城中的大厦，根本是容不下绿色的地方，甚至长不出一株狗尾草，不要说番薯了。

　　到车站接了父亲回到家里，我无法形容父亲的表情有多么近乎无望。他在屋内转了三圈，才放下提着的麻袋，愤愤地说："伊娘咧！你竟住在无土的所在！"一个人住在脚踏不到泥土的地方，父亲竟不能忍受，也是我看到他的表情才知道的。然后他的愤愤转成喃喃："你住在这种上不着天下不落地的所在，我带来的番薯要种在哪里？要种在哪里？"

　　父亲对番薯的感情，也是这两年我才深切知道的。

　　那是有一次我站在旧家前，看着河堤延伸过来的苇芒花，在微凉秋风中摇动着，那些遍地蔓生的苇芒长得有一人高，我看到较近的苇芒摇动得特别厉害，凝神注视，才突然看到父亲走在那一片苇芒里，我大吃一惊。原来父亲的头发和秋天灰白的苇芒花是同一个颜色，他在遍生苇芒的野地里走了几百公尺，我竟未能看见。

　　那时我站在家前的番薯田里，父亲来到我的面前，微笑地问："在看番薯吗？你看长得像羊头一样大了哩！"说着，他蹲下来很细心地拨开泥土，捧出一个精壮圆实的番薯来，以一种赞叹的神情注

视着番薯。我带着未能在苇芒花中看见父亲身影的愧疚心情，与他面对面蹲着。父亲突然像儿童天真欢愉地叹了一口气，很自得地说："你看，恐怕没有人番薯种得比我好了。"然后他小心翼翼把那个番薯埋入土中，动作像在收藏一件艺术品，神情庄重而带着收获的欢愉。

父亲的神情使我想起幼年有关于番薯的一些记忆。有一次我和几位内地的小孩子吵架，他们一直骂着："番薯呀！番薯呀！"我们就回骂："老芋呀！老芋呀！"

对这两个名词我是疑惑的，回家询问了父亲。那天他喝了几杯老酒，神情至为愉快，他打开一张老旧的地图，指着台湾的那一部分说："台湾的样子真是像极了红心的番薯，你们是这番薯的子弟呀！"而无知的我便指着北方广大的内地说："那，这大陆的形状就是一个大的芋头了，所以内地人是芋仔的子弟？"父亲大笑起来，抚着我的头说："憨囝仔，我们也是内地来的，只是来得比较早而已。"

然后他用一支红笔，从我们遥远的北方故乡有力地画下来，牵连到我们所居的台湾南部。那是第一次在十烛光的灯泡下，我认识到，芋头与番薯原来是极其相似的植物，并不是我们想象中那么判然有别的。也第一次知道，原来在东北会落雪的故乡，也遍生着红心的番薯。

我更早的记忆，是从我会吃饭开始的。家里每次收成番薯，总是保留一部分填置在木板的眠床底下。我们的每餐饭中一定煮了三分之一的番薯，早晨的稀饭里也放了番薯，有时吃腻了，我就抱怨起来。

听完我的抱怨，父亲就激动地说起他少年的往事。他们那时为了躲警报，常常在防空壕里一窝就是一整天。所以祖母每每把番薯煮好放着，一旦警报声响，父亲的九个兄弟姊妹就每人抱两三个番薯直奔防空壕，一边啃番薯，一边听飞机和炮弹在四处交响。他的结论常常是："那时候有番薯吃，已经是天大的幸福了。"他一说完这个故事，我们只好默然地把番薯扒到嘴里去。

父亲的番薯训诫并不是寻常都如此严肃，偶尔也会说起战前在日本人的小学堂中放屁的事。由于吃多了番薯，屁有时是忍耐不住的，当时吃番薯又是一般家庭所不能免，父亲形容说："因此一进了教室往往是战云密布，不时传来屁声。"而他说放屁是会传染的，常常一呼百诺，万众皆响。有一回屁得太厉害，全班被日本老师罚跪在窗前，即使跪着，屁声仍然不断。父亲顽笑地说："经过跪的姿势，屁声好像更响了。"他说这些的时候，我们通常就吃番薯吃得比较甘心，放起屁来也不以为忤了。

然后是一阵战乱，父亲到南洋打了几年仗，在丛林之中，时常从睡梦中把他唤醒、时常让他在思乡时候落泪的，不是别的珍宝，只是普普通通的红心番薯。它烤炙过的香味，穿过数年的烽火，在万金家书也不能抵达的南洋，温暖了一位年轻战士的心，并呼唤他平安地回到家乡。他有时想到番薯的香味，一张像极番薯形状的台湾地图就清楚地浮现，思绪接着往南方移动，再来的图像便是温暖的家园，还有宽广无边结满黄金稻穗的大平原……

战后返回家乡，父亲的第一件事便是在家前家后种满了番薯，日后遂成为我们家的传统。家前种的是白瓢番薯，粗大壮实，可以长到十斤以上一个；屋后一小片园地是红心番薯，一串一串的果实，细小而甜美。白瓢番薯是为了预防战争逃难而准备的，红心番薯则是父亲南洋梦里的乡思。

每年父亲从南洋归来的纪念日，夜里的一餐我们通常不吃饭，只吃红心番薯，听着父亲诉说战争的种种，那是我农夫父亲的忧患意识。他总是记得饥饿的年代番薯是可以饱腹的。如今回想起来，一家人围着小灯食薯，那种景况我在梵谷的名画《食薯者》中几乎看见。在沉默中，是庄严而肃穆的。

在这个近百年来中国最富裕的此时此地，父亲的忧患想来恍若一个神话。大部分人永远不知有枪声，只有极少数经过战争的人，

在他们的心底有一段番薯的岁月，那岁月里永远有枪声时起时落。

由于有那样的童年，日后我在各地旅行的时候，便格外留心番薯的踪迹。我发现在我们所居的这张番薯形状的地图上，从最北角到最南端，从山坡上干瘠的石头地到河岸边肥沃的沙埔，番薯都能够坚强地、不经由任何肥料与农药而向四方生长，并结出丰硕的果实。

有一次，我在澎湖人迹已经迁徙的无人岛上，看到人所耕种的植物都被野草吞灭了，只有遍生的番薯还和野草争着方寸，在无情的海风烈日下开出一片淡红的晨曦颜色的花，而且在最深的土里，各自紧紧握着拳头。那时我知道在人所种植的作物之中，番薯是最强悍的。

这样想着，幼年家前家后的番薯花突然在脑中闪现，番薯花的形状和颜色都像牵牛花，唯一不同的是，牵牛花不论在篱笆上，在阴湿的沟边，都是捏头挺胸，仿佛要探知人世的风景；番薯花则通常是卑微地依着土地，好像在嗅着泥土的芳香。在夕阳将下之际，牵牛花开始萎落，而那时的番薯花却开得正美，淡红夕云一样的色泽，染满了整片土地。

正如父亲常说，世界上没有一种植物比得上番薯，它从头到脚都有用，连花也是美的。现在连台北最干净的菜场也卖有番薯叶子的青菜，价钱还颇不便宜。有谁想到这在乡间是最卑贱的菜，是逃难的时候才吃的？

在我居住的地方，巷口本来有一位卖糖番薯的老人，一个滚圆的大铁锅，挂满了糖渍过的番薯，开锅的时候，一缕扑鼻的香味由四面扬散出来，那些番薯是去皮的、长得很细小，却总像记录着什么心底的珍藏。有时候我向老人买一个番薯，散步回来时一边吃着，那蜜一样的滋味进了腹中，却有一点酸苦，因为老人的脸总使我想起在烽烟奔走过的风霜。

老人是离乱中幸存的老兵，家乡在山东偏远的小县城。有一回我们为了地瓜问题争辩起来，老人坚持台湾的红心番薯如何也比不上他家乡的红瓤地瓜，他的理由是："台湾多雨水，地瓜哪有俺家乡的甜？俺家乡的地瓜真是甜得像蜜的！"老人说话的神情好像当时他已回到家乡，站在地瓜田里。看着他的神情，使我想起父亲和他的南洋，他在烽火中的梦，我乃真正知道，番薯虽然卑微，它却连结着乡愁的土地，永远在乡思的天地里吐露新芽。

父亲送我的红心番薯过了许久，有些要发芽的样子，我突然想起在巷口卖糖番薯的老人，便提去巷口送他，没想到老人改行卖牛肉面了，我说："你为什么不卖地瓜呢？"老人愕然地说："唉！这年头，人连米饭都不肯吃了，谁来买俺的地瓜呢？"我无奈地提番薯回家，把番薯袋子丢在地上，一个番薯从袋口跳出来，破了，露出其中的鲜红血肉。这些无知的番薯，为何经过卅年，心还是红的！不肯改一点颜色？

老人和父亲生长在不同背景的同一个年代，他们在颠沛流离的大时代里，只是渺小而微不足道的人，可能只有那破了皮的红心番薯才能记录他们心里的颜色；那颜色如清晨的番薯花，在晨曦掩映的云彩中，曾经欣欣地茂盛过，曾经以卑微的球根聚汇互相拥抱、互相温暖，他们之所以能卑微地活过人世的烽火，是因为在心底的深处有着故乡的骄傲。

站在阳台上，我看到父亲去年给我的红心番薯，我任意种在花盆中，放在阳台的花架上，如今，它的绿叶已经长到磨石子地上，甚至有的伸出阳台的栏杆，仿佛在找寻什么。每一丛红心番薯的小叶下都长出根的触须，在石地板久了，有点萎缩而干枯了。那小小的红心番薯竟是在找寻它熟悉的土地吧！因为土地，我想起父亲在田中耕种的背影，那背影的远处，是他从芦苇丛中远远走来，到很近的地方，花白的发，冒出了苇芒。为什么番薯的心还红着，父亲的发竟白了。

在我十岁那年，父亲首次带我到都市来，我们行经一片被拆除

公寓的工地，工地堆满了砖块和沙石；父亲在堆置的砖块缝中，一眼就辨认出几片番薯叶子，我们循着叶子的茎络，终于找到一株几乎被完全掩埋的根，父亲说："你看看这番薯，根上只要有土，它就可以长出来。"然后他没有再说什么，执起我的手，走路去饭店参加堂哥隆重的婚礼。如今我细想起来，那一株被埋在建筑工地的番薯，是有着逃难的身世，由于它的脚在泥土上，苦难也无法掩埋它，比起这些种在花盆中的番薯，它有着另外的命运和不同的幸福，就像我们远离了百年的战乱，住在看起来隐密而安全的大楼里，却有了失去泥土的悲哀——伊娘咧！你竟住在无土的所在。

　　星空夜静，我站在阳台上仔细端凝盆中的红心番薯，发现它吸收了夜的露水，在细瘦的叶片上，片片冒出了水珠，每一片叶都沉默的小心地呼吸着。那时，我几乎听到了一个有泥土的大时代，上一代人的狂歌与低吟都埋在那小小的花盆，只有静夜的敏感才能听见。

水月河歌

带孩子坐小火车到淡水,去河口看夕阳。

这是我青年时代喜欢短程旅行的一条路,那时候总是一个人跳上小火车到淡水去,最好是下午时分,小火车通常是空荡荡的,给我一种愉悦平安的心情。

那时候到淡水的公车颠簸得厉害,而且要经过许多风沙的洗礼,坐火车是最好的交通工具。火车铁道的两岸,偶然可以见到水牛与白鹭鸶,放眼望去全是翠绿的稻田,时常令我想起南方的家乡,从台北到淡水就好像穿过一个美丽的传说。

到了淡水,从车站出来,我常跑到小镇的两家古董店里,那古董店被极厚的灰尘蒙住,仿佛从未清洗过,古董也堆积得乱七八糟,一般人走过也不会发现的。可是我常在里面盘桓半天,常常会找到一些令人惊喜的东西。

如果时间还早,顺便看附近几家卖竹器的小店,他们有精美的虾笼、草鞋、竹篮,价钱非常便宜。然后,从竹器店旁边永远泥泞的小巷穿进去就是淡水龙山寺了,那里有最安静的午后的阳光,独眼老妇泡来一壶很粗苦的老人茶,喝到完全没有味道时,正好读完一本诗集。

茶喝完了,以一种极为休闲的心情踱过古老的石板路,沿着依旧鲜明的老墙垣,先到鱼市场去看鱼贩子叫卖鲜鱼,体会一下生活的艰辛,这时候看夕阳的时间大概就到了。

河口的地方通常泊着一些刻写着岁月风霜的小木舟,岸上有一

些人立着钓鱼，注视着海面，钓鱼的人从七十多岁的老先生到七八岁的孩子都有，有的是阿公带着孙子。看他们站的姿势，大概可以知道他们是哪里人，外地来的人有点局促，淡水本地人则自在得近乎无为。

运气好的话，正好可以赶上从淡水开到八里的小渡轮，买了票，三三两两上船，在船上看巨大清澄的夕阳从遥远的海面落下，注意看，那海面是有间层的，靠近我们的地方是深蓝色，然后是浅蓝色、绿色，靠近夕阳的那一条线则是黄金色的。夕阳也有间层，靠海面的一端是深红色，中间橘色，上面是金色，夕阳外面是放着万道霞光的天空。

我一直认为淡江夕照是台湾最美的夕照，那是因为河海交接处非常辽阔干净，左面又有翠绿的观音山作屏障，而这里的夕阳也显得格外巨大，巨大到犹如就在身边。

看完夕阳，海面开始起夜风了，巷道里有一家著名的鱼丸汤，是由鲜嫩的鱼酱做成：热气蒸腾，人潮汹涌，喝完后，会觉得是人生至美的享受了。

这时不要去吃海鲜，因为如果吃了海鲜就"过度"了，过度则失去美感，应该在夜色升起之际赶搭小火车离开淡水，在离开的时候计划下一次的造访。于是，就在火车上，已经期待着下一次的淡江与夕照了。

我的青年时代有非常多的假日时光就是这样度过的，许多我喜欢的诗集也都在淡水龙山寺里读过一次。后来我结婚了，和妻子常去；有了孩子，在假日时候就带孩子去。我曾经无数次在黄昏时刻，突然造访淡水的夕阳。

雨天没有夕阳的时候也是好的，只是秩序要倒过来，先到河口去，看汹涌的蓝黑色的海水拍打海岸，看在云雾中缥缈的观音山，然后在寒气里走过泥泞的市场，到龙山寺去喝茶，像那样粗糙的茶叶我平常是不喝的，可是听着落在天井里的雨声，却能品到那茶的滋味无比。

我的孩子没有像我那么幸运，我第一次带他坐火车到淡水的时候，龙山寺的茶摊早就被寺庙赶走了，内部已全部改装粉刷，好像一个臃肿的中年胖妇，努力涂满脂粉，却反而显露出庸俗的面貌，龙山寺的岁月随着美感，同时失落在充满腥味的市场里。

古董店的好古董全部被买光了，看一下午也看不到一个惊喜。

竹器店里的东西再也不如以前精致了。

鱼市场里，海鲜一样多，可是有时候渔人把招潮蟹也捕来卖，招潮蟹一点也没有肉，是用来骗外地人的，可见得道德的低落。

最糟的是小火车所路经的两边，美景已经不再，大部分时候都弥漫着青灰色的烟尘，使人不敢大口呼吸的一种颜色。

河口的海岸上已经没有人垂钓，听说如果有人在河口边钓到大鱼已经是奇迹了，大部分鱼虾都因污染而死，不死的也往外海游去了。海面上是一片点点星星的浮油，散发着微微的臭气，在海上飘去又聚拥，好像永远不会消散的样子。

连夕阳照在海面的颜色都变了，光泽不再有任何的间层，只是黑黝黝的一片。

我的孩子很少有机会坐小火车，在火车上跑来跑去，兴奋得不得了。到河口的时候，他看海看山都看得痴了，他说，山好高，海好大，夕阳好美。

当他说："爸爸，大海好美。"说完，赞美地叹了一口气，我也随他叹了一口气。我的孩子从来无法比较，因此他认为眼前就是最美的海了，所以叹气。我的叹气是，我永远也无法告诉孩子，我少年时代眼中所见到的同一个海口是多么美，那是他所不可能追想的。

河海的面相如此，我们差不多可以推想，那一条曾经有过辉煌人文史实的淡水，从最上游到最下游，几乎全被污染了，鱼虾固已死灭。我想，也没有人敢喝一口淡水河里的水了，一口，想必就能致命。

谁能想到，这种变化只是十几二十年的事呢？

有一位民意代表曾经在抨击淡水河川污染时，激动地希望主管污染的官员去喝一口淡水河的水，他并且说出他心底最低的希望，他说："我们不敢盼望淡水河有河清之日，但是我希望在西元两千年时有人敢跳下淡水河游泳，能做到这样，污染的防治就成功了。"他的心情我是可以理解的。

带孩子回台北的时候，天色已经全黑了，我回望淡水，想起少年时代的情怀与往事，都已经去远了，是镜花，也是水月，由于一条河的败坏，更感觉那水月镜花是虚幻不实的。

那一切的水月河歌，虽曾真实存在过，却已默默流失，这就是无常。

无常是时空的必然进程，它迫使我们失去年轻的，珍贵的、戴着光环的岁月，那是可感叹遗憾的心情、是无可奈何的。可是，如果无常是因为人的疏忽而留下惨痛的教训，则是可痛恨和厌憎的。

"世界光如水月，身心皎若琉璃"，这个世界的水月不再光明剔透了，做为一个渺小的人，只有维持自心的清明，才能在这五浊的世间唱一首琉璃之歌吧！

我抱紧我的孩子，随火车摇摆，离开了淡水，失去了一个年轻时代的故梦。

白雪少年

我小学时代使用的一本国语字典，被母亲细心地保存了十几年，最近才从母亲的红木书柜里找到。那本字典被小时候粗心的手指扯掉了许多页，大概是拿去折纸船或飞机了，现在怎么回想都记不起来，由于有那样的残缺，更使我感觉到一种任性的温暖。

更惊奇的发现是，在翻阅这本字典时，找到一张已经变了颜色的"白雪公主泡泡糖"的包装纸，那是一张长条的鲜黄色纸，上面用细线印了一个白雪公主的面相，于今看起来，公主的图样已经有一点粗糙简陋了。至于如何会将白雪公主泡泡糖的包装纸夹在字典里，更是无从回忆。

到底是在上国语课时偷偷吃泡泡糖夹进去的？是夜晚在家里温书吃泡泡糖夹进去的？还是有意地保存了这张包装纸呢？翻遍国语字典也找不到答案。记忆仿佛自时空遁去，渺无痕迹了。

唯一记得的倒是那一种旧时乡间十分流行的泡泡糖，是粉红色长方形十分粗大的一块，一块需五毛钱。对于长在乡间的小孩子，那时的五毛钱非常昂贵，是两天的零用钱，常常要咬紧牙根才买来一块，一嚼就是一整天，吃饭的时候把它吐在玻璃纸上包起，等吃过饭再放到口里嚼。

父亲看到我们那么不舍得一块泡泡糖，常生气地说："那泡泡糖是用脚踏车坏掉的轮胎做成的，还嚼得那么带劲！"记得我还傻气地问过父亲："是用脚踏车轮做的？怪不得那么贵！"惹得全家人笑得喷饭。

说是"白雪公主泡泡糖",应该是可以吹出很大气泡的,却不尽然。吃那泡泡糖多少靠运气,记得能吹出气泡的大概五块里才有一块,许多是硬到吹弹不动,更多的是嚼起来不能结成固体,弄得一嘴糖沫,赶紧吐掉,坐着伤心半天。我手里的这一张可能是一块能吹出大气泡的包装纸,否则怎么会小心翼翼地夹做纪念呢?

我小时候并不是很乖巧的那种孩子,常常为着要不到两毛钱的零用就赖在地上打滚,然后一边打滚一边偷看母亲的脸色,直到母亲被我搞烦了,拿到零用钱,我才欢天喜地地跑到街上去,或者就这样跑去买了一个白雪公主,然后就嚼到天黑。

长大以后,再也没有在店里看过"白雪公主泡泡糖",都是细致而包装精美的一片一片的"口香糖";每一片都能嚼成形,每一片都能吹出气泡,反而没有像幼年一样能体会到买泡泡糖靠运气的心情。偶尔看到口香糖,还会想起童年,想起嚼"白雪公主"的滋味,但也总是一闪即逝,了无踪迹。直到看到国语字典中的包装纸,才坐下来顶认真地想起白雪公主泡泡糖的种种。

如果现在还有那样的工厂,恐怕不再是用脚踏车轮制造,可能是用飞机轮子了——我这样游戏地想着。

那一本母亲珍藏十几年的国语字典,薄薄的一本,里面缺页的缺页、涂抹的涂抹,对我已经毫无用处,只剩下纪念的价值。那一张泡泡糖的包装纸,整整齐齐,毫无毁损,却宝藏了一段十分快乐的记忆;使我想起真如白雪一样无瑕的少年岁月,因为它那样白那样纯净,几乎所有的事物都可以涵容。

那些岁月虽在我们的流年中消逝,但借着非常非常微小的事物,往往一勾就是一大片,仿佛是草原里的小红花,先是看到了那朵红花,然后发现了一整片大草原,红花可能凋落,而草原却成为一个大的背景,我们就在那背景成长起来。

那朵红花不只是白雪公主泡泡糖,可能是深夜里巷底按摩人幽长的笛声,可能是收破铜烂铁老人沙哑的叫声,也可能是夏天里卖冰淇淋小贩的喇叭声……有一回我重读小学时看过的《少年维特的烦恼》，书里就曾夹着用歪扭字体写成的纸片，只有七个字："多么可怜的维特"！其实当时我那里知道歌德，只是那七个字，让我童年伏案的身影整个显露出来，那身影可能和维特是一样纯情的。

有时候我不免后悔童年留下的资料太少，常想："早知道，我不会把所有的笔记簿都卖给收破烂的老人。"可是如果早知道，我就不是纯净如白雪的少年，而是一个多虑的少年了。那么丰富的资料原也不宜留录下来，只宜在记忆里沉潜，在雪泥中找到鸿爪，或者从鸿爪体会那一片雪。

这样想时，我就特别感恩着母亲。因为在我无知的岁月里，她比我更珍视我所拥有过的童年，在她的照相簿里，甚至还有我穿开裆裤的照片。那时的我，只有父母有记忆，对我是完全茫然了，就像我虽拥有白雪公主泡泡糖的包装纸，那块糖已完全消失，只留下一点甜意——那甜意竟也有赖母亲爱的保存。

棒　喝

"站住！"

我们半夜翻墙到校外吃面，回到学校时，突然从墙角响起一阵暴喝，我正在心里闪过"完了"这样的念头时，一个高大的黑影已经窜到面前。

站在我们前面的老师，是我们的训导主任兼舍监，也是我就读的学校里最残酷冷漠无情的人，他的名字偏偏叫郑人贵，但是我们在背后都叫他"死人面"，因为从来没有学生见他笑过，甚至也没有人见他生气过，他只是冷冷地站在那里，永远没有表情地等待学生犯错，然后没有表情地处罚我们。

他的可怕是难以形容的，他是每一个学生的噩梦，在你成功时他不会给你掌声，在你快乐时他不会与你分享，他总是在我们犯错、失败、悲伤的时候出现，给予更致命的打击。

他是最令人惊吓的老师，只要同学相聚在一起的时候，有人喊一句"死人面来了"，所有的人全身的毛孔都会立即竖起。我有一个同学说，他这一生最怕的人就是"死人面"，他夜里梦到恶鬼，顶多惊叫一声醒来，有一次梦到"死人面"，竟病了一个星期。他的威力比鬼还大，一直到今天？我偶尔想起和他面对面站着的画面，还会不自制地冒出冷汗。

这样的一位老师，现在就站在我们面前。

"半夜了，跑去那里？"他寒着脸。

我们沉默着，连呼吸都不敢大声。

"说！"他用拳头捶着我的胸膛："林清玄，你说！"

"肚子饿了，到外面去吃碗面。"我说。

"谁说半夜可以吃面的？"他把手伸到身后，从腰带上抽出一根又黑又厚的木棍，接着就说，"站成一列。"

我们站成一列以后，他命令道："左手伸出来！"

接着，我们咬着牙，闭着眼睛，任那无情的木棍像暴雷一样打击在手上，一直打到每个人的手上都冒出血来，打到我们全身都冒着愤恨的热气，最后一棍是打在我手上的，棍子应声而断，落在地上。他怔了一下，把手上另外半根棍子丢掉，说："今天饶了你们，像你们这样放纵，如果能考上大学，我把自己的头砍下来给你们当椅子坐！"

说完，他头也不回地走了，留下我们七个人缓缓从眼中流下委屈的泪水，我的左手接下来的两星期连动也不能动，那时我是高中三年级的学生，只差三个月就要考大学了。我把右手紧紧握着，很想一拳就把前面的老师打死。

"死人面"的可怕就在于，他从来不给人记过，总是用武力解决，尤其是我们住在宿舍的六十几个学生，没有不挨他揍的，被打得最厉害的是高三的学生，他打人的时候差不多是把对方当成野狗一样的。

他也不怕学生报复，他常常说："我在台湾没有一个亲人，死了也就算了。"在我高二那年，曾有五个同学计划给他"盖布袋"，就是用麻袋把他盖起来，毒打一顿，丢在垃圾堆上。计画了半天，夜里埋伏在校外的木麻黄行道树下，远远看到他走来了，那五个学生不但没有上前，几乎是同时拔腿狂奔，逃走了。这个事情盛传很广，后来就没有人去找他报复了。

他的口头禅是："几年以后，你们就会知道我打你们，都是为你们好。"

果然，我们最后一起被揍的七个人里，有六个人那一年考上大

学，当然，也没有人回去要砍他的头当椅子坐了。

经过十五年了，我高中时代的老师几乎都在印象中模糊远去，只对郑人贵老师留下深刻的印象，可见他的棒子顶有威力。几年前我回学校去找他，他因癌症过世了，听说死时非常凄惨，我听了还伤心过一阵子。

我高中时代就读台南市私立瀛海中学，在当年，这个海边的学校就是以无比严格的教育赢得声名，许多家长都把不听话的，懒惰的、难以管教的孩子送进去，接受斯巴达教育。我就是在这种情况，被父亲送去读这个学校的。

不过，学校虽然严格，还是有许多非常慈爱的老师。曾担任过我两年导师的王雨苍老师，是高中时对我影响最大的老师。

王雨苍老师在高二的时候接了我们班的导师，并担任国文老师，那时我已被学校记了两个大过两个小过，被留校察看，赶出学校宿舍。我对学校已经绝望了，正准备迎接退学，然后转到乡下的中学去，学校里大部分的老师都放弃我了。

幸好，我的导师王雨苍先生没有放弃我，时常叫我到老师宿舍吃师母亲手做的菜，永远在我的作文簿上给我最高的分数，推荐我参加校外的作文比赛，用得来的奖来平衡我的操行成绩。有时他请假，还叫我上台给同学上国文课，他时常对我说："我教了五十年书，第一眼就看出你是会成器的学生。"

他对待我真是无限的包容与宽谅，他教育我如何在联考的压力下寻找自己的道路，也让我知道如何寻找自己的理想，并坚持它。

王老师对我反常的好，使我常在深夜反省，不致在最边缘的时候落入不可挽救的深渊。其实不是我真的好，而是我敬爱他，不敢再坏下去，不敢辜负他，不敢令他失望。

高中毕业那一天，我忍不住跑去问他："为什么所有的老师都放弃我，您却对我特别好？"他说："这个世界上，关怀是最有力量的，时时关怀四周的人与事，不止能激起别人的力量，也能鞭策自己不致堕落，我当学生的时候正像你一样，是被一位真正关心我的老师救起来的……"

后来我听到王雨苍老师过世的消息，就像失去了最亲爱的人一样。他给我的启示是深刻而长久的，这么多年来，我能时刻关怀周遭的人与事，并且同情那些最顽劣、最可怜、最卑下、最被社会不容的人，是我时常记得老师说的："在这个世界上，关怀是最有力量的。"

王雨苍老师和郑人贵老师分别代表了好老师两种极端的典型，一个是无限的慈悲，把人从深谷里拉拔起来；一个是极端的严厉，把人逼到死地激起前冲的力量。虽然他们的方法不同，我相信他们都有强烈的爱，才会表现那么特别的面目。

这使我想起中国禅宗里，禅师启示弟子的方法，大凡好的禅师都不是平平常常，不冷不热，而是有强烈的风格，一种是慈悲的，在生活的细节里找智慧来教化弟子，使弟子在如沐春风中得到开悟，这是伟大的身教，使学生在无形中找到自己的理想和道路。

伟大慈悲的禅师是超越了知识教化的理解，直接进入实践的层次。我们来看两个例子：

白居易问杭州鸟窠道林禅师："如何是佛法大意？"

禅师曰："诸恶莫作，众善奉行。"

白居易奇怪地说："这三岁的小孩子也会说。"

禅师说："三岁孩儿虽道得，八十老人行不得。"

另一个故事是有源律师问越州大珠慧海禅师："和尚修道还用功否？"

师曰："用功。"

曰："如何用功？"

师曰："饥来吃饭，困来安眠。"

曰："一般人总如是，同师用功否？"

师曰："不同。"

曰："何故不同？"

师曰："他吃饭时不肯吃饭，百种需索。睡时不肯睡，千般计较，所以不同也。"

禅师如此，任何好的老师也无不如此，其实大家心里都知道好老师的标准，只是不肯或不能依照这个标准去实践罢了，这就是身教。

但还有一种好的禅师是不用身教的，他们用极端严厉的方法来逼迫弟子，让弟子回到最原始的自我，激发出非凡的潜力，所以中国禅宗的传统里有许多棒喝、叱咤的故事，马祖在对待弟子百丈怀海的问题时，曾大喝一声，使怀海禅师耳聋三日。

最有名的惯用呼喝的禅师是临济义玄，由于他时常对弟子大声喝叱，使许多弟子怀疑他的慈悲，但他确是一个好的老师，他曾解释自己喝的作用："我有时一喝如金刚王宝剑（意即斩断烦恼，智慧生起）；有时一喝如踞地狮子（意即震慑学生心神，阻住情解）；有时一喝如探竿影草（考验学生的功夫深浅）；有时一喝不作一喝用（转移学生的迷执）。"

但是像临济这么严厉的禅师，他的师父黄檗禅师比他更严厉，他做黄檗的弟子三年才去问法。

他去问法："如何是佛法大意？"

声未绝，黄檗便打。

师又问，黄檗又打，如是三度发问，三度被打，总共被打了六十棒。

后来临济开悟，就继承了老师的风格。

黄檗和临济都是伟大的教禅的老师，有时他们的爱与慈悲是用棒子和喝叱来表现，并且没有什么特别的理由。

历史上最有名的棒喝是高峰禅师和弟子了义禅师的故事。

宋朝的了义禅师，十七岁时去谒高峰禅师，高峰叫他参"万法归一"这句话，有一天他见到松上坠雪，就写了一首偈呈给高峰，受高峰一顿痛棒，打得坠下数丈深的悬崖，重伤，七日未死，突然大悟，大呼："老和尚，今日瞒不得我也!"高峰给他印可，为他落发。他写了一首偈：

> 大地山河一片雪，太阳一出便无踪;
> 自此不疑诸佛性，更无南北与西东。

可见严厉的棒喝，有时在教育的效用上并不逊于耐心与慈悲。

当我们读到伟大的禅师启悟弟子千奇百怪的方法，使我们更能进入教育的本质，这本质不在于严厉或慈和，而在于有没有真正的爱与智慧，来开发那些幼小的心灵，使他们进入更广大的世界。

从佛教的观点，老师与弟子也是从累世深刻的缘分来的，在禅录《古尊宿语录》中记载，文殊菩萨曾经是毗婆尸佛、尸弃佛、毗舍浮佛、拘留孙佛、拘那含牟尼佛、迦叶佛、释迦牟尼佛七位佛陀的老师，可是在七佛成佛时，他又成为七佛的弟子。

有一位和尚问希迁禅师："文殊是七佛师，文殊有师否?"

禅师回答："文殊遇缘则有师。"

在我们的生命过程里，要遇到几位能启发我们的老师，是不容易的，需要深厚的宿缘。

回想起我在高中时代与老师间的缘分，我怀念最慈悲的王雨苍先生，也怀念那最严厉的郑人贵先生。

阳春世界

高中的时候，我就读台南海边的一所学校。

那学校是以无情的管教学生而著名，并且规定外地来的学生一律要住校，我因此被强迫住在学校宿舍，学校里规定，熄灯以后不准走出校门，否则小过一个。

说来可笑，我高中被记了好几个小过，最后被留校察看随时准备退学，原因竟是：熄灯后翻墙外出，屡劝不听。译成白话，用我的立场说：是学校伙食太差，时常半夜溜出去吃阳春面，不小心被捉到。

吃阳春面吃到小过连连，差点退学，这也是天下奇闻。

学校围墙外有一个北方来的退伍军人，开了一家小小的面馆，他的面条做得异常结实，好像把许多力气揉了进去，非常有滋味。并且他爱说北方的风沙往事，使我们往往宁可冒着被记过的危险，去吃他的阳春面。

那时候没有几个学生吃得起带肉的面，只能吃阳春面，面里浮着几星油丝，三四叶白菜，七八粒葱花，真是纯净一如阳春，但可以吃出面中的麦香，回味无穷。偶尔口袋里多了几文钱，就叫一块"兰花干"放在面上，觉得世界上再没有那样幸福的日子了。

我如今一想到"阳春面加兰花干"，觉得这个名字有非常之美，它的美是素朴的，诗意的，带一点生活平常的香气。但在那时，我们一开口说："老板，一碗阳春面，放一块兰花干。"口水就已经流了满腮。

我对高中时代没有什么留念，却时常想起校外的阳春面，和卖面的北方老板，甚至他的脸容、语音，以及面碗的颜色和形状，都还在眼前。

这些年，不容易吃到好的阳春面，也很少人吃阳春面了，有一次我在桃源街叫一碗阳春面，老板上下打量我半天，叹了一口气说："我已经有五年多没有卖过一碗阳春面了呀！"最后，他边煮我的阳春面，边诉说着现代的人多么浮华，没有牛肉、排骨、猪脚已经吃不下一碗面，他的结论是："再过几年，有很多孩子可能不知道阳春面是什么东西了。"

阳春面其实不只是一碗面，我们这一代的人都是从那个阳春世界里走过来的，阳春世界不见得是好的世界，但却是一个干净、素朴、有着人间暖意的世界。

其实，就在高中时代，我早已坚信，人即使只有吃阳春面的物质条件，便可过得尊严而又幸福了。

槟榔西施

　　我服兵役的时候，部队驻在湖口，营区前面有一条小街，就在这条小街上住了许多的西施。

　　剃头店的小姑娘叫"理发西施"，卖豆腐的小姐叫"豆腐西施"，水饺店的北方小妞叫"水饺西施"，水果店的台湾少女则是"冰店西施"，真是到了十步芳草的地步。

　　所谓西施也者，应该具备一些条件，一是女人，二是未婚，三是具有三分五分或两分一分的姿色，当兵的少年没有什么挑剔，一律称为西施。大家习以为常，被叫西施的少女也都笑嘻嘻地接受了。

　　但是仔细在那街头走一回，就会知道如果西施长那样子，吴越争战的历史就一定要改写了。回头想想，大家那样兴高采烈地叫着西施，实在有助于人情世界的亲和力，也使枯燥的生活带来了欢喜。

　　那条街上最够资格叫"西施"的，是我们叫"槟榔西施"的小姑娘，她不是特别的美，却非常白净清纯，她也不是特别出色，对人却非常亲切，我们时常坐在河沟的这边，望着对岸街角的槟榔西施出神了。那种美是仿佛没有一切尘世的染着才有的，是乡村草野里一朵清晨的姜花，散放着清凉的早春独有的香气。

　　那时的槟榔西施是高中二年级的少女。

　　后来，我因教育召集而回到了往年的营地，十几年过去了，最幸运的是还能遇到"槟榔西施"，她已经是两个孩子的肥胖母亲，听说有一段时间她嫁到都市，因被遗弃而回到了故居。不再有人叫她"槟榔西施"，而变成"槟榔嫂仔"了。

当我说："你不是槟榔西施吗？"

她点头也不是，摇头也不是，脸上有惆怅而复杂的表情，那表情写的不是别的，正是岁月的沧桑。

原本不是太美的这位西施，由于沧桑的侵蚀，也失去了她原有的白净清纯的质地，好像被用来盛腌渍食物的瓷器，失去了它白玉一样的光泽。

走过去的时候，我想着：人如果不能保持青春之美，也应该坚持自己的纯净。

仙堂戏院

　　仙堂戏院成立有三十多年了，它的传统还没有被忘记，就是每场电影散戏的前十五分钟，打开两扇木头大门，让那些原本只能在戏院门口探头探脑的小鬼一拥而入，看一个电影的结局。

　　有时候回乡，我就情不自禁散步到仙堂戏院那一带去，附近本来有许多酒家茶室，由于经济情况改变均已萧条不堪，唯独仙堂戏院的盛况不减当年。所谓盛况指的不是它的卖座，戏院内的人往往三三两两坐不满两排椅子；指的是戏院外等着捡戏尾仔的小学生，他们或坐或站着聆听戏院深处传来的响声，等待那看门的小姐推开咿哑的老旧木门，然后就像麻雀飞入稻米成熟的田中，那么急切而聒噪。

　　接着展露在眼前的是电影的结局，大部分的结局是男女主角历尽千辛万苦终于好事成双；或者侠客们终于报了滔天的大仇骑白马离开田野；或者离乡多年的游子奋斗有成终于返回家乡……有时候结局是千篇一律的，但不管多么类似，对小学生来说，总像是历经寒苦的书生中了状元，象征了人世的完满。

　　等戏院的灯亮就不好玩了，看门的小姐会进来清理门户，把那些还留恋不走的学生扫地出门。因为常常有躲在厕所里的，躲在椅子下的，甚至躲在银幕后面的小孩子，希望看前面的开场和过程，这种"阴谋"往往不能得逞，不管躲在那里，看门小姐都能找到，并且抢起衣领说："散戏了，你还在这里干什么？下一场再来。"问题是，下一场的结局仍然相同，有时一个结局要看上三五次。

纵然电视有再大的能耐，电影的魅力是永远不会消失的。从那些每天放学不直接回家，要看过戏尾才觉得真正放学的孩子脸上，就知道电影不会被取代。

在我成长的小镇里，原本有两家戏院，一家在电视来临时就关闭了，仙堂戏院因此成为唯一的一家。说起仙堂戏院的历史，几乎是小镇娱乐的发展史，它在台湾刚光复的时候就成立了，在开始的时候，听长辈说，是公演一些大陆的黑白影片，偶尔也有卓别林穿梭其间，那时的电影还没有配音，但影像有时还不能使一般人了解剧情，因此产生出一种行业叫"讲电影的"。小镇找不到适当人选，后来请到妈祖庙前的讲古先生。

讲古先生心里当然是故事繁多，不及备载，通常还是有着天马行空的想象力。电影上演的时候，他就坐在银幕旁边，拉开嗓门，凭他的口才和想象力，为电影强做解人。他是中西文化无所不能，什么电影到他手中就有了无限天地，常使乡人产生"说的比演的好"，浑然忘记是看电影，以为置身于说书馆。

讲古先生也不是万般皆好，据我的父亲说，他往往过于饶舌而破坏气氛。譬如看到一对男女情侣亲吻时，他会说："现在这个查埔要亲那个查某，查某眼睛闭了起来，我们知道伊要亲伊了，喔，要吻下去了，喔，快吻到了，喔吻了，这个吻真长，外国郎吻起来总是很长的。吻完了，你看那查某还长长吸一口气，差一点就窒息了……"弄得本来罗曼蒂克的气氛变得哄堂爆笑。由于他对这种场面最爱形容，总受到家乡长辈"不正经"的责骂。

说起来，讲古先生是不幸的。他的黄金时光非常短暂，当有声电影来到小镇，他就失业了；回到妈祖庙讲古也无人捧场，双重失业的结果，乃使他离开小镇，不知所终。

有声电影带来了日本片的新浪潮，像《黄金孔雀城》、《里见八犬传》、《蜘蛛巢城》、《流浪琴师》、《宫本武藏》、《盲剑客》、《日

俄战争》、《山本五十六》等等，都是我幼年记忆里深埋的故事。那时我已经是仙堂戏院的常客，天天去捡戏尾不在话下，有时贪看电影，还会在戏院前拉拉陌生人的裤角，央求着："阿伯仔，拜托带我进场。"那时戏院没有儿童票，小孩只要有大人拉着就免费入场，碰到讨厌的大人就自尊心受损，但我身经百战，锲而不舍，往往要看的电影就没有看不成的。

偶尔运气特别坏，碰不到一个好大人，就向看门的小姐撒娇，"阿姨、姊姊"不绝于口，有时也达到目的。如今想起来也不知为什么当时有那么厚的脸皮，如果有人带我看戏，叫我唤一声阿公也是情愿的。

日本片以后，是刀剑电影，我们称之为"剑光片"。看过的电影不甚记得，依稀好像有《六指琴魔》、《夺魂旗》、《目莲救母》、《火烧红莲寺》等等，最记得的是萧芳芳，好像什么电影都有她。侠女扮相是一等一的好，使我对萧芳芳留下美好的印象；即使后来看到她访问亚兰德伦颇失仪态，仍然看在童年的面子上原谅了她。

那时的爱看电影，到了如醉如痴的地步，时常到仙堂戏院门口去偷撕海报。有时月黑风高，也能偷到几张剧照，后来看楚浮的自传性电影，知道他也有偷海报、剧照的癖好，长大后才成为世界一级的大导演，想想当年一起偷海报的好友，如今能偶尔看看电影已经不错，不禁大有沧海桑田之叹。

好景总是不常，有一阵子电影不知为何没落，仙堂戏院开始"绑"给戏班子演歌仔戏和布袋戏。这些戏班一绑就是一个月，遇到好戏，也有连演三个月的，一直演到看腻为止。但我是不挑戏的，不管是歌仔戏、布袋戏，或是新兴的新剧，我仍然日日报到，从不缺席。有时到了紧要关头，譬如岳飞要回京，薛平贵要会王宝钏了，祝英台要死了，孔明要斩马谡了，那是生死关头不能不看，还常常逃课前往。最惨的一次是学校月考也没有参加，结果比岳飞挨斩还凄惨，屁股被打得肿到一星期坐不上椅子，但还是每天站在最后一排，看完了《岳飞传》。

歌仔戏、布袋戏虽好，然而仙堂戏院不再演电影总是美中不足的事，世界为之单调不少。

到我上初中的时候，是仙堂戏院最没落的时期，这时电视有了彩色，而且颇有家家买电视的趋势。乡人要看的歌仔戏、布袋戏，电视里都有；要看的电影还不如连续剧引人；何况电视这是免费的！最后这一点对勤俭的乡下人最重要。还有一点常被忽略的，就是能常进戏院的到底是少数，看完好戏没有谈话共鸣的对象是非常痛苦的。看电视则皆大欢喜，人人共鸣，到处能找人聊天，谈谈杨丽花的英气勃勃，史艳文的文质彬彬，唉，是多么快意的事！仙堂戏院为此失去了它的观众，戏院的售票小姐常闲得捉苍蝇打架，老板只好另谋出路。先是演电影里面来一段插片，让乡人大开眼界，一致哄传，确实乡人少见妖精打架，戏院景气回升不少。但妖精打来打去总是一回事，很快又失去拥护者。

"假的不行，我们来真的！"戏院老板另谋新招，开始演出大腿开开的歌舞团，一时之间人潮汹涌，但看久了也是同一回事，仙堂戏院又养麻雀了，干脆"整修内部，暂停营业"。后来不知哪来的灵感，再开业时广告词是"美女如云、大腿如林的超级大胆歌舞团，再加映香艳刺激，前所未见的美国电影"，企图抢杨丽花的码头。

结局仍是天定——一鼓作气，再而衰，三而竭，仙堂戏院似乎走到绝路了。再多的美女大腿都回天乏术。

到我离开小镇的时候，仙堂戏院一直是过着黯淡的时光，幸而几年以后，观众发现电视的千篇一律其实也和歌舞团差不多，又纷纷回到仙堂戏院的座位上看"奥斯卡金像奖"或"金马奖"的得奖电影——对仙堂戏院来说，也算是天无绝人之路了。到这时，捡戏尾的小学生才有机会重进戏院。有几乎十年的时间，父老乡亲全不准小儿辈去仙堂戏院，而歌舞团和插片也确乎没有戏尾可捡。

　　三十几年过去了，仙堂戏院外貌改变了，竹做的长板条被沙发椅取代，洋铁皮屋顶成了钢筋水泥，铁铸大门代替咿呀的木门，处处显示了它的历史痕迹。

　　最好的两个传统被留下来，一是容许小孩子去捡戏尾；二是失窃海报、剧照不予追究；这样的三十年过去了，人情味还留着芬芳。

　　我至今爱看电影、爱看戏，总喜欢戏的结局圆满，可以说是从仙堂戏院开始的。而且我相信一直下去，总有一天，吾乡说不定出现一个楚浮，那时即使丢掉万张海报也都有了代价——这也是我对仙堂戏院一个乐观的结局。

法圆师妹

第一次见到法圆师妹，见到的竟是她的裸体。

那一年，他在彰化的一个地方驻防，是炮兵班的班长，有一天出操时找不到自己的班兵，等到班兵回来的时候，他罚他们在操场的烈日下站成一排。他虽刚刚升了班长，面对那些老兵还是装出极度威严而生气的样子。

他用力的踹了一个班兵没有夹紧的小腿关节，压低声音说："你们最好把去了什么地方说出来，否则就这样给我站到天黑。"顿了一顿，他冷冷地说："我说到做到。"

他不知道为什么要发那样大的脾气，他原也不是坏脾气的人，只是他见到自己的兵受了处罚，脸上还带着神秘的嘲讽，虽然闭紧了嘴巴，眼睛里还互相露着笑意，那才真令他怒不可遏。

"如果你们说出去了那里，我们马上就解散。"说完，他头也不回的走回营地的中山室，隔着窗户看着那些兵的动静。约莫过了半小时，他故意装成无事的样子，走到操场前面，带着一种邪意的微笑问道："哪一位说？老实说出来，我就不处罚你们。"

"报告班长，我们去看尼姑洗澡。"一位平常滑舌的上等兵，提足中气地说，其他的兵忍不住噗哧笑了出来。

"不准笑，把事情说清楚。"

兵们吞吞吐吐地报告说，营地不远处有个尼姑庵，住着许多年轻的尼姑，由于天热，她们下午时分常在庵里冲凉。

"人家在房子里洗澡，你们怎么看见的？"他的语气缓和下来，

因为发现自己对这件事感到好奇。

兵们又说，尼姑庵四周种了许多高大的荔枝树，他们选定了位置，从树上可以望透窗口，看到尼姑洗浴的情景。

一个兵饶舌地说："报告班长，尼姑洗澡时，光溜溜的，很像橱窗里没有穿衣服的模特儿，很是好看……"

"不准再说了，解散！"他制止他们再讨论窥浴的事。

从此，虽然士兵们到尼姑庵去窥浴的事仍时有所闻，他并没有再过问，但这件事在他的心里却留下一种十分奇特的感觉，可以说有时候他也有过到荔枝林里去窥视的冲动，尤其在夜里查哨的时候，从营区的山坡上望到远处的庵堂，总有几盏昏黄渺小的灯火自窗口逸出。但冲动只是冲动罢了，一直没有付诸实行，主要是有一种罪恶感，看尼姑洗澡在他的内心仿佛是一种极深的罪恶。

冬天的时候，他班里有一位班兵要退伍了，就是当年看尼姑洗澡被他处罚的其中之一，依照部队的惯例，他和其他的班兵在营外摆一桌酒席，欢送这位即将飞出牢笼的老鸟。他在军队里独来独往惯了，因此班兵们一再的叮嘱他无论如何要去参加酒席。

席间，因为酒兴的关系，喝到酒酣耳热的时候，大家谈起了部队中一些值得回味的事，那即将退伍的弟兄竟说："最值得回味的事莫过于在荔枝树上看尼姑洗澡了，真是人间难得几回！"然后士兵们也谈起被他罚站在烈日下的情景，有一位说："其实，班长，你应该去见识见识的，哪一天我带你去。"

他微笑地说："好呀！"

要退伍的那位弟兄走过来拥着他的肩，对大家说："我们何不今天晚上带班长一起去，给我的退伍留个纪念！"几个兵大声地起哄着，非要把他架到荔枝园里去。

他们摸黑从营房前的大路转进一极小的路，走过一些台阶，到了荔枝林里，他的兵选好了一株荔枝树对他说："班长，你上去吧！"他童年的时候是在果园里长大，三两下已经爬到了树顶，一个兵对他指点了方向。

从荔枝扶疏的树叶间隙望出去，正好可以看见尼姑庵背面的一间小窗，窗里的灯是昏黄的，但是在冬日的黑夜却十分的明亮，他把视线投过去，正好见到一个尼姑穿衣的背影，走出房门。

然后寂静了下来，连那些平日嘈杂不堪的兵们都屏息的等待着，仿佛蹲在夜间演习的散兵坑内。隔了约有一分钟之久，他看见一位年轻的尼姑抱着衣服走进屋里，她穿着一件棉布的浅色宽袍，慢慢地解开腰间的系带，露出她温润的血色鲜丽的身体，有很长的时间使他几乎忘记了呼吸。

那个尼姑的身体是玉一样的晶莹、澄明、洁净的，这样的裸体不但没有使他窥浴的心情得到舒放，反而令他生出另外的异样情愫，就像有一次在寺庙里见到一尊披着薄纱的菩萨雕像，让他有一种不可抑止的景仰，忍不住地烧香礼拜。

他看到尼姑以轻柔细致几近完美的动作沐浴，然后当他正面面对她的脸时，才发现她是一位十分美丽的少女，可能由于长期的吃斋诵经，她的脸免不了有一般尼姑宝相庄严的味道，但庄严的眉目并没有隐藏住她全身散发出来的生命的热气，她的脸上跳跃着明媚的青春，似乎不应该是当尼姑的人。她的头发虽然理光了，他却可以凭着想象，看见她秀发披散的样子。

到最后他深深地自责起来，觉得他们并没有资格，或者说根本不配来看这样冰清玉洁的少女沐浴，他的酒气全退了，想着想着，竟至感到孤单地落下泪来。

当他们穿过黑暗的林子，走到有路灯的地方，一个兵正要开始讲今天夜里窥浴的成绩，突然回头看见他，惊讶地说："班长，你哭了。"

"没有什么。"他说，

"你看尼姑洗澡，为什么突然哭了呢？"

"这跟尼姑没有关系，真的没有什么。"他其实也不知道自己到

底为了什么落泪，有一点点大概和看到那么美的少女去当尼姑有关。她那样美丽，为什么非要当尼姑，难道人世里容不下这样的美丽吗？

几个兵霎时间静默下来，走过乡下清凉的夜街，远处的几声狗吠，更加增添了寒意。走到营房门口，他突然拥抱了那个即将退伍的弟兄，互相一句话也说不出来，那个时间，弟兄们几乎可以体会到他的心情。他们曾经从天涯的各处被凑聚在一起，分离的前晚，互相保守了这样的秘密，如果不是前世，哪里有这样的缘分呢？

"我会想念你的。"他最后呜咽地对他的兵说，他的兵没想到班长对他有那么深的情感，感激得手足无措站在当地，憋了半天才说："报告，班长，我也会想念你。"

自从在尼姑庵的后窗窥浴以后，他休假时，常信步走到庵堂里面。其实那不是一座真正的庵堂，而是一间寺院，它有着非常开阔的前庭，从前庭要步上庙堂的台阶，每一阶都是宽大而壮实。

神像所在的中厅虽不豪华，但有着一种素净的高大，听说这座庙是民国初年就已经有了，因此早就没有了新盖庙宇的烟火气，代之而起的是一种尘埃落尽之美，至于这间寺庙里为什么一直只有尼姑，就不得而知了。他们的营房就在寺庙的斜对面，虽然寺庙并不限制人进入，但军队自己为了避免事故，一向不准士兵们到庵里去。

他曾追查过这个不明文的规定，才知道许多许多年前，曾有一个士兵和一个尼姑在这里产生了恋情，带给庵堂和军营极大的震动，那故事最后喜剧收场，士兵退伍后带着还俗的尼姑回乡结婚去了。从此，军队里就一代一代的规定：平常没事不准到对面的庙里去。

那座寺庙的左侧和后园种满了荔枝树，只有右侧一小片地种了柳丁，那是由于尼姑保留了一个优良的传统，她们依靠自己的劳力来养活自己，夏天收成荔枝，冬天出售柳丁，而在荔枝与柳丁园间则种满了青菜。

他从佛堂侧门一转，就走到左边的荔枝园里，因为是白天，几乎与晚上荔枝园中的黑暗神秘完全不同了。他算定了方位，向他曾经爬过的荔枝树的位置走去，他很想知道，他们窥浴的那株荔枝树，白天长成什么样子。

走到一半，他看见一个尼姑的背影，蹲在树下除草，不知道为什么，光是看那背影，他就觉得她是那天被他看见的尼姑少女。

果然是她！

她一回头，令他有些惊慌地呆在那里。

她嫣然地笑了起来，说："你是对面的兵吗？"

他连忙点头，才发现自己原来换了便服，但一眼仍然可以看出是兵，兵的头发和衣着常有一种傻里傻气的气质。

"来看荔枝呀！还没有着花呢！荔枝要开花的时候最好看。"她说。

他发现她比夜里隔着水雾看，还要美，只是带着一种不知天高地厚的天真的稚气，更衬出了她晶亮的水光流动的眼睛，她的唇薄却轮廓鲜明，小巧的鼻子冒着汗珠，但她有一对深黑的眉毛，说什么那张脸好像就不该长在一个光亮的头上。

她见他不语，继续说道："你知不知道荔枝的花没有花瓣？看起来一丛一丛的，仔细看却没有花瓣。荔枝开花的时候有一种特别的香气，那香气很素很素，有一点像檀香的味道，可是比檀香的味道好闻多了，檀香有时还会冲人的鼻子，所以我喜欢到园子工作，不爱在堂里念经呢！"

"我是来随便走走的，"他对她的善良和真诚而觉得有趣，"你是？……要怎么称呼你呢？"

"我叫法圆，师姊们都叫我法圆师妹。"

"法圆，真好听的名字。"

"法圆就是万法常圆，师父说就是万法无滞的意思，要一切圆满，没有缺憾。我喜欢这个名字，比师姊的法空、法相、法真……好得多了，你就叫我法圆师妹好了。"

"法圆师妹……"

"什么事？"

他本想告诉她窥浴的事，提醒她以后洗澡别忘了关窗，但话到嘴边，怎么也说不出来，只好说："呀，没什么，我来帮你除草好了。"

"好呀！"

他蹲下来在她的对面拔着冬风过后荔枝园里的残草，法圆师妹感激地望着他，顿时令他觉得他们两人都是非常寂寞的，像一丛没有花瓣的荔枝花。

他和法圆师妹成了很好的朋友，休假的时候常不自禁的就走到荔枝园里，法圆几乎整日都在荔枝园工作，为的是她觉得在神坛前烧香礼拜远远不如在荔枝园里自在。

而他到荔枝园里，也是为的与其到市区去和人相挤，还不如在园里帮忙法圆自在。他的祖母曾种有一片广大的荔枝园，因此他对荔枝一点也不陌生。

他慢慢地知道了法圆当尼姑的经过，可以说法圆一出生时就已经当了尼姑。她才出生两星期的时候，被丢弃在寺庙的前庭，师父便把她捡回抚养长大，她从来不知道自己的父母是谁，听说她的母亲在她的衣襟上留下一张条子，是因自己被男友抛弃，生了法圆以后，怕她日后成为无父的孩子，便把她留在尼姑庵中，至少能衣食无缺，平安长大。她因此在尼姑庵中长大，没有经历过外面的岁月。

"我有时会想到自己的父母，为什么不肯要我，但这一生大概不会有答案了。"

法圆的师父并没有强制她出家，认为她长大了能自立生活以后仍然可以还俗，是她自己不肯离开尼姑庵，她说："我如果离开这里，万一我的母亲突然想起要找我，来这里也找不到，那我们就永远没有见面的日子了，一个人，一生都不知道自己的身世，是一件多么痛苦的事呀！"

"你可以出去找自己的母亲啊?"

"唉,从何找起呢?"

他看到法圆师妹,几乎是没有烦恼的,她唯一的烦恼大概就是自己的身世了。因为常常在一起聊天,他们生出了一种兄妹一般的情感。

可是他们在一起的事,不知道为什么被连长知道了,有一天深夜晚点名以后,连长把他叫去。

"班长,听说你和对面尼姑庵里的一个尼姑很好?"

他不想对连长说什么,只是点点头。

连长过来拍他的肩:"老弟,这可不是开玩笑的,你什么女朋友不好交,偏偏要找一个尼姑呢?你以后还是少到尼姑庵去走动,免得坏了人家修行的名节,不要忘了,你还是个军人!"

"报告连长,你误会了,我和她只是很普通的朋友。"

"一个军人,一个尼姑,就是普通朋友也是不普通的。"连长说。

他和法圆师妹的事,很快的成为当地众口哄传的逸闻,尤其是在部队里,谣言穿过无知者的口,传得更为炽烈了。

他原来是不畏谣言的人,但法圆师妹到底是个出家人,在尼姑庵里她成为交相指责的对象,他们两人都没有辩白,因为不知从何说起,有几次他想过澄清,可是当有人说:"你们两人在荔枝园里做些什么,谁知道呢?"使他了解到活在冤屈里的人有时一句话也不必多说。

害得他再也不敢走到寺庙里去。

幸好他的部队很快就移防了,所有的人都为移防而忙碌着,逐渐地淡忘他和法圆的故事,他决定在移防之前去看一次法圆师妹。

法圆师妹已经不如以前有那样温润丰美的面容,她在几个月的谣传中消瘦得不成样子了,他们在荔枝园相见的时候,互相一句话都说不出来,法圆只是默默地流泪。

过了很久,他才说:"真对不起,害你受这么大的委屈。"

"不，"法圆抬起头来说，"这不是你的错，为什么我要是个尼姑呢？"

"你不要理会别人说什么，只要我们心中坦荡，别人的话又有什么要紧！"

法圆师妹沉思了半晌，坚定地说："带我离开这里，我已经决定要还俗了。"

他婉转地告诉她，军队在不久就要离开这里了，他要随军到北部去，而且他的役期还有一年，不能带着她离开。

"我原来以为你会愿意的，过去我确实想安心做尼姑，发生这件事以后，我觉得自己应该好好地爱一次，我一定要离开这里，你带我走，我不会拖累你的。"

他默默地望着她。

"不管你的部队到了哪里，我可以在那附近工作养活我自己，你不必担心我，只要带我走就好了。"法圆师妹的眼睛流露出过去从未见过的充满挑战与抗争的眼神。

"你等我，等我退伍以后一定回来带你，我们可以重新开始，那个时候我们都是一个人，不是一个尼姑和一个军人。"

"不！你现在就带我走，不然你会后悔的。"法圆站起来，笔直地注视着他。

"你让我想一想。"他心慌起来。

"不要想了，你到底带我，还是不带？"法圆紧紧咬着牙，唇间几乎要流下血来。

"我……"他忧伤地望着她。

她突然转身，掩着面逃走了。

第二天，他随着部队登上了移防的火车，在火车上想到法圆师妹的样子，自己蹲在车厢的角落，默默地红了眼睛。其实在内心深处，他是喜欢着法圆的，他愿意带她去天涯的任何一个地方。

他所以没有答应，是因为他还有一年在部队里，根本不能照顾她，而她从小在寺庙里长大，独自一个人根本不可能照顾自己的生活。他并且暗暗下了决心，一等他退伍的第二天就去带她，和她一起坠入万丈的红尘。

四个月以后，他的部队又移回寺庙对面的基地，等到一切安顿就绪，已经是一星期以后了。他迫不及待地跑到寺庙去，正好有一位扫地的尼姑在庭前清扫落叶。

"请问，那里可以找到法圆？"

"法圆师妹吗？她早就离开了，你有什么事吗？"

"我……她到哪里去了？"

"她呀！说来话长哩！你去问别人吧！"那个尼姑显然不肯再理他，埋头继续清扫。

后来他从留守基地的老士官长口中打听到法圆的事情。他随部队离开后不久，法圆师妹便怀孕了，被尼姑们逐出了门墙，不知所终。

那个老士官长简单地说了法圆的故事，突然问他："你不是那个和法圆很好的班长吗？她肚子里的孩子是不是你的呢？"

他哑口无言地摇头，差些些落下泪来。

从此，他完全失去了法圆的消息，法圆师妹和她的母亲一样，可能会永远在人间消失了。想到他们分别的那一幕，他的心痛如刀绞，她到底是为了什么呢？难道怀孕是她离开空门的手段吗？

一直到他从部队退伍，法圆师妹都是他心里最沉重的背负，尤其在他要退伍的时候，寺庙左边的荔枝园结出了红艳艳的果实，尼姑们有时挑着荔枝到路边叫卖，他偶尔也去买了荔枝，却怎么也吃不下口，想到法圆师妹第一次和他相见时说的话："你知不知道荔枝的花没有花瓣？看起来一丛一丛的，仔细看却没有花瓣。荔枝开花的时候有一种特别的香气，那香气很素很素，有一点像檀香的味道，可是比檀香的味道好闻多了，檀香有时还会冲人的鼻子……"常常令他在暗夜中哭了起来，每一个人的命运其实和荔枝花一样，有些人天生就没有花瓣的，只是默默的开花，默默的结果，在季节的推

移中，一株荔枝没有选择的结出它的果实，而一个人也没有能力选择他自己的道路吧！

许多年以后，他差不多已经完全忘记了法圆师妹。

有一次，他出差的时候住在北部都市的一家旅店，他请旅社的服务生给他送来一杯咖啡，挂上电话，就在旅店的灯下整理未完成的文稿。

送咖啡来的服务生是个清丽的妇人，年龄已经不小了，但还有着少女一样冰雪的肌肤，她放下咖啡转身要走，他从她的背影里看到一个非常熟悉的影子，不禁冲口而出：

"法圆师妹！"

妇人转过身来，静静地看着他，带着一种疑惑的微笑，那熟悉的影子从他的眼前流过，他歉意地说："对不起，我认错人了。"

她笑得更美了，说："班长，你没有看错，我是法圆。"

他惊讶地端详着她，然后全身发抖起来："法圆，真的是你！"接着，尽力地抑制自己说："你变了一个样子。"

她还是微笑着："我留了头发，当然不同了。班长，你才是变了呢！"

法圆的平静感染了他，他平静地说："你在这里工作吗？"

法圆点点头，在饭店房间的沙发坐了下来，他们开始谈起了别后。

原来法圆真的是因为怀孕而离开了寺庙。

那一年，她要求他带她走的时候，由于他的迟疑，使她完全失去了理性，她的怀孕是她自愿地向一个不相识的男子献身。当时只有一个心思，就是不愿再当尼姑了，至于以什么方法离开寺庙，已经不重要了。

"很奇怪的，我的身体里大概流着我母亲的牺牲的血，遇到你以后，我开始想要过一个自我的生活，我不知道爱是什么，那个时候我很单纯，只是想要跟着你，只要好好地爱一次，其他的我都不计较，当时的压力愈大，我的决心更坚强，我不只下决心要离开那里，如果那个时候你带我走，我会一辈子侍候着你。"

"你的孩子的父亲呢？"

"我和他只见过几次面，后来我离开寺庙，我们已经没有联系了。他不重要，他只是离开以后的你罢了。"

"你的孩子呢？"

"我生下孩子以后，把她放在我母亲把我丢下的那个寺庙的庭前。"

"啊……"

"这大概就是命吧！你离开以后，一切对我都不重要了。"

"你怎么忍心把自己的孩子放在那里？难道有你还不够吗？"他忍不住生气地说。

她的嘴角带着一种饱经沧桑的神秘的嘲讽："希望她长大以后能遇到一个愿意带她离开的班长。"

他沉默了一下："你为什么不等我回去接你，却要把包袱留给我呢？"

"有的心情你不会明白的，有时候过了五分钟，心情就完全不同了。生命的很多事，你错过一小时，很可能就错过一生了。那时候我只是做了，并不确知这些道理，经过这些年，我才明白了，就像今天一样，你住在这个旅馆，正好是我服务的地方，如果你不叫咖啡，或者领班不是叫我送，或者我转身时你没有叫我，我们都不能重逢，人生就是这样。"

"你就是这样子过活吗？"

"生活也就是这样，做尼姑有尼姑的痛苦，不做尼姑有不做尼姑的艰难，我只能选择其中的一种。"

然后他们陷进了一种艰难的对视，互相都不知道要谈些什么。他突然想起了在荔枝树上窥视她洗澡的一幕，仿佛看见了一条他们都还年轻的河流，当时刻一寸寸的从指间流去，他想告诉她那一件

往事，终于说不出口。

"你还愿意带我走吗？"她又恢复了一种平静的微笑。

他迟疑地看着她。

"经过这么多年，经过这么多事，更不可能了，是吧！"她站起来，从衣袋里取出一个小的丝袋，说，"这个还给你吧！是你当年掉在荔枝园里的一粒袖扣。"

他颤抖地打开丝袋，看到一粒绿色的袖扣，还像新的一样，忍不住落下泪来。

她叹了一口气说："我要走了，下面还有事情要做哩！有件事要让你知道，你是我生命里的第一个男人，我会想念你的，知道有你在这个世界上我就会好好地活着。"

说完，她绝然地开门离去。

留下他，紧紧握着那一粒年轻时代不小心掉落的、一个没有勇气的士官衣袖上的扣子。

第二天，他结账离去的时候，在柜台问起："可不可以帮我找一位法圆？"

"法圆？我们没有这个人。"

"呀！我是说昨天送咖啡给我的那位服务生。"

"喔！你是说常满吗！她今天请假呢！"

"她住在哪里呢？"

"不知道，我们的服务生常常换的。"

他走出旅馆，屋外的阳光十分炽烈，却还是感到冷，仿佛知道这一生再也不会再见到法圆师妹。

他握紧口袋里装着扣子的丝袋，想起法圆师妹对他说过的话：

"法圆就是万法常圆，师父说就是万法无滞的意思，要一切圆满，没有缺憾。"

那一刻他才真正的悔恨，二十岁的时候，他为什么是那样懦弱的人。

采更多雏菊

不可以一朝风月，
昧却万古长空；
不可以万古长空，
不明一朝风月。

——善能禅师

有一个八十五岁的年老的女人被问到："如果你必须再来一次，你要怎么生活？"

那个老女人说："如果我能够再活一次，下一次我一定对更少的事情采取严肃的态度，我一定要放松，我一定要使自己更柔软灵活，我一定敢去犯更多的错误，我一定要冒更多的险，我一定要作更多旅行，我一定要爬更多山，渡更多河；我一定要吃更多冰淇淋，更少豆子……"

"我是一个去到每一个地方都要带温度计、热水瓶、雨衣和降落伞的人，如果我可以再来一次，我一定要比这一生携带更轻的装备旅行……"

"我是一个每天、每小时都过得很明智、很理性的人。我只享受过某些片刻，如果我要再来一遍，我一定享受更多的片刻，我一定不要其他什么东西，只要尝试那些片刻，一个接一个，而不要每天都活在未来的几年之后。"

"如果我必须再活一次，我一定要在更初春就开始打赤脚，然后

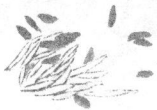

一直维持到深秋。我一定要跳更多的舞，我一定要坐更多的旋转木马，我一定要摘更多的雏菊。"

这是印度修行者奥修在《般若心经》里讲的一个故事，接着他做了这样的评述："尽可能尽兴地去过这个片刻，不要太理智，因为太理智导致不正常，让一些疯狂存在你心里，那会给予生命热情，使生活更加充满朝气，让一些无理性一直存在，那会使你能够游戏，使你能够有游戏的心情，那会帮你放松，一个理智的人完全停留在头脑里，他没有办法从头脑下来，他生活在楼顶上。你要到处都能生活，这是你的家，楼顶上，很好！一楼，非常好！地下室，也很美！到处都能生活，这是你的家。我要告诉这个年老的女人：不要等到下一次，因为下一次永远不会来临，因为你会丧失前世的记忆，同样的事情又会再度发生。"

我们在生活里通常会遇到类似的问题："如果你再活一次！""如果再从头开始！"大部分人的经验都是充满遗憾的，希望下一生能够弥补（如果真有下一生的话），极乐世界或者天堂正因为这种弥补而得以形成。只有极少数人知道，下一世是渺茫的寄托，不如从此刻做起。这些人使我们知道世界有更活泼的风景，我就认识好几位到了老年才立志做艺术家的；我也认识几位七十岁才到"国民小学"读补校的老人。

最近，我遇到一位七十五岁的老人，他热爱旅行，他的朋友时常劝阻他，因为担心他会死在路上，他说："死在路上也是很好的事。"不久前，他到大陆旅行，生了一场大病，上吐下泻，别人又劝告他，他说："陌生的旅途，总有不可预料的事，在那里生病总比没去过好！"

每次看到这样用心生活在当下的人，都使我有甚深的感悟。

我们的生命是由许多片刻所组成的，但是我们容易在青少年时代活在未来，在中老年时代沦陷于过去。真正融入片刻，天真无伪生活的只有童年的时代了。禅者的生活无他，只是保持在片刻的融入罢了，活在当下，活在眼前，活在现成的世界。

因此，我们对生命如果还有未完成的期盼，此刻就要去融入它，不要寄望于渺茫的来生，活在一个又一个的片刻里，到死前都保有向前的姿势，只要完全融入一个纯粹天真的片刻，那也就够了。有很多人活在过去与未来的交错、预期、烦恼之中。从来没有进入过那个片刻呢！

我们来看奥修在片刻上怎么说："你不要等到下次，抓住这个片刻，这是唯一存在的时间，没有其他时间。即使你是八十五岁，你也可以开始生活，当你是八十五岁，你还会有什么损失吗？如果你春天打赤脚在沙滩上，如果你搜集雏菊，即使你死于那些事，也没什么不对。打赤脚死在沙滩上是正确的死法，为搜集雏菊而死是正确的死法，不管你是八十五岁或十五岁都没有关系，抓住这个片刻！"

林 清 玄

作 品 精 选

花

事

花　事

野生兰花

万华龙山寺附近，看到几位山地青年在卖兰花。

他们的兰花不像一般花市种在花盆里的那么娇贵，而是随意用干草捆扎，一束束躺在地上。有位青年告诉我，这是他们昨日在东部的山谷中采来的兰花，有许多是冒着生命危险采自断崖与石壁。

"虽然采来很不容易，价钱还是很便宜的啦！"青年说。

"可是这从山里采来的兰花，要怎么种呢？"我看到地上的兰草有些干萎，忍不住这样问。

"没关系的啦，随便找个盆子种都会活。我们在山里随便拿个宝特汽水瓶种都会活的呢！"旁边一位眼睛巨大黑白分明的青年插嘴道。

"对了，对了。山上的兰花长在深谷里、大石边、巨树上，随便长随便活呢！"原先的青年说。山地人说国语的声调轻扬，真是好听。尤其是说"随便随便"的时候。

我买了一束兰花回来，一共有五株，不管三七二十一把它种在阳台的空盆里，奇迹似的，它们真的就那样活起来。

这倒使我思考到一些从未想过的问题，从前一直以为兰花是天生的娇贵，它要用特别的盆子，要小心翼翼地照顾，价钱还十分的高昂，因此平常人家种盆栽，很少想到养兰花。现在知道兰花原是深山中生长的花草，心中反倒有一些怅然，我们对兰花娇贵的认知，何尝不是一种知识的执着呢？

看着自己种植的野生兰花，使我想起自己非常喜爱的书画家郑

板桥。郑板桥在画史上以画兰竹驰名，他性格耿介，与"扬州八怪"同时，是清朝艺术史上的明星，他有一次看见自己种在盆中的兰花长得很憔悴，有"思归之色"，就打破花盆，把兰花种在太湖石边，第二年兰花"发箭数十挺"，果然长得十分茂盛，花开得比从前更多，香味比往昔坚厚。他不禁题诗道：

> 兰花本是山中草，
> 还向山中种此花；
> 尘世纷纷植盆盎，
> 不如留与伴烟霞。

　　直到我种了野生的兰花，才稍稍体会了板桥写此诗的心情，他这是用来自况，不愿意在山东当七品官，希望回到自己的家乡与烟霞为伴。

　　郑板桥留下许多兰画，他的兰花与一般画家所画不同，他常把兰花与荆棘画在一起，认为荆棘也是一样的美，用以象征君子与小人杂处的感叹。晚年的时候，他爱画破盆的兰花，有一幅画他这样题着：

> 春雨春风洗妙颜，
> 一辞琼岛到人间；
> 而今究竟无知己，
> 打破乌盆更入山。

　　用来表白心中渴望辞去官职追求自由的志向，但也说明了兰花本身的遭遇。从琼岛来到人间的兰花，虽种在细心照抚的盆中，却失去了山中的许多知己呀！

　　一个人本来自然活在世间，没有什么欲望，但当他过惯了娇贵的生活，就如同生在盆里的兰花，会失去很多自由，失去很多知己，所以人宁可像野生的兰花，活在巨石之缝、高山之顶、幽谷深处与烟霞作伴。这是自由与自在的追求，正如郑板桥最流行后世的一幅字所说："难得糊涂：聪明难，糊涂难，由聪明转入糊涂更难；放一着，退一步，当下心安，非图后来福报也。"

我最喜欢郑板桥写给儿子的四首儿歌：

> 二月卖新丝，五月粜新谷。医得眼前疮，剜却心头肉。
> 耕苗日正午，汗滴禾下土。谁知盘中餐，粒粒皆辛苦。
> 昨日入城市，归来泪满巾。遍身罗绮者，不是养蚕人。
> 九九八十一，穷汉受罪毕。才得放脚眠，蚊虫葛蚤出。

这歌中充满了大悲与大爱，真如深谷中幽兰的芳香，无怪乎当他被富人杯葛，离开潍县县令的任所时，百姓跪在道旁流着眼泪送他辞官归里。郑板桥终于回到家乡，像一株盆中的兰花回到山林，他晚年的书画为中国写下了光灿的一页。

我不是很喜欢兰花，因为感觉到它已沦为富者的玩物，但一想到山间林野的兰花丛时，就格外感知了为什么古来中国文人常把兰花当成知己的缘由。名士与名兰往往会沦为官富人家酬酢的玩物，尽管性格高旷，玉洁冰清，也只能在盆里吐放香气，这样想起来就觉得有无限的悲情。

从山地青年手里买来的野生兰花，几个月后终于枯萎了，一直到今天我还不确知原因，却仿佛听见了板桥先生的足声从很远的地方走近，又走远了。

"因为稻子长大，我们就不必买米了，要煮饭的时候，自己摘来煮就好了。"孩子充满期盼地说，就仿佛自己种的稻子已经长成。

"要种在哪里呢？"我说。

"我们家不是有很多空花盆吗？把稻子种在里面就行了呀！"

我只好告诉他，种稻子是很艰难的工作，可不比种一般的盆景，要有一定的水土，还要有非常耐心的照顾，我们是无法在花盆里种稻子的。

"那么，我们种牵牛花吧！牵牛花也很美。"孩子说。

有一次，我们就摘了很多牵牛花的藤蔓，回去种在花盆，可惜不久后就都枯萎了。孩子很纳闷，说："为什么在野外，它们长得那么好，我们每天浇水，反而长不出来呢？"

后来我们挖了一些酢浆草回家，酢浆草很快就长得很茂盛，可惜过了花期，开不出紫色的小花，我对孩子说：等到明年，这些酢浆草就会开出很美丽的花。

在孩子的眼中，什么都是美丽的，连山上的野草也不例外，我们第一次上山的时候，他简直惊叹极了，即使是夏秋之交，山上的野草也十分繁盛，就好像是春天一样。尤其是在夕阳之下、微风之中，每一株小草都仿佛是在金黄色的舞台上跳舞，它们是那么苗条而坚韧，以一种睥睨的态势看着脚下的世界。从远景看，野草连成一片，像丝绒一般柔软而温暖。

孩子看着这些草，禁不住出神地说："爸爸，我们带一点草回去种好吗？"

听到这句话时，我略微一震，"种草？"对一个出生在农家的我，这是多么新奇而带点荒唐的想法，我们在田里唯恐除草不尽，就是在花盆里也常把草拔除，这孩子居然想到种一盆草！

孩子看我无动于衷，用力拉着我的手，说："爸爸，你不觉得草也和花一样美吗？如果能种一盆草放在阳台，它就好像在山上一样。"

孩子的话立刻使我想到自己的粗鄙，花草本身没有美丑，只因为我心里有了区别，才觉得草不如花，若我能把观点回到赤子，草不也是大地的孩子，和一切的花同样美丽吗？于是我说："好吧！我们来种一点草。"

种草就不必像种花那么费事，我们在山上采草茎上成熟的种子，草种通常十分细小，像是海边的沙子，可是因为数量很多，一下子就采了一口袋。回到家里，我们把一些曾种过花而死去的空花盆找来，一把把的草种撒在上面，浇一点水，工程很快就完成了。孩子高兴得要命，他的快乐比起从花市里买花回来种还要大得多。

一星期后，每一个花盆都长出细细绒绒的草尖，没有经过风沙的小草有一种纯净的淡绿，有如透明的绿水晶，而且株株头角峥嵘，一点也不忸怩作态，理直气壮地来面对这个与它的祖先完全不同的人世。

孩子天天都去看他亲手植种的绿草，那草很快的长满整个花盆，比阳台上的任一盆花还要茂盛，我们有时把草端到屋内的桌上，看起来真的一点也不比名花逊色。看着一盆盆的野草，我有时会想起我们这些从乡野移居到城市讨生活的人，尽管我们适应了盆里的生活，其实并未改变来自乡野的姿色，而所有的都市人，他们或他们的祖先，不都是来自乡野吗？只是有的人成了名花，忘记自己的所在罢了。这样想时，常使我有一种深深的慨叹。

所有的名花都曾是乡野的小草，即使是最珍贵的兰花，也是从高山谷地移植而来，而那名不闻世的野草，如果我们有清明的心来看，不也和名花无殊吗？

自然的本身是平等无二的，在乡野的山谷，我们看见了自然的宏伟；在小小的花盆里，不也充满了生命的神奇吗？

野姜花

在通化市场散步，拥挤的人潮中突然飞出来一股清气，使人心情为之一爽；循香而往，发现有一位卖花的老人正在推销他从山上采来的野姜花，每一把有五枝花，一把十块钱。

老人说他的家住在山坡上，他每天出去种作的时候，总要经过横生着野姜花的坡地，从来不觉得野姜花有什么珍贵。只觉得这种花有一种特别的香。今年秋天，他种田累了，依在树旁午睡，睡醒后发现满腹的香气，清新的空气格外香甜。老人想：这种长在野地里的香花，说不定有人喜欢，于是他剪了一百把野姜花到通化街来卖，总在一小时内就卖光了。老人说："台北爱花的人真不少，卖花比种田好赚哩！"

我买了十把野姜花，想到这位可爱的老人，也记起买野花的人可能是爱花的，可能其中也深埋着一种甜蜜的回忆；就像听一首老歌，那歌已经远去了，声音则留下来。每一次听老歌，我就想起当年那些同唱一首老歌的朋友，他们的星云四散，像那些老歌更显得韵味深长。

第一次认识野姜花的可爱，是许多年前的经验，我们在木栅醉梦溪散步，一位年轻的少女告诉我："野姜花的花像极了停在绿树上的小白蛱蝶，而野姜花的叶则像船一样，随时准备出航向远方。"然后我们相偕坐在桥上，把摘来的野姜花一瓣瓣飘下溪里，真像蝴蝶翩翩；将叶子掷向溪里，平平随溪水流去，也真像一条绿色的小舟。女孩并且告诉我："有淡褐色眼珠的男人都注定要流浪的。"然后我们轻轻地告别，从未再相见。

如今，岁月像蝴蝶飞过、像小舟流去，我也度过了很长的一段流浪岁月，仅剩野姜花的兴谢在每年的秋天让人神伤。后来我住在木栅山上，就在屋后不远处有一个荒废的小屋，春天里月桃花像一串晶白的珍珠垂在各处，秋风一吹，野姜花的白色精灵则迎风飞展。我常在那颓落的墙脚独坐，一坐便是一个下午，感觉到秋天的心情可以用两句诗来形容："曲终人不见，江上数峰青。"

记忆如花一样，温暖的记忆则像花香，在寒冷的夜空也会放散。

我把买来的野姜花用一个巨大的陶罐放起来，小屋里就被香气缠绕，出门的时候，香气像远远的拖着一条尾巴，走远了，还跟随着。我想到，即使像买花这样的小事，也有许多珍贵的经验。

有一次赶火车要去见远方的友人，在火车站前被一位卖水仙花的小孩拦住，硬要叫人买花，我买了一大束水仙花，没想到那束水仙花成为最好的礼物，朋友每回来信都提起那束水仙，说："没想到你这么有心！"

又有一次要去看一位女长辈，这位老妇年轻时曾有过美丽辉煌的时光，我走进巷子时突然灵机一动，折回花店买了一束玫瑰，一共九朵。我说："青春长久。"竟把她激得眼中含泪，她说："已经有十几年的时间没有人送我玫瑰了，没想到，真是没想到还有人送我玫瑰。"说完她就轻轻啜泣起来，我几乎在这种心情中看岁月蹑足如猫步，无声悄然走过。隔了两星期我去看她，那些玫瑰犹未谢尽，原来她把玫瑰连着花瓶冰在冰箱里，想要捉住青春的最后，看得让人心疼。

每天上班的时候，我会路过复兴南路，就在复兴南路和南京东路的快车道上，时常有一些卖玉兰花的人，有小孩、有少女，也有中年妇人，他们将四朵玉兰花串成一串，车子经过时就敲着你的车窗说："先生，买一串香的玉兰花。"使得我每天买一串玉兰花成为习惯，我喜欢那样的感觉——有人敲车窗卖给你一串花，而后天涯

相错，好像走过一条乡村的道路，沿路都是花香鸟语。

印象最深的一次是在东部的东澳乡旅行，所有走苏花公路的车子都要在那里错车。有一位长着一对大眼睛的山地小男孩卖着他从山上采回来的野百合，那些开在深山里的百合花显得特别小巧，还放散着淡淡的香气。我买了所有的野百合，坐在沿海的窗口，看着远方海的湛蓝及眼前百合的洁白，突然兴起一种想法，这些百合开在深山里是很孤独的，唯其有人欣赏它的美和它的香才增显了它存在的意义，再好的花开在山里，如果没有被人望见就谢去，便减损了它的美。

因此，我总是感谢那些卖花的人，他们和我原来都是不相识的，因为有了花魂，我们竟可以在任何时地有了灵犀一点，小小的一把花想起来自有它的魅力。

当我们在随意行路的时候，遇到卖花的人，也许花很少的钱买一把花，有时候留着自己欣赏，有时候送给朋友，不论怎么样处理，总会值回花价的吧！

姑婆叶随想

在三峡的山上散步，发现满山的姑婆叶，显得非常翠绿肥满，我便离开山间小路。步入草丛间姑婆树蔓生的林里，意外看见姑婆树一串一串艳红得要滴出水的种子，我随手摘取几串成熟的姑婆子，带回家来，种在一些空花盆里。

这几年来，我把顶楼的阳台整理成一个小小的花圃，但是我很少去花市里买花。有一些是从朋友家移种而来，有一些是从乡下山里采来的种子，特别是一些我幼年在乡间常见的花草。像我种了狗尾草、酢浆草、一些蕨类，甚至也种了几丛野芒草，都是别人欲除之而后快的野草。我有时也难以了解为什么自己当时会种这些草，有的还种在陶艺名家昂贵的花盆里。

奇怪的是，不管多么卑微的草，只要我们找一个好的花盆，有心去照料，它就会自然展出内在深处不为人见的美质。由于我们在种植时没有得失的心，使我们与花草都得到舒展与自在，蓦然回首，常看到一些惊人的美。

我有一些花草是用种子种的，像我种了好几盆黄的、白的、红的莲蕉花，是从故乡旗山中山公园采到的莲蕉花种子，洒在花盆中，就长得异乎寻常地茂盛。夏天的时候长到有一人高，春末时节，莲蕉大量结子，我就把它送给喜欢的朋友。

我也种了几棵百香果，是在屏东时，朋友从园子里采下来送我的。我把它种在书房的窗下，两年下来，早就爬满了书房的窗户，藤蔓交缠，绵绵密密。夏夜时，感觉凉风就从里面生起，只可惜种

在窗下的百香果不结果，可能是蜜蜂蝴蝶不能飞到的缘故。

还有几盆是紫丁香，说是紫丁香也不确实，因为有几株是粉红，几株是白。这丁香花夜间有一种乳香，是我最欢喜的香气。它在乡下叫做"煮饭花"，是随处可见，俗贱的花。我种的几盆，种子是在美浓一个朋友家鸡棚边采来的。他送我种子时还说："这从鸡屎里长出的紫丁香种子特别肥大，一定能开出很美丽的花。"

另外有两盆特别有纪念价值的野花。一盆是含羞草，那是前年清明返乡扫墓，在父亲坟上发现的。我们动手清除坟上的蔓草时，发现长了几株含羞草。正在拔除时，看到含羞草的荚果里有许多种子。我采了几个放在口袋，回来后就种了它。事隔一年，那含羞草开出许多粉红色的球状花朵，真是美极了。我每次浇水，看见含羞草敏感地合起掌心，就默默地思念着我的父亲，希望来世还能与他相会。

一盆是落地生根，那是去年有一次在阳明山的永明寺独坐到黄昏下山，路边有人在盖屋子，铲了一堆草在道旁，我眼尖看到一串铃铛般美丽的花也被铲倒，捡起来，发现它的茎叶零落，根茎断成三节，叶子五片。我全捡起来，埋种在花盆里。落地生根那强烈而奋进的生命真是难以思议，根茎与叶子全部存活，没有一块例外。有的叶子，一片就长成五六株，而且在今年株株都开花了，黄昏时分，好风一吹，仿佛许多串无声的风铃。

落地生根台湾话叫"钟仔花"，国语叫"铃铛花"，都是很美的名字。我每次看到那一字排开的落地生根，就觉得人的生命力与创造力应该像它一样，即使在恶劣的环境中被铲成八节，节节都是完整的，里面都有一个优美的、风格宛然的自我。

我最得意的是在三峡山上采的姑婆树了。它的生命力与落地生根不相上下，而它成长的速度也极惊人。我总觉得自己对姑婆树有一种特别的感情，记得很小很小的时候，第一次听到大人说"姑婆叶"，就有一种永远不忘的惊奇。曾经问过许多大人，那长得像野芋头叶子的树为何叫"姑婆树",没有一个人知道。

我有一位三姑妈,家里的后园就长了难以计算的姑婆树。她极擅长做粿食甜点,年节时做了很多,会叫表哥送一蒸笼来,笼盖掀起时的景象如今还深印在我的脑海:各种粿食整齐地放在或圆或方的姑婆叶上,虽被猛火蒸过,姑婆叶仍翠绿如在树上。三姑妈养了许多猪,每次杀猪会央人带猪肉来,猪肉在姑婆叶里扎得密实,外面用一条干草束成十字,真是好看极了。

有时我会这样想:那姑婆树会不会是特别为三姑妈而活在世上、而命名的呢?

从前乡下的姑婆叶用途很多,市场里的小贩都用它包东西,又卫生又美观,也不至于破坏环境,比起现在用塑胶袋要卫生科学得多。

乡下的孩子上厕所用不着纸,在通往茅坑的路上随手撕下一片姑婆叶,就是最便利的纸了。一直到我离开乡下的前几年,我们都是这样解决的。下雨天时也用不到伞,连茎折下的姑婆叶是天然好用的伞。夏天时的扇子,折半片姑婆叶也就是了。野外烤鸡、烤番薯,用姑婆叶包好埋在热土块里,有特别的清香……

早年的乡下市场,每天清晨都有住在山上的人割两担姑婆叶挑来卖,往往不到一盏茶的工夫,就全卖完了。

有一次看五十年代的乡土电影,一位主妇去市场买猪肉,竟用红白塑胶袋提回家,就觉得导演未免太粗心了。当时台湾根本没有红白塑胶袋,如果用姑婆叶包着,稻草束好,气氛就好得多了。

不只是气氛,台湾人倘使还使用姑婆叶,环境也不会败坏到如今这个样子。

姑婆叶在时代里逐渐被遗忘了,正如许多土生在台湾乡间的花草,并不能留下什么,只留下一些温情的回忆。

我看着花盆里那日渐壮大的姑婆树,想到每个时代的一些特质,一些因缘与偶然。植物事实上是表达了一个人的某种心情,不管是

姑婆叶，莲蕉花、煮饭花、钟仔花、含羞草，我都觉察到自己是一个平凡而念旧的人。我喜欢这些闲杂花草远胜过我对什么郁金香、姬百合、牡丹花的向往。它让我感觉到，自己一直走在乡间的小路，许多充满草香的景象犹未远去。

在姑婆树高大身影下，我种了一种在松山路天桥上捡到的植物，名叫"婴儿的眼泪"，想到许多宗教都说唯有心肠如赤子，才可以进天堂。小孩子纯真，没有偏见、没有知识，也不判断，他只有本然的样子。或者在小孩子清晰的眼中，我们会感觉那就像宇宙的某一株花、某一片叶子，他们的眼泪就是清晨叶片上的一滴露珠。

紫茉莉

　　我对那些按着时序在变换着姿势，或者是在时间的转移中定时开合，或者受到外力触动而立即反应的植物，总是把持着好奇和喜悦的心情。

　　像种在园子里的向日葵或是乡间小道边的太阳花，是什么力量让它们随着太阳转动呢？难道只是对光线的一种敏感？

　　像平铺在水池的睡莲，白天它摆出了最优美的姿势，为何在夜晚偏偏睡成一个害羞的球状？而昙花正好和睡莲相反，它总是要等到夜深人静的时候，才张开笑颜，放出芬芳。夜来香、桂花、七里香，总是愈黑夜之际愈能品味它们的幽香。

　　还有含羞草和捕虫草，它们一受到摇动，就像一个含羞的姑娘默默地颔首。还有冬虫夏草，明明冬天是一只虫，夏天却又变成一株草。

　　在生物书里我们都能找到解释这些植物变异的一个经过实验的理由，这些理由对我却都是不足的。我相信在冥冥中，一定有一些精神层面是我们无法找到的，在精神层面中说不定这些植物都有一颗看不见的心。

　　能够改变姿势和容颜的植物，和我关系最密切的是紫茉莉花。

　　我童年的家后面有一大片未经人工垦殖的土地，经常开着美丽的花朵，有幸运草的黄色或红色小花，有银合欢黄或白的圆形花，有各种颜色的牵牛花，秋天一到，还开满了随风摇曳的芦苇花……就在这些各种形色的花朵中，到处都夹生着紫色的小茉莉花。

　　紫茉莉是乡间最平凡的野花，它们整片整片的丛生着，貌不惊人，在万绿中却别有一番姿色。在乡间，紫茉莉的名字是"煮饭花"，因为它在有露珠的早晨，或者白日中天的正午，或者是星满天空的黑夜都紧紧闭着；只有一段短短的时间开放，就是在黄昏夕阳将下的时候，农家结束了一天的劳作，炊烟袅袅升起的时候，才像突然舒解了满怀心事，快乐地开放出来。

　　每一个农家妇女都在这个时间下厨做饭，所以它被称为"煮饭花"。

　　这种一二年或多年生的草本植物，生命力非常强盛，繁殖力特强，如果在野地里种一株紫茉莉，隔一年，满地都是紫茉莉花了；它的花期也很长，从春天开始一直开到秋天，因此一株紫茉莉一年可以开多少花，是任何人都数不清的。

　　最可惜的是，它一天只在黄昏时候盛开，但这也是它最令人喜爱的地方。曾有植物学家称它是"农业社会的计时器"，当它开放之际，乡下的孩子都知道，夕阳将要下山，天边将会飞来满空的红霞。

　　我幼年的时候，时常和兄弟们在屋后的荒地上玩耍，当我们看到紫茉莉一开，就知道回家吃晚饭的时间到了。母亲让我们到外面玩耍，也时常叮咛："看到煮饭花盛开，就要回家了。"我们遵守着母亲的话，经常每天看紫茉莉开花才踩着夕阳下的小路回家，巧的是，我们回到家，天就黑了。

　　从小，我就有点痴，弄不懂紫茉莉为什么一定要选在黄昏开，有许多次坐着看满地含苞待放的紫茉莉，看它如何慢慢地撑开花瓣，出来看夕阳的景色。问过母亲，她说："煮饭花是一个好玩的孩子，玩过黑夜迷了路变成的，它要告诉你们这些野孩子，不要玩到天黑才回家。"

　　母亲的话很美，但是我不信，我总认为紫茉莉一定和人一样是喜欢好景的，在人世间又有什么比黄昏的景色更好呢？因此它选择了黄昏。

紫茉莉是我童年里很重要的一种花卉，因此我在花盆里种了一棵，它长得很好，可惜在都市里，它恐怕因为看不见田野上黄昏的好景，几乎整日都开放着，在我盆里的紫茉莉可能经过市声的无情洗礼，已经忘记了它祖先对黄昏彩霞最好的选择了。

我每天看到自己种植的紫茉莉，都悲哀地想着，不仅是都市的人们容易遗失自己的心，连植物的心也在不知不觉中迷失了。

忘情花的滋味

　　院子里的昙花突然间开了，一共十八朵，夜里，打开院子里的灯，坐在幽暗的室内望向窗外，乳白色的昙花在灯下有一种难言的姿色，每一朵都是一幅春天的风景。

　　昙花是不能近看的，它适合远观，近看的昙花只是昙花，一种眩目的美丽，远观的昙花就不同了，它像是池里的睡莲在夜间醒来，一步一步走到人们的前庭后院，而且这些挺立在池中的睡莲都一起爬到昙花枝上，弯下腰，吐露出白色的芬芳。

　　第二天清晨昙花全谢了，垂着低低的头，我和妻子商量着，用什么方法吃那些凋谢的昙花，我说，昙花炒猪肉是最鲜美的一道菜，是我小时候常吃的。妻子说，昙花属于涅槃科，是吃斋的，不能与猪肉同炒，应该熬冰糖，可以生津止咳，可以叫人宠辱皆忘。

　　后来我们把昙花熬了冰糖，在春天的夜里喝昙花茶特别有一种清香的滋味，喝进喉里，它的香气仿佛是来自天的远方，比起阳明山上白云山庄的兰花茶毫不逊色——如果兰花是王者之香，昙花就是禅者之香，充满了遥远、幽渺、神秘的气味。

　　果然，妻子说，昙花的另一个名字叫"忘情花"，忘情就是"寂焉不动情，若遗忘之者"，也就是晋书中说的"圣人忘情"。在缤纷灿烂的花世界里，"忘情花"不知是哪一位高人的命名，它为昙花的一生下了一个注解，昙花好像是一个隐者，举世滔滔中，昙花固守了自己的情，将一生的精华在一夜间吐放，它美得那么鲜明，那么短暂，因为鲜明，所以动人，因为短暂，才教人难忘。当它死了之后，我们喝着用它煎熬成的昙花茶时，在昙花，它是忘情了，对我们，却把昙花遗忘的情喝进腹中，在腹中慢慢地酝酿。

由于喝昙花茶，使我想起童年时代吃昙花的几种滋味。

小时候，家后院种了一片昙花，因为妈妈是爱看昙花的，而爸爸，却是爱吃昙花的。据爸爸说，最好吃的昙花是在它盛开的时候，又香又脆，可是妈妈不许，她不准任何人在昙花盛放时吃昙花，因此春天昙花开成一片白的时候，我们也只好在旁边坐守，看它仰起的头垂下才敢吃它。

爸爸吃昙花有好几种方法，第一种方法是"昙花炒猪肉"，把切成细丝的昙花和肉丝丢进锅中，烈火一炒，就是一道令人垂涎的好菜，这一道菜里昙花的滋味像是雨后笋园中冒出来的香蕈，滑润、轻淡，入口即不能忘。

第二种方法是"昙花炖鸡"，将整朵的昙花一一洗净和鸡块同炖，放一点姜丝，这一道菜昙花的滋味有一点像香菇，汤是清的，捞起来的昙花还像活的一般。

第三种方法是"炸昙花饼"，用糖、面粉和鸡蛋打匀，把昙花沾满，放到油锅中炸成金黄色即可食，这一道菜昙花的滋味香脆达于极致，任何饼都无法比拟。

我们的童年在爸爸调教下，几乎每个兄弟都是"食花的怪客"，我们吃过的还不只是昙花，也吃过朱槿花、栀子花、银莲花、红睡莲、野姜花和百合花，我们还吃过寒芒花的嫩芽、鸡冠花的叶、满天星的茎，以及水笔仔的幼根，每种花都有不同的滋味。那时候年纪小不知道怜香惜玉这一套，如今想起那些花魂，心中总是有一种罪过的感觉。

食花真是有罪的吗？食了昙花真能忘情吗？有一次读《本草纲目》，知道古人也是食花的，古人也食草。在《本草纲目》谈到萱草时，引了李九华的延寿书说："嫩苗为蔬，食之动风，令人昏然如醉，因名忘忧。"

　　如果萱草"忘忧草"的名是因之而起，我倒愿为昙花是"忘情花"下一注解："美花为蔬，食之忘情，令人淡然超脱，因名忘情。"

　　"忘情花"的滋味是宜于联想的，在我们的情感世界里，"忘情"几乎是不可能的境界，因为有爱就有纠结，有情就有牵绊，如何在纠结牵绊中能拔出身来，走向空旷不凡的天地，就要像"忘情花"一样在短暂的时间里开得美丽，等凋萎了以后，把那些纠结牵缠的情经过煎、炒、煮、炸的锻炼，然后一口一口吞入腹里，并将它埋到心底最深处，等到另一个开放的时刻。

　　每个人的情感都是有盛衰的，就像昙花即使忘情，也有兴谢。我们不是圣人，不能忘情，再好的歌者也有恍惚失曲的时候，再好的舞者也有乱节而忘形的时刻，我们是小小的凡人，不能有"爱到忘情近佛心"的境界，但是我们可以"藏情"，把完成过、失败过的情爱像一幅卷轴一样卷起来放在心灵的角落，让它沉潜，让它褪色，在岁月的足迹走过后打开来，看自己在卷轴空白处的落款，以及还鲜明如昔的刻印。

　　我们落过款、烙过印；我们惜过香、怜过玉；这就够了，忘情又如何？无情又如何？

莲花与冰冻玫瑰

莲　花

他们都爱莲花。

学生时代，他们一听到什么地方种了莲花，总是不辞路远跑去看莲花，常常坐在池塘岸边看莲看得痴迷，总觉得莲花不管什么样的情况都是美的。

初开的有初开的美，盛放的有盛放的美，即使那将残未谢的，也说不出有一种温柔而凄清的美丽。

有时候季节不对，莲花不开，也觉得莲叶有莲叶的清俊，莲蓬也有莲蓬的古朴。她常自问：为什么少女时代的眼中，莲花有着永远的美丽呢？后来知道也许是爱情的关系，在爱情里，看什么都是美的，虽然有时不知美在何处。

几次坐在池边，他总轻轻牵起她的手，低声地说："我们可以不要名利财富，以后只要在院子里种一池莲花，就那样的过一辈子。我可以在莲花池边为你写一辈子的诗。"

他甚至在私下把她的小名取做"莲花"，说是在他的眼中他永远看见一池的莲，而她的声音正像是莲花初放那一刻的声音。

学生时代他早就是小有名气的诗人了，每天至少写一首诗送她，有时一天写几首，那真像一池盛放的红莲，让她觉得是他的一池莲中最美的一朵。

但她不是唯一的一朵。她知道自己怀孕的时候，他正在外岛服役，她高兴地写信给他说："我们将会有一朵小莲花。"没想到从此却失去了他的消息。

最后，她把小莲花埋葬在妇科医院的手术台上。

她结婚以后，央求丈夫在前院里开了一个大池塘，种的就是莲花。她细心地无微不至地照顾那一池莲花，真正地看着莲花抽芽拔高，逐渐结出粉红色花苞；而那样纯粹专一地养着莲花，竟使她生出一种奇异的报复的情愫。每当工作累了后，她就从书房角落的锦盒取出他写过的一叠诗来，一边回味着当年看莲花的心情，一边就看着窗外暗影浮动的莲花，自己感觉到那些优美而稚嫩的诗句已随着当年的莲花在记忆里落葬，而眼前，正是一畦新莲，长在另一片土地上，开在另一种心情上。

有时未免落下泪来，为的是她竟默默在实践着少年时代他所留下来的誓言，唯一慰藉自己的是：他讲这誓言的当时应该是充满真挚的吧。

她有着一种无比的母亲的宽容，逐渐地原谅他的离去，她感觉自己的宽容，像水面的莲叶那样巨大，可以覆盖池中游着的鲤鱼。

她手植的莲花终于完全盛开了，她的丈夫也为此而惊叹起来，对她说："我听说，莲花是很难种植的花，必须有无比的坚忍和爱才能种起来，没想到你真的种成了。"她微笑着，默默饮着去年刚酿成的红葡萄酒，丈夫初尝她做的酒，对着满院的莲花说："你这酒里放的糖太少了，有点酸哩！今年可要多放点糖。"她也只是笑，做这酒时有一点恶戏的心情，就像她种莲花时的心境一样。

莲花结成莲蓬，她收成的时候，手禁不住微微地抖颤着，黑色的莲蓬坚实地保卫着自己心中的种子。她用小刀把莲蓬挑开，将那晶莹如白玉的莲子一粒粒地挖出来，放在收藏他的诗信的锦盒上，莲子那样清洁那样纯净，就像珠贝里挖出的珍珠，在灯光下，有一种处女的美丽，还流动着莲花的清明的血。

她没有保存那些莲子，却炖了一锅莲子汤，放了许多许多的冰糖，等待丈夫回来。

丈夫只喝了一口，就噗哧吐了一地，深深皱着眉头问她："这莲子汤怎么苦成这样？"她受惊的，赶忙喝了一口莲子汤，硬生生地吞了下去，一股无以形容的苦流过她的舌尖，流过喉咙，而在小腹里燃烧。

看她受惊，丈夫体贴地牵起她的手说："莲子里有莲心的，莲心是世上最苦的东西，要先剥开莲子，取出莲心，才可以煮汤。"

她捞起一颗莲子剥开，果然发现到翠绿色的莲心，像一条虫蛰伏在莲子里面，为此她深深地自责起来，为什么以前她竟不知世上有莲心这种东西。

丈夫拿起桌上的莲心说："也有人用莲子来形容爱情，爱情表面上看起来是莲子一样，洁白、高贵，清纯，可是剥开以后，有细细的莲心，是世上最苦的东西。如果永远不去吃它，不剥开它，莲子真是世界上最美的果实呢！"

她终于按捺不住，哇啦一声痛哭起来，腹中莲子汤的苦汁翻涌的成为她的泪水。那时候她才知道她永远不会忘记陪她看过莲花的人，那个人不只带她看了莲花，还让她是莲子里那一条细长的莲心，十几年后还饮着自己生命的苦汁。

冰冻玫瑰

他认识一个长辈，五十余岁的人了，看起来像刚三十岁的少妇，她的脸还有少妇一样光灿的神采，由于擅于保养的关系，她的身材还维持着可能在他还没有出生以前就有的身材。

每次去看她的时候，他就真正知道时间和岁月并不是多么可怕的东西，总还有抗衡的余地。她是战胜了时间，至少，是和时间拔河，而后来二十年并没有失去。

她独自居住在一栋巨大的房子里，他每次去，看她坐在窗口，阳光从她脸上抚过，觉得她真是有一种不可言喻的美，不只她的脸美丽一如少妇，她的眼睛格外有闪亮的光华，只是她微微布着皱纹的唇角有一种智慧，是少妇不可能有的，虽然他并不明白那是如何的智慧。

她常常请他去谈艺术，喝着她从国外带回来的伏特加酒，那酒看起来清淡如水，饮着，微微有一种苦意，喝入腹中则浓浓地烧炙起来，可以感觉它在血管中流动的速度。他是善饮的人，因此总是劝她少量的饮，但她饮了酒以后却生出一种连少妇都不能有的明媚，一如少女，谈着她对人生未来的期待，她还没有完成的艺术之梦，她对情爱的憧憬。聊着的时候总令他忘记她的年纪，深深地为未来的美而感动不已。

有一天清晨，他去探望她，路过一家花店，看到红色的玫瑰开得正盛，就挑了九十九朵玫瑰去送给她，对她说："青春长久。"她接过玫瑰后默然不语，把它们插在一个巨大的盆子里。然后他们坐在玫瑰花边，她涌出明亮的泪水，对他说："已经有十年，没有人送过我玫瑰花了。"

她流着泪，说起了她的一生，三次失败的婚姻，十余次还可以记忆的爱情，以及数千个寂寞凄清的异国之夜，说到最后，她幽幽地说："我的大儿子正好和你同年，看到你，我总是想起自己的孩子。"他陪着她饮完一整瓶伏特加酒，自己的脸上爬满了泪痕，他们相拥痛哭，她拍着他的肩说："孩子，不要哭，孩子，不要哭……"声音喃喃，犹如清晨破窗而入的阳光。

她擦干泪水，微笑地对他说："青春不是玫瑰，青春是伏特加酒，看起来不怎么样，喝光的时候，才知道它的后劲满强的。你是送我玫瑰花的孩子，我会永远记念着你。"她醉了，靠在窗口睡着了，他不敢惊动她，看着她泪痕犹湿的侧脸，好像自己已经陪着她，从她的幼年时代，一齐经历了一个大时代的变乱，还有无数充满了美丽和哀愁的故事。她像他的母亲一样，带他走过了一个巨大的园林，看到许多尚未愈合的伤口，这些伤口，他们认识五年，她从来没有说过，仅仅是一束玫瑰花，每一朵都有一个故事。

隔了一个星期，他去看她。她进屋不久端出来一盆玫瑰，是他送给她的，却还鲜新如昔，花瓣上还有初摘时一样的水珠，她说："你看，你带来的玫瑰还没有谢哩！"他惊奇地说："呀！没有玫瑰能维持这么久。"

"我把它冰在冰箱里，在冰箱里的玫瑰可以活两个星期以上。"她微笑着说，"你看我的时候，是不是觉得我永远不会老？不是的，我只是冰冻起来，把我的青春和爱情冰冻起来，让它不至于变化，但是再长就不行了，在冰箱里的玫瑰，放久了，也会谢的。"

那一刻，他才体会到她真是老了，一个年轻的少女不会有把玫瑰冰冻起来的心思，那样无奈，那样绝望。

她似乎猜中他的心思，对他说："其实，我最后的岁月这样准备着：我还要轰轰烈烈地爱一次，我少女的时候曾爱过，但不知道怎么去爱，后来我知道了怎么去爱，我已经过了中年。现在如果我有一次新的爱情，我全心全意的，把整个人生奉献出去，当这个心愿完成的时候，我一定会在一夜间死去，中年人真心地去爱是会耗尽心力的。就像一株竹子，每一株竹子一生只准备开一次花，年轻的时候，竹子不知道怎么开花，等到它会开花的时候就一次怒放，开完花就死去了。"

他们谈到了爱情，她的结论是这样简单：一个人一生真正的爱只有一次，我觉得我的那一次还没有到来。

他终于知道她为什么总也不老的原因，那是她把二十年的青春冰冻起来，准备着最后一次的殉情，所以她不会老。他知道：她在他的心里是永远不会老的。

后来她出国了，他路过她的住家附近时，总是为她祈祷，为着青春与爱的不死祈祷。想念她时就记起她说的："一朵昙花只开三小

时，但人人记得它的美，一片野花开了一生，却没有人知道它们，宁可做清夜里教人等待的昙花，不要做白日寂寞死去的野花。"

银合欢

台湾南部的山区里，有一种终年都盛开着花的植物，它的花长得真像一个个绒线球，花色大部分是鹅黄色，也有少数变种的可以开出白色或粉红色的花来，它有个非常好听的名字，叫做"银合欢"。

在种满银合欢的山坡地上，远远望去，仿佛遍地长满小小的绣球。最美的时候是晴天的黄昏，稍微有一些晚风，阳光轻浅地穿透银合欢质地温柔的花蕊，微风缓缓地摇曳，竟让人感觉山上的银合欢是至美的花，不像是长在山地野田间的灌木丛。

萎谢的银合欢花，会从花茎中生出长长的荚果，先是柔软的绿色，很快地成熟为褐黑色，最后爆开，细小的种子就随风飘落各处，第二年又长出一丛丛的银合欢树。它们的生命力繁盛而惊人，如果坡地上有一丛银合欢，没有多久它们就盘踞了整个山坡。

由于它的生命力那样强盛，在乡人的眼中是卑贱的，从来没有人认为银合欢美丽，它的用处很简单，被用来生火。因为它的枝干中间有细软的棉状组织，很容易点起火来，就连它干掉的荚果，只要放一把小火便会熊熊燃烧。

在我们乡下，银合欢一直是烧火最好的材料，而且是取用不绝。尤其在贫瘠的土地上，农人通常撒下银合欢的种子，到冬天的时候把遍生的银合欢放火烧掉，它的灰烬很快成为土地最好的肥料，隔年春天，就可以在那里种花生、番薯等容易生长的作物。

童年的时候，我对银合欢有说不出的好感，这种好感不只是来

自它花的美丽，而是它的羽状叶子能编成非常好看的冠冕，它的枝杆又常常成为我们手中的剑，也是我们在荒野烤番薯最好的木材。

因此我曾仔细观察银合欢的生长，每天跑到家附近的银合欢丛中，用铅笔在根的最底部画下记号，第二天再跑去看，这样我能真切地感觉到银合欢迅速地自土中拔起，它甚至长得比春天最好的稻禾还要快。平常时候，银合欢一个月大概可以长一尺高，如果在夏天的雨季，或者长在河岸边的银合欢，它们一个月可以长两尺高。常常放一个暑假，本来刚发芽的银合欢就长得和我一样高了。

我从来不能理解，为何长在石头地里，完全没有人照看的银合欢，竟能和时间竞赛似的，奇异地长高。

那时我们家有一个林场，父亲在较低的山坡上种了桃花心木，较高的地方则种南洋杉，它们对时间好像都没有感觉，有时一个月也看不到它们长一寸，桃花心木要十年才能收成，南洋杉则要等到十五年。

有一次我问父亲，为什么不把山上都种银合欢呢？它们长得最快。

在林地工作的父亲笑了起来，他说："银合欢长得那么快，可是它不能做家具，甚至不能做木炭。你看这些南洋杉，它长得慢，但是结实，将来才是有用的木材。"

"可是，银合欢也可以做柴火，还能做肥料呀！"我说。

"傻孩子，任何木头都能做柴火，也能做肥料，却不是任何木头都能做家具的。"

虽然银合欢在乡人的眼中是那么无用，连父亲都看不起它，我还是私心里喜欢它，因为它低矮，不像桃花心木崇高；它亲切，不像南洋杉严肃；何况，它在风里是那么好看。

最近读到一篇报告，知道有科学家发现银合欢生长的快速，拿它作为肥料实验。他们在种满银合欢的坡地上空中施肥，记录它的成长，和那些未施肥的银合欢比较，来验证肥料的效果。同样的，也有一部分科学家拿它来做为除草剂的试验，利用它生命力的强盛，来看除草剂的效果。这些实验都发现银合欢是最适合用来试验的植物，就像卑微的老鼠常常成为动物解剖与吃食各种毒物的祭品。

这使我对银合欢又生出一些敬意来，它虽不能是崇高巨大的木材，到底，它有许多别的木材所没有的用处，如同乡里间的小人物，他们不能成为领导者，却各自在岗位上发挥了大人物所不能体知的功能。而且，我相信不论我们如何在银合欢的身上实验，在小老鼠的身上解剖，它们都不会灭绝的，因为上苍给了它们特别的生命力。

我想到我在金门时候的一件旧事。在金门古宁头的海边上，就生长了无数的银合饮，在阳光下盛开着花。我从古宁头的望远镜中看大陆沿岸，发现镜中的海岸也生长着银合欢，也开了花。那幅图像深深地印在我的脑海，隔了几年也不能忘却，每在乡间山里看到银合欢就浮现出来。

因为那时银合欢隔海对望，有着浓浓的乡愁，那乡愁的生长力和银合欢一样，一月一尺，隔了一个春天，它就长得和人同样高了。我只是不知，是此岸的种子落到彼岸，还是彼岸的种子被吹送到此岸呢？生长在海峡两岸的银合欢有什么不同呢？

芒花季节

有空去看芒花吧。
那些坚强的誓言，
正还魂似的，
飘落在整个山坡。

朋友来相邀一起到阳明山，说是阳明山上的芒花开得很美，再不去看，很快就要谢落了！

我们沿着山道上山去，果然在道旁、在山坡，甚至更远的山岭上，芒花正在盛开，因为才刚开不久，新抽出的芒花是淡紫色，全开的芒花则是一片银白，相间成紫与白的世界，与时而流过的云雾相映，感觉上就像在迷离的梦景一样。

我想到像芒花如此粗贱的植物，竟吸引了许多人远道赶来欣赏，像至宝一样，就思及万物的评价并没有一定的标准。

我说芒花粗贱，并没有轻视之意，而是因为它生长力强，落地生根，无处不在，从前在乡下的农夫去之唯恐不及。

就像我现在住在台北的十五楼阳台上，也不知种子随风飘来，或是小鸟沾之而来，竟也长了十几丛，最近都开花了。有几株是依靠排水沟微薄的泥土吸取养分，还有几株甚至完全没有泥土，是扎根在水管与水泥的接缝，只依靠水管渗出的水生长。芒花的生命力可想而知了。

再说，像芒花这种植物，几乎是一无是处的，几乎到了百无一用的地步，在干枯的季节，甚至时常成为火烧山的祸首。

我努力地思索从前芒花在农村的作用，只想到三个，一是编扫把，我们从前时常在秋末到山上割芒花回家，将芒花的种子和花摇落，捆扎起来做扫把；二是农家的草房，以芒草盖顶，可以冬暖夏凉；三是在春夏未开花时，芒草较嫩，可作为牛羊的食料。

但这也是不得已的好处，因为如果有竹扫把，就不用芒花，因为芒花易断落；如果有稻草盖屋顶，就不用芒草，因为芒草太疏松，又不坚韧；如果有更好的草，就不以芒草喂牛羊，因为芒草边有刺毛，会伤舌头。

在实用上是如此，至于美呢？从前很少人觉得美，早期的台湾绘画或摄影，很少以芒花入图像，是近几年，才有艺术家用芒花做素材。

从美的角度来看，单独或两三株芒花是没有什么美感的，但是如果一大片的芒花就不同了，那种感觉就像海浪一样，每当风来，一波一波地往前推进，使我们的心情为之荡漾，真是美极了。因此，芒花的美，美在广大、美在开阔、美在流动，也美在自由。

或者我们可以如是说：凡广大的、凡开阔的、凡流动的、凡自由的，即使是平凡粗贱的事物，也都会展现非凡的美。

例如天空，美在广大；平原，美在开阔；河川，美在流动；风云，美在自由。

我幼年曾有一次这样的经验，那时应该是秋天吧！我沿着六龟的老浓溪往上游步行，走呀走的，突然走到山腰的一片平坦的坡地，我坐在坡地上休息，抬头看到蓝天蓝得近乎纯净透明，河水在脚边奔流，风云在秋风中奔驰变化，而我，整个被开满的芒花包围了，感觉到整个山、整个天空、整个世界都在芒花的摇动中，随着律动。

当时的我，仿佛是醉了一样，第一次，感受到芒花是那样的美，从此，我看芒花就有了不同的心情。长大以后看芒花，总不自禁地想起乐府诗句："天苍苍，野茫茫，风吹草低见牛羊。"

是的，芒花之于大地，犹如白发之于盛年，它展现的虽然是大块之美，其中隐隐的带着悲情，特别是在夕阳时艳红的衬托，芒花有着金黄的光华。其实芒花的开谢是非常短暂的，它像一阵风来，吹白山头，随即隐没于无声的冬季。

生命对于华年，是一种无常的展露，芒花处山林之间，则是一则无常的演出。

某年某月的某一天，我们曾与某人站立于芒花遍野的山岭，有过某种指天的誓言，往往在下山的时候，一阵风来，芒花就与誓言同时凋落。某些生命的誓言或许不是消失，只是随风四散，不能捕捉，难以回到那最初的起点。

我们这漂泊无止的生命呀！竟如同驰车转动在两岸的芒草之中，美是美的，却有着秋天的气息。

在欣赏芒花的那一刻，感觉到应该更加珍惜人生的每一刻，应该更体验那些看似微贱的琐事，因为"志士惜年，贤人惜日，圣人惜时"，每一寸时光都有开谢，只要珍惜，纵使在芒花盛开的季节，也能见出美来。

从阳明山下来已是黄昏了，我对朋友说："我们停下来，看看晚霞之下的芒花吧！"

那时，小时候，在老浓溪的感觉又横越时空回到眼前，小时候看芒花的那个我，我还记得正是自己无误，可是除了感受极真，竟无法确定是自己。岁月如流，流过我、流过芒花，流过那些曾留下，以及不可确知的感觉。

"今年，有空还要来看芒花。"我说。

如果你说，在台湾秋天可以送什么礼物，我想，有空和朋友去看芒花吧！"岭上多芒花，不只自愉悦，也堪持赠君。"

某年某月某一天，一起看过芒花的人，你还安在吗？有空去看芒花吧！那些坚强的誓言，正还魂似的，飘落在整个山坡。

黄玫瑰的心

人只要有细腻的心去体会万象万法，
到处都有启发的智慧。
一朵花里，
就能看到宇宙的庄严，
看到美，
以及不屈服的意志。

为了这绝望的爱情，我已经过了很好时间沮丧、疲倦，像行尸走肉的日子。

昨夜，从矿坑灾变采访回来，因疼惜生命的脆弱与无助，坐在眠床上不能入睡，清晨，当第一道阳光照入，我决心为那已经奄奄一息的爱情做最后的努力，我想，第一件该做的事是到我常去的花店买一束玫瑰花，要鹅黄色的，因为我的女朋友最喜欢黄色的玫瑰。

剃好胡子，勉强拍拍自己的胸膛说："振作起来！"想起昨天在矿坑灾变后那些沉默哀伤但坚强的面孔，就出门了。

往市场的花店前去，想到在一起五年的女朋友，竟为了一个其貌不扬，既没有情趣又没有才气的人而离开，而我又为这样的女人去买玫瑰花，既心痛、又心碎；生气，又悲哀得想流泪。

到了花店，一桶桶美艳的、生气昂扬的花正迎着朝阳，开放。

找了半天，才找到放黄玫瑰的桶子，只剩下九朵，每一朵都垂头丧气，"真衰！人在倒霉的时候，想买的花都垂头丧气的。"我在

心里咒骂。

"老板!"我粗声地问,"还有没有黄玫瑰?"

老先生从屋里走出来,和气地说:"没有了,只剩下你看见的那几朵啦。"

"这黄玫瑰每一朵的头都垂下来了,我怎么买?"

"喔,这个容易,你去市场里逛逛,半个小时后回来,我包给你一束新鲜的、有精神的黄玫瑰。"老板赔着笑,很有信心地说。

"好吧!"我心里虽然不信,但想到说不定他要向别的花店去调,也就转进市场去逛了。心情沮丧时看见的市场简直是尸横遍野,那些被分解的动物尸体,使我更深刻的感受到这是一个悲苦的世界,小贩刀俎的声音,使我的心更烦乱。

好不容易在市场里熬了半个小时,再转回花店时,老板已把一束元气淋漓的黄玫瑰用紫色的丝带包好了,放在玻璃柜上。

我不敢相信自己的眼睛,我说:"这就是刚刚那一些黄玫瑰吗?"——它们垂头丧气的样子还映在我的眼前!

"是呀!就是刚刚那些黄玫瑰。"老板还是笑嘻嘻地说。

"你是怎么做到的,刚刚明明已经谢了呀!"我听到自己发出惊奇的声音。

花店老板说:"这非常的简单,刚刚这些玫瑰不是凋谢,只是缺水,我把它整株泡在水里,才二十分钟,它们全又挺起胸膛了。"

"缺水?你不是把它插在水桶里吗?怎么可能缺水呢?"

"少年仔,玫瑰花整株都要水呀!泡在水桶是它的根茎,它喝到的水就好像人吃饭一样。但是人不能光吃饭,人要有脑筋、有思想、有智慧,才能活得抬头挺胸。玫瑰花的花朵也需要水,在田野里,它们有雨水露水,但是剪下来就很少人注意了,很少人再给花的头浇水,一旦它的头垂下来,整株泡在水里,很快就恢复精神了。"

我听了非常感动,怔在当场:呀!原来人要活得抬头挺胸,需要更多的智慧,要常把干枯的头脑泡在冷静的智慧之水里。

当我告辞的时候，老板拍拍我的肩膀说："少年仔！要振作咧！"这句话差点使我流泪走回家，原来他早就看清我是一朵即将枯萎的黄玫瑰。

回到家，我放了一缸水，把自己整个人埋在水里，体会着一朵黄玫瑰的心，起来后通身舒泰，决定不把那束玫瑰送给离去的女友。

那一束黄玫瑰每天都会被我整株泡一下水，一星期以后才凋落花瓣，凋谢时是抬头挺胸凋谢的。

这是十几年前，我写在笔记上的一件真实的事，从那一次以后，我就知道了一些买回来的花朵垂头丧气的秘密。最近找到这一段笔记，感触和当时一样深，更确实的体会到，人只要有细腻的心去体会万象万法，到处都有启发的智慧。

一朵花里，就能看到宇宙的庄严，看到美，以及不屈服的意志。

有一位花贩告诉我，几乎是所有的白花都很香，愈是颜色艳丽的花愈是缺乏芬芳，他的结论是："人也是一样，愈朴素单纯的人，愈有内在的芳香。"

有一位花贩告诉我，夜来香其实白天也很香，但是很少人闻得到，他的结论是："因为白天人的心太浮了，闻不到夜来香的香气，如果一个人白天的心也很沉静，就会发现夜来香、桂花、七里香，连酷热的中午也是香的。"

有一位花贩告诉我，清晨买莲花一定要挑那些盛开的，结论是："早上是莲花开放最好的时间，如果一朵莲花早上不开，可能中午和晚上都不会开了。我们看人也是一样，一个人在年轻的时候没有志气，中年或晚年是很难有志气的。"

有一位花贩告诉我，愈是昂贵的花愈容易凋谢，那是为了要向买花的人说明："要珍惜青春呀！因为青春是最名贵的花！"

有一位花贩告诉我……

让我们来体会这有情世界的一切展现吧，当我们有大觉的心，

甚至体贴一朵黄玫瑰，以心印心，心心相印，我们就会知道，原来在最近最平凡的一切里，就有最深最奇绝的睿智呀！

买了半山百合

我们时常跑到山坡上，
去寻找野花的踪迹。
有些山坡开满了百合花，
我们就会躺在百合花的白与白之间，
山风使整个田园都有着清凉的香气。
感觉到，
我们的心也像百合般白了，
并用白喇叭吹奏着高扬的音乐。

在市场里，有个宜兰人，每隔几天来卖菜。这个宜兰人像魔法师一样，长得滑稽而神气，他的菜篮里每次总会有几把野花，像鸡冠花、小菊花、圆仔花、大理花之类的，据他告诉我，是在家附近采到什么花，就卖什么花。

他卖菜与一般菜贩无异，但卖花却有个性，不论大把小把，总是卖五十元，所以买的人有时觉得很便宜，有时觉得很贵，他不在乎，也不减价，理由是："卖菜是主业，要照一般的行情；卖花是副业，我想怎么卖就那样卖呀！爽就好！"

他卖花爱卖不卖的，加上采来的花比不上花店的花好看，有的极瘦小，有的被虫吃过，所以生意不佳，可怪的是，他宁可不卖，也不折价。有时候他的花好，我就全买了（不过才三四把），所以他常对我说："老板，你这个人阿莎力，我真甲意。"有时候花真的不

好，我不买，他会兜起一把花追上来："嘿！拢送你啦！我这个人也阿莎力。"

久了以后，相熟，我就叫他"阿莎力"，他颇乐，远远看到我就笑嘻嘻，好像狄斯奈卡通《石中剑》里那个魔法师一样。

每年野姜花或百合花盛开的时候，阿莎力最开心，因为他生意特别好，百合与野姜洁白、芬芳，都是讨人喜欢的花，又不畏虫害，即使是野生的也开得很美。这时百合花就不只卖三四把，每天带来一大桶，清早就被抢光了，据他说，卖一桶花赚的钱胜过卖两担菜，"台北人也真是的，白菜一斤才卖二十块，又要杀价，又要讨葱，一束花五十块，也不杀价，一次买好几把，怕买不到似的"然后他消遣我："老板，你嘛是台北人呀！还好你买菜不杀价，也不讨葱。"

今天路过"阿莎力"的摊子，看到有几束百合，比从前卖的百合瘦小，株条也不挺直，我说："阿莎力！你今天的百合怎么只有这些？"

"全卖给你好了，这是今年最后的野百合了，我把半座山的百合全摘来了。"

"半座山的百合？"

"是呀！百合的季节已经过了，我走了半个山只摘到这些，以后没有百合卖了。"

"半座山的百合，那剩下的半座山呢？"

"剩下的半座山是悬崖呀！老板！"阿莎力苦笑着说。

想到这是今年最后的百合，我就把他所有的百合全买下来，总共才花了三百元，回家的路上想到三百元就买下半座山的百合，心中感到十分不可思议。

把百合插在花瓶里，晚上的时候一个人静静地看那纯白盛放的花朵，百合的喇叭形状仿佛在吹奏音乐一样，野百合的芳香最盛，特别是夜里心情沉静的时候，香气随着音乐在屋里流淌。

在山里的花，我最喜欢的就是百合了。从前家住山上，有四种花是遍地蔓生的，除了百合，还有野姜、月桃、牵牛花。野姜花的香气太艳，月桃花没有香气，牵牛花则朝开暮谢，过于软弱，只有百合是色香俱足，而且在大风的野地也不会被摧折，花期又长。

从前的乡下人不时兴插花，因为光是吃饱都艰难，谁会想到插一瓶花呢？不插花不表示不爱花，每当野花盛开的时节，我们时常跑到山坡上去寻找野花的踪迹，有些山坡开满了百合花，我们就会躺在百合花的白与白之间，山风使整个田园都有着清凉的香气。感觉到，我们的心也像百合一般白了，并用白喇叭吹奏着高扬的音乐。然后会想到"山上的百合也不纺纱，也不织布，但所罗门王皇冠上的宝石也比不上它"的句子，就不禁有陶醉之感。

近年来，野百合好像也很少了，可能是山坡地开发的缘故。只有几次到东部去，在东澳、南澳、兰屿见到野百合遍地开的情景，自从大家流行插花，而百合花又可以卖钱，野生的百合在未开之前便被齐根剪断，带到市场来卖。

瓶插在屋里的野百合花，虽然也像在坡地一样美、一样香，感受却大有不同了，屋里的百合再怎么美，也没有野地风中那样的昂扬，失去了那种生气盎然的姿势，好像……好像开得没有那么阿莎力了。

进口种植的百合花有各种颜色，黄的、红的、橙的，香气甚至比野生的更胜，但可能是童年印象的缘故，我总觉得百合花都应该是白色的，花形则最好是瘦瘦的、长长的。可是那土生土长的，有灵醒之白的百合，恐怕得要到另外半山的悬崖峭壁去看了。

今年的野百合花期已过，剩下的都是温室种植的百合了，这样一想，眼前这一盆百合使我生起一种深切的感怀，它是在预告一个春天的结束，用它的白来告白，用它的香来宣示，用它的形状来吹奏，我们在山坡地那无忧的生活也随百合的记忆流得远了。

夜里，坐在百合花前，香气弥漫，在屋里随风流转，想到半山的百合花都在我的屋子里，虽然开心，内心里还是有一种幽微的

疼惜。

呀！不管怎么样，野百合还是开在山里好，野百合，还是开在山里的，好呀！

寒梅着花未？

终于过了三十岁生日。那一天，我独自开车到台北近郊的八里乡去，八里乡有一个临着海口的弯道，在冬日的雾气里美丽而古典。右边海的湛蓝在东北季风的吹袭下，浪花用力拍击着岩岸，发出崩天裂云的嘶嘶声；左近的山壁葱葱绿绿地长出各色花草，人在其中情绪十分复杂，山给我们的壮怀与海给我们的远志在抬眼眺望的时刻，交织成一幅充满梦想的视景。

八里的海湾是我常去的地方，那里几乎没有人迹，只偶尔呼啸而过几辆疾驰的货车，让人蓦地觉到人的脚迹真是无远弗届；这个地方在秋天的时候常常有孤鹰出入，在天空中缓缓盘旋，运气好的话会看到飞翔很久的鹰突然落脚在山顶的枝桠上，睁着巨眼遥望海口，顺着海势而去，也许可以看到尽处的蓝天吧！

渔船也是美的，它是生活与搏斗得来的美，从高处看，它顺着浪头在海中一起一落一起一落，连渔民弯腰捕鱼的姿影都清晰可见。我是经常想到渔民辛苦的人，可是想到他们每天在波涛大浪中涌动的生活，应该也会油然兴起宇宙苍茫浩大的情思吧！八里最美的还不是那个海湾，而是到八里的路上有一段种了许多杜鹃花，有红、有白、有紫，生得零乱错综，不像是人有意种上去的。杜鹃正好在山道的临沿，每次我路过总是把车速放慢，看早春的杜鹃在空静的山中绽放。杜鹃是有色无香的花，可是不知道为什么车子经过时会从车窗飘进来一阵淡淡的香气，原来，目见的美色也会刺激我们的嗅觉，好像三十年往事一幕幕浮现时，竟能嗅闻出当时的味道一般。

这一次我去八里，路经那一段杜鹃花道，杜鹃已经开得很盛，有许多刚凋谢的花铺在马路上，鲜新的颜色还未褪去，车子的风过，花魂就向两旁溅飞起来，到远一点的地方才落下，逝去的花有逝去的美，被惊起的花魂也像蝴蝶一样有特别的姿势。

长在枝桠上的杜鹃虽好看，但总觉得拥挤，它们抢着在春天来时开成枝头第一株，于是我们感觉杜鹃花不是一朵朵，而是一群群，等到它们落了散居在地面，才看清原来每一朵都有不同的面貌。

对我而言，往事也如是，处在进行的时刻，很难把每一件事检点出来，看出它的前因后果，因为每一件往事都牵连着另一件，交织成一片未曾消逝。等往事经过了，我随手一捞，竟像谢去的杜鹃，每一段都能整理出一个完整的面貌，有许多颜色还清新如昔。

我走在八里海边上，仰起头来散步，想起自己过去三十年的生命历程，有一种感觉，好像一篇已经印刷出版的文章，里面大部分是畅顺的，可是有许多地方分段分错了，还有许多地方逗点和句号摆错地方，想修改重新来过，已经无能为力了。

快黄昏的时候，海上突然下起雨来，我看着海面上的雨线一直向海岸逼近，才一晃眼，雨已经逼到身侧，愈下愈大，很快我就被淋湿了，想起年少时代喜欢下雨，这时淋到雨竟有一些无可奈何的心境。

回程的时候，路过杜鹃花道，本来在路上的花魂被雨淋过，被车辗过，都成为五颜六色的尘泥，贴黏在地上。我下了车，在微雨的黄昏中看那些花，不禁看得痴了，花儿有知，知道年年春天的兴谢，知道美丽的盛放后就是满地的尘泥，不晓得会有何感叹？

到家的时候已是黑夜了，妻子与朋友为我准备了生日盛宴，人声笑语正从院落中热闹的传出来，我看到院子的梅花还开着，不觉心情一松——有谢了的花，总有新的花要开起。

然而，人过了而立之年，如果是一株寒梅，是不是到开花结实的时候了呢？

林 清 玄

作 品 精 选

截断人生的苦

截断人生的苦

留一只眼睛看自己

欲识永明旨，
门前一湖水；
日照光明生，
风来波浪起。

——永明延寿禅师

日本历史上产生过两位伟大的剑手，一位是宫本武藏，另一位是柳生又寿郎，这两位的传记都曾经在台湾地区出版，风靡过一阵子。柳生又寿郎是宫本武藏的徒弟，关于他们的故事很多，我最喜欢其中的一则。

柳生又寿郎的父亲也是一名剑手，由于柳生少年荒嬉，不肯受父教专心习剑，被父亲逐出了家门，柳生于是独自跑到一荒山去见当时最负盛名的剑手宫本武藏，发誓要成为一名伟大的剑手。

拜见了宫本武藏，柳生热切地问道："假如我努力学习，需要多少年才能成为一流的剑手？"

武藏说："你全部的余年！"

"我不能等那么久，"柳生更急切地说，"只要你肯教我，我愿意下任何苦功去达到目的，甚至当你的仆人跟随你，那需要多久的时间？"

"那，也许需要十年。"宫本武藏说。

柳生更着急了："呀！家父年事已高，我要他生前就看见我成为

一流的剑手，十年太久了，如果我加倍努力学习，需时多久?"

"嗯，那也许要三十年。"武藏缓缓地说。

柳生急得都要哭出来了，说："如果我不惜任何苦功，夜以继日地练剑，需要多久的时间?"

"嗯，那可能要七十年。"武藏说，"或者这辈子再也没希望成为剑手了。"

柳生的心里纠结着一个大的疑团："这怎么说呀? 为什么我愈努力，成为第一流剑手的时间就愈长呢?"

"你的两个眼睛都盯着第一流的剑手，哪里还有眼睛看你自己呢?"武藏平和地说，"第一流剑手的先决条件，就是永远保留一只眼睛看自己。"

柳生又寿郎满头大汗地爆破疑团了，于是拜在宫本武藏的门下，并做了师父的仆人。武藏给他的第一个教导是：不但不准谈论剑术，连剑也不准碰一下；只要努力地做饭、洗碗、铺床、打扫庭院就好了。

三年的时光就这样过去了，他仍然做这些粗贱的苦役，对自己发愿要学习的剑艺一点开始的迹象都没有，他不禁对前途感到烦恼，做事也不能专心了。

三年后有一天，宫本武藏悄悄蹑近他的背后，给他重重的一击。

第二天，正当柳生忙着煮饭，武藏又出其不意地给了他致命的扑击。

从此以后，无论白天晚上，他都随时随地预防突如其来的袭击，二十四小时中若稍有不慎，便会被打得昏倒在地。

过了几年，他终于深悟"留一只眼睛看自己"的真谛，可以一边生活一边预防突来的剑击，这时，宫本武藏开始教他剑术，不到十年，他成为全日本最精湛的剑手，也是历史上唯一与宫本武藏齐名的一流武士。

这个故事里隐含了很深刻的禅意，禅者不应把禅放在生活之外犹如剑手不应把剑术当成特别的东西。剑手在行住坐卧都可能遇到敌人的扑击，禅者也是一样，要随时面对生活、烦恼、困顿的扑击，他们表面安住不动，心中却是活泼灵醒能有所对应，那是由于"永远保留了一只眼睛看自己"呀！

宫本武藏在日本剑道和武士道都有很崇高的地位，那是由于他不只拘限于剑术，他还是一个很杰出的画家和书法家，他有一幅绘画作品绘的是"布袋和尚观斗鸡"，以流动的泼墨画了微笑的布袋禅师看两只鸡相斗的情景，题道"无杀事，无杀者，无被杀，三者皆空"，很能表达他对剑术与人生的看法。

对于一个武士，拿刀剑是一种修行，是通向觉悟的手段，一个随时随地都可能死掉的武士，他还要在其中确立自己的人格，觉悟与修行、定力与意见就变成多么急迫！我们不是拿剑的武士，不过，在人生的流程中，人人都是面对烦恼与不安的武士，如何以无形之剑，挥慧剑斩情丝，截断人生的烦恼，不是与武士一样的吗？

最近读了一本美国作家汉乔伊（Joe Hyams）写的《武艺中的禅》，把武术、剑道与禅的关系做了精辟的分析，他写到几个值得深思的观点：

一是武师所遇到的对手，与其说是敌人，不如说是自己的同伴，甚至是自己的延伸，可以帮助我们更充分地认识自己。

二是虽然大部分武艺高手都花了好几年时间练几百种招数，但在决斗时，实际经常使用的招数只有四五种。他一点思考的时间都没有，只是用心去对应。

三是武师的心要经常保持流动的状态，不可停在固定招数，因为对手出击的招数是不可预测的，当心停在任何固定招数，对武师而言，接下来就是死！

对禅者也是如此，我们生命面对的苦恼不是我们的敌人，而是自己的延伸，应该透过烦恼来认识自我；我们可能遍学一切法门，但必须深入某些法门，来对应生命的决斗；我们应该"无所住而生

其心"，因为生活不能如预期，无常也不可预测，如果我们的心执着停滞了，那就是死路一条。

这些训练的开端就是"留一只眼睛看自己"呀！

一　朝

十二岁的时候，第一次读《红楼梦》，似懂非懂，读到林黛玉葬花的那一段，以及她的葬花诗，里面有这样几句：

> 尔今死去侬收葬，未卜侬身何日丧？侬今葬花人笑痴，他年葬侬知是谁？试看春残花渐落，便是红颜老死时。一朝春尽红颜老，花落人亡两不知！

那是我第一次感受到落花也会令人忧伤，而人对落花也像待人一样，有深刻的情感。那时当然不知道林黛玉的自伤之情胜过于花朵的对待，但当时也起了一点疑情，觉得林黛玉未免小题大做，花落了就是落了，有什么值得那样感伤，少年的我正是"侬今葬花人笑痴"那个笑她的人。

我会感到葬花好笑是有背景的，那时候父亲为了增加家用，在田里种了一亩玫瑰，因为农会的人告诉他，一定有那么一天，一朵玫瑰的价钱可以抵上一斤米。可惜父亲一直没有赶上一朵玫瑰一斤米的好时机，二十几年前的台湾乡下，根本不会有人神经到去买玫瑰来插。父亲的玫瑰是种得不错，却完全滞销，弄到最后懒得去采收了，一时也想不出改种什么，玫瑰田就荒置在那里。

我们时常跑到玫瑰田去玩，每天玫瑰花瓣，黄的、红的、白的落了一地，用竹扫把一扫就是一畚箕，到后来大家都把扫玫瑰田当成苦差事，扫好之后顺手倒入田边的旗尾溪，千红万紫的玫瑰花瓣

雾时铺满河面，往下游流去，偶尔我也能感受到玫瑰飘逝的忧伤之美，却绝对不会痴到去葬花。

不只玫瑰是大片大片的落，在我们山上，春天到秋天，坡上都盛开着野百合、野姜花、月桃花、美人蕉，有时连相思树上都是一片白茫茫，风吹来了，花就不可计数地纷飞起来。山上的孩子看见落花流水，想的都是节气的改变，有时候压根儿不会想到花，更别说为花伤情了。

只有一次为花伤心的经验，是有一年父亲种的竹子突然有十几丛开花了，竹子花真漂亮，细致的、金黄色的，像满天星那样怒放出来，父亲告诉我们，竹子一开花就是寿限到了，花朵盛放之后，就会干枯，死去。而且通常同一母株育种的竹子会同时开花，母亲和孩子会同时结束生命。那时我每到竹林里看极美丽绝尘不可逼视的竹子花就会伤心一次，到竹子枯死的那一阵子，总会无端地落下泪来，不过，在父亲插下新枝后，我的伤心也就一扫而空了。

多几次感受到竹子开花这样的经验，就比较知道林黛玉不是神经，只是感受比常人敏锐罢了，也慢慢能感受到"昨宵庭外悲歌发，知是花魂与鸟魂？花魂鸟魂总难留，鸟自无言花自羞。愿侬此日生双翼，随花飞到天尽头。天尽头，何处有香丘？未若锦囊收艳骨，一抔净土掩风流，质本洁来还洁去，不教污淖陷渠沟。"那种借物抒情，反观自己的情怀。

长大一点，我更知道了连花草树木都与人有情感、有因缘，为花草树木伤春悲秋，欢喜或忧伤是极自然的事，能在欢喜或悲伤时，对境有所体会观照，正是一种觉悟。

最近又重读了《红楼梦》，就体会到花草原是法身之内，一朵花的兴谢与一个人的成功失败并没有两样，人如果不能回到自我，做更高智慧之追求，使自己明净而了知自然的变迁，有一天也会像一朵花一样在无知中凋谢了。

同时，看一片花瓣的飘落，可以让我们更深的感知无常，正如贾宝玉在山坡上听见黛玉的葬花诗"不觉恸倒山坡上，怀里兜的落花撒了一地"。那是他想到黛玉的花容月貌终有无可寻觅之时，又推想到宝钗、香菱、袭人亦会有无可寻觅之时，当这些人都无可寻觅，自己又安在呢？自身既不知何在何往，将来斯处、斯园、斯花、斯柳，又不知当属谁姓！

看看这种无常感，怎么能不恸倒在山坡上？我觉得，整部《红楼梦》就在表达"人生如梦"四字，这是一种无可如何的无常，只是借黛玉葬花来说，使我们看到了无常的焦点。《红楼梦》还有一支曲子，我非常喜欢，说的正是无常：

> 为官的，家业凋零；富贵的，金银散尽；有恩的，死里逃生；无情的，分明报应。欠命的，命已还；欠泪的，泪已尽；冤冤相报实非轻，分离聚合皆前定。欲知命短问前生，老来富贵也真侥幸。看破的，遁入空门；痴迷的，枉送了性命；好一似，食尽鸟投林，落了片白茫茫大地真干净。

从落花而知大地有情，这是体会；从葬花而知无常苦空，这是觉悟；从觉悟中知道万法了不可得，应该善自珍摄，不要空来人间一回，这就是最初步的菩提了。读《红楼梦》不也能使我们理解到青原惟信禅师说的"三十年前见山是山，见水是水。及后亲见亲知，有个入处，见山不是山，见水不是水。如今得个休歇处，依旧见山只是山，见水只是水"的过程吗？

相传从前有一位老僧，经卷案头摆了一部"红楼梦"，一位居士去拜见他，感到十分惊异问他："和尚也喜欢这个？"

老僧从容地说："老僧凭此入道。"

这虽是传说，但也不无道理，能悟道的，黄花翠竹、吃饭睡觉、瓦罐瓶勺都会悟道了，何况是《红楼梦》！

虽然《红楼梦》和"悟道"没有必然关系，但只要时时保有菩

提之心，保有反观的觉性，就能看出在言情之外言志的那一部分，也可以看到隐在小儿女情意背后那广大的空间。

知悉了大地有情、觉悟了无常苦空、体会了山水的真实、保有了清明的菩提，我们如何继续前行呢？正是"一朝春尽红颜老"的那个"一朝"，是"万古长空，一朝风月"的"一朝"，是知道"放弃今日就没有来日，不惜今生就没有来生"！是"此身不向今生度，更待何生度此身"！是"当下即是"！是"人圆即佛成"！

那么就在每一个"一朝"中保有菩提，心田常开智慧之花，否则，像竹子一样要等到临终才知道盛放，就来不及了。

不知最亲切

有时候出去旅行，一两个月的时间没有看电视、没有听广播，也没有读报纸，几乎对天下大事一无所知，只是心境纯明地过单纯的生活。很奇怪的是，这样的生活不但不觉得有所欠缺，反而觉得像洗过一个干净的澡，观照到自我心灵的丰富。

住在乡间的时候也是如此，除了随身的几本书，与一般俗世的资讯都切断了线，每天只是吃饭、睡觉、散步、沉思，也不觉得有所缺乏。偶尔到台北一趟，听到朋友说起尘寰近事，总是听得目瞪口呆，简直难以相信，原来这个世界还有那么多纷扰的人事。

想起从前在新闻界服务的时候，腰带上系着无线电呼叫器，不管是任何时地，它总会恣情纵意地呼叫，有时是在沐浴，有时是在睡眠，还有的时候是与朋友在喝下午茶，呼叫器就响了。那意味着在某地又发生了事故，有某些人受到伤害或死亡，有的是千里外的国度发生暴乱，有的是几条街外有了凶案，每次当我开车赶赴现场的时候，就会在心里嘀咕："这些人、这些事，究竟与我有什么相干呢？"

由于工作的关系，我差不多整天都随着世界旋转，每天要看七八份报纸，每月要看十几份杂志，每晚要看电视新闻，即使开车的时候，也总是把频率调到新闻的播报，生怕错过任何一条新闻，唯恐天下有一件我不知道的事。然后在生活里深深地受到影响，脑子里想的是新闻，与人聊天也总爱引用新闻题材，甚至夜里做的梦也与新闻有关系。

好像除了随这世界转动，我自己就没有什么好说、好想、好反省的东西了。

现在想起来，过去追随世界转动的生活真像一场噩梦，仿佛旋转的陀螺，因为转得快速，竟看不出那陀螺的颜色与形状。

用单纯之心来面对生命

这个世界有多少暴乱，呈现在资讯上的暴乱就有多少，我们每天渴求着资讯，把许多生命投注在暴乱而泛滥的讯息，就好像自己的意识亲历这样的暴乱与染着，由于投在旋转的浊流，自我也就清明不起来了。

自从离开新闻工作以后，我就试着让自己从那许多旋转着、甚至被制造出来的事件里解脱出来，尤其是报纸改成六张以后，我更试着不订阅报纸了，把从前每天早晨花在新闻上面的一两个小时节省下来，用来静思观照自己的内在。电视新闻也尽量节制，一天只看一次，夜里宁可读一些长远而有益身心的书籍。收音机的新闻也不听了，听一些轻松的音乐，以便可以专心的思考。杂志呢，则放弃那些追逐新闻内幕的周刊，只读少数经过严格制作的月刊。

经过比较长期的试验，发现自己竟然在生活中多出了许多时间，并且有机会做更多关于生命智慧的深思了。有很多时候，甚至忘记了世界上有新闻这一回事，然后，在言谈的时候、思想的时候，由于断离了新闻那浮泛的知见，得到一种感性的平安，感觉到自己在说的话是由心田中自然的流露，而不再是某某事如何，某某人怎么样的是非论断了。

这种能用单纯之心来面对生命的态度，常使我有一种从未有过的欣悦之情。

当然，这并不表示我是反资讯的，对于许多把青春投注在资讯的采集传播的朋友，我依然心存敬佩，只是我感觉到现代人把太多宝贵的时光用在那多如牛毛的讯息上，确实是生命的浪费。在每天贯耳盈目的资讯里，大部分都是"坏铜旧锡"，对一个人的生命或人格的成长是毫无益处的，有时候还不如乡间遥远的鸡犬的叫声。

生活在现代世界是无可如何的事，我们不能把耳朵塞起来，眼睛蒙住，所以对世界也不能完全无知无感，那么，每天花在资讯上的时间千万不要超过一个小时，因为"一寸时光，就是一寸命光"。

以报纸为例，宁可选择张数少的报纸，每天大略的翻开也就够了，若要细细阅读，百寸命光也不够用。这样想时，我就觉得田园作家大卫梭罗说的"你应该选择对你有益的读物，因为你没有时间阅读其他的"是真知灼见，值得细细思量。

如果我们花很多时间注视外面世界的转动，哪里有时间回观内在的世界呢？

如果我们花很多精神分散在许多混乱零碎的资讯，又哪里有专注的精神来看待自我的历练呢？

严肃，是一种病

今年的诺贝尔文学奖得主大江健三郎，作品以艰涩难读著称，但是他的个性却温和幽默，他的生活明朗、作品沉郁，这两种完全不同的特质交集，源于他有一个智障的儿子大江光。

大江健三郎的青年时代就以"文学"作为人生的第一个壮志来追求，年轻时就受到日本文坛的瞩目。没想到三十一岁时生下第一个孩子大江光，是一个头盖骨不全的重度智障儿。

根据大江健三郎的回忆，大江光是出生在广岛，当时广岛正在举行反核大游行，健三郎怀着混乱的心情去参加。大会之后，一群原爆牺牲者的亲属，聚集在河边追悼死者，并为死去的人放河灯，他们把死者的名字写在灯笼上，随水漂流。

当时怅望河水，被绝望心情包围的健三郎，也为大江光写了一个河灯，随水流去，在心里希望，自己的孩子就那样死去。

随后不久，大江健三郎去访问原爆医院，听院长告诉他，医院里有一些年轻医生，由于触目所见，都是求生不得、求死不能的病人，自己又不能为病人解除痛苦，终于积郁自杀。造成身受痛苦的病人挣扎求生，身无病痛但过度严肃的医生反而自杀的荒谬情况。

大江健三郎听了大有所悟，回东京后立刻请医生为大江光开刀，并立下第二个人生的壮志：与大江光共同活下去。

大江光虽是智障儿，又犯有严重的癫痫，在父母细心的照护下，不只心灵澄明无染，对音乐还有超凡的才华。如今出版两张个人的音乐专辑"大江光的音乐"、"萨尔斯堡"，引起日本乐坛的震撼，甚至被喻为"日本古典乐坛的奇葩"。

在大江健三郎获得诺贝尔文学奖后的一场演讲会，他对听众自嘲说："据说我儿子的音乐所以受到欢迎，是因为有催眠曲的效果，如果有人听了大江光的音乐还睡不着，就请看我的书吧！"

我读了大江健三郎的报导，心里突然浮起"严肃，是一种病"这句话，就像在原爆医院自杀的医生一样，他们的严肃所带来的伤害反而比受辐射的病人严重得多。一个人对待生活过于严肃，甚至可以严重到失去生命的意趣呢！

最近在柏林影展获得最佳女主角奖的喜剧演员萧芳芳，她认为即使最严肃的题材也要有幽默感，她说："我对喜剧是情有独钟的，因为人生已经够苦了，能够带给别人欢乐，是一件好事。"

萧芳芳在实际生活中也饱受打击，她幼年丧父，少女时代经历过不顺利的婚姻，中年罹患了严重耳疾，即便在得奖的时刻还照顾着患了老人痴呆症的母亲。

虽然生命有这么多的历练，由于萧芳芳有幽默感，使她保有充沛的创造力，总是那么可亲、喜悦、优雅，远非只靠美貌的女星可比。

当今之世最长寿的人瑞法国女子尚妮·加蒙，最近度过一百二十岁的生日，路透社的记者问她长寿的秘诀，她说："常保笑容，我认为这是我长寿的要诀，我要在笑中去世，这是我的计划之一。"

她对疾病、压力、沮丧有绝佳的抵抗力，对每件事都感兴趣但又不过于热衷。一直到一百二十岁，还保持极佳的幽默感，既乐天，又喜欢开玩笑，她说："我总共只有一条皱纹，而我就坐在它上面。""我对凡事都感兴趣。""上帝已忘了我的存在，他还不急着见我，他知我甚深。"

能一直轻松喜乐地活到一百二十岁，真是幸福的事，想一想，有许多人才二十岁就活得很不耐烦了呢！

听说日本这几年兴起一种补习班，叫做"微笑补习班"，许多人

都缴费去学习微笑，那是因为在现代社会，人们早就忘记该怎么欢笑了。

微笑还需要补习，其中实有深意，因为微笑人人都会，但许多人都留在"技术层面"，有的是"皮笑肉不笑"，有的是"肉笑心不笑"，如果要"从心笑起"，就需要学习了。

想要"从心笑起"，大概要具备几个基本的品质，一是游戏的心情，二是包容的胸怀，三是幽默的态度。

没有游戏的心情，就会对苦乐过于执着、对成败过于挂怀，便难以在苦中作乐，品尝生命的真味。

没有包容的胸怀，就会思想僵化、不能容纳异见，难以接受批评，把别人视为寇仇，处处设限，也就难以日日欢喜了。

没有幽默的态度，就不懂得自嘲，不知甘于平凡，也不会对世事一笑置之，就会常画地自限，想不开了。

严肃，真的是一种病，那些外表严肃、内心充满怨恨的人，是生病了。那些以自我为中心、不能轻松的人，是生病了。那些执着于财势名位、不能放下的人，也是生病了。

如果严肃真的是一种病，现代人大部分是生病了，只是轻重缓急的不同罢了。

我们应该认识这种病，革除这种病，让我们懂得笑、懂得游戏、懂得包容、懂得轻松和幽默。

每天早晨，和我们会面的熟人真情一笑，和我们错身而过的陌生人点头微笑；或者，拯救社会就是从这里做起呢！

"人生已经够苦了，能够带给别人欢乐，是一件好事。"

最前卫的佛法

台湾这两年不知道为什么突然流行起"轮回"的观念，由于轮回观念的盛行，使得出版界的前世探讨、催眠术，乃至生死学，都成为显学，以目前的趋势看来，轮回之学以及其周边事业，都还会流行一阵子。

去年，张老师出版社的《前世今生》成为非文学类畅销书的榜首，今年接着又出版《生命轮回》，依旧畅销不堕。这两本读了令人深有启示的书，其主要的观点都与佛法的思想冥合，令人纳闷的是，像前世、轮回、因果的观念，佛教是最早提出来的，也是最完备的，为什么佛经不能那样畅销，得到多数人的青睐？

有人以这个问题问我。

我说："那都要怪释迦牟尼佛没有得到耶鲁大学的博士学位呀！"

这虽是一句玩笑话，却也反映了真实，《前世今生》和《生命轮回》的作者是耶鲁大学的医学博士布莱恩·魏斯（Brian L. Weiss），才使他的论点有更大的说服力。但不管用多少新见解和新观点，最原始的佛法对轮回有最前卫的识见，那是毫无疑问的。

也可以由这个观点看到，佛教思想是禁得起任何科学的验证。

除了轮回，最近几年流行"生死学"或"临终关怀"，也与佛教脱不了关系。我们知道，释迦牟尼佛就是因为看到人的生老病死，受到震惊而觉悟的，也使得他的一切教法都不离"生死学"，都是为了生死的解脱而设立的。

佛教里把生命的最后时刻称为"临终"，把死亡之际称为"往

生"，其实是点出了生死学最中心的观点，一个人有好的临终，才会有好的往生，而由于轮回观念的确立，"好生就会好死，好死就能好生"，也可以说，高品质的死亡之道，正是对生命重视的象征。

我们如果到印度旅行，就会发现恒河两岸有许多"待死之屋"，年老或疾病的人在那里平静地等待死亡，而不是死在医院的诊疗室里。

现代医疗系统鼓励人求生，这是值得肯定的，但人皆有死也是人生的必然，因此，"求生"与"送死"具有同等的分量，医院对生者尽其所能，对死者草草了事，早就成为有识者的心头之痛，这也是生死学、临终关怀兴盛的原因。

不论是生死学中对情欲生命的认识与阶段生命的终结真实，佛法早就有透彻的演绎。不论是临终关怀中对"求生"与"送死"的慎重，佛法也早就说得非常清晰了。例如念佛以安亡者之灵并慰生者之心；例如新亡八小时内不可移动，以示生命庄严，以利往生净土；又例如强调净土的观念，确定的轮回转生，可以唤起最终的希望温暖之心等等。

所以说，在"生死学"、"临终关怀"，佛法也是最前卫的。

最近还流行什么呢？这几年台湾饱受国际保育团体的指责，先是娃娃鱼、红龙、熊掌、虎鞭，继而是黑猩猩、犀牛角、黑面琵鹭，间杂的还有当街杀蛇、嗜吃鱼翅燕窝、谋害红尾伯劳等等，甚至受到培利修正案严厉的制裁。

野生动物的不能受到保护，是显现出人心的野蛮，而这是与环境保护互为呼吸的，——一个不能真实"护生"的社会，是不可能彻底"环保"的。

关于"护生"，以佛法所说的"众生平等"最彻底、最真实，世间一切胎卵湿生、蠕动含灵的众生，在佛性上与人是相同的，因此杀生就是杀佛，其因果非常严重，这是为什么佛陀把"戒杀生"当为一切戒律之首的缘故。

真信佛法的人必然护生，则伤害贩卖动物的行为就自然止息。

至于"环境保护"，佛法说到慈悲最高的境界是"无缘大慈、同体大悲"，是"践地唯恐地痛"，是"视一切众生如父母子女"，如能有这样的心，自然能珍惜一切因缘、珍惜生存的环境，也不会由于一己的私利，陷众生于水火，这种心灵的环保才真是环境保护的根源。

所以，对"护生"与"环保"，佛法也是最前卫的。

前一阵子，台湾举行省市长和省市议员的选举，选举时激情过度常有一些荒谬情节，例如有人强调中产阶级，竟说出不要嚼槟榔、穿拖鞋的人参与政治；有的人为了吸引小市民，痛批财团企业；有的人排斥外省人，有的人排斥本省人；这些都是不平等的见解。

在二千多年前，释迦牟尼佛就为破除阶级而努力不懈，不论是工农阶级、中产阶级、中小企业主，乃至财团资本家，一律平等；不论本省、外省，乃至外国人和天神也不分高下。这种"人人平等"的心，与民主政治是冥合的，总统只有一票，乞丐也有一票，每一票都同等珍贵（如果卑贱，也同等卑贱），那些强调族群不同、造成对立的政客，如果不是心胸狭窄，就是心肠太坏了！

佛法里把众生的一切外在权力职位阶级剥落，还原到凡是作为人，都是佛性平等、自性平等，并没有任何一个人有权利排除任何一个人天赋的权利，当政客的参政权与小市民相同，做总统的一票与乞丐的一票等大，这才是真民主，也才是真正的"众生平等"。

所以，谈到民主政治、平等的真意、阶级的破除，佛法是最古老，也是最前卫的。

人人都认识佛法是最古老的，却不知道佛法有许多最前卫的观念，这是非常可惜的。世上有许多哲学思想，在时间中变得落伍、保守、迂腐，那是由于只有古老，没有前卫。也有许多一时新奇的观念，由于没有验证，没有恒久的价值，很快就被淘汰了，那是因为只有前卫，没有古老。

佛法古老，有恒久的价值；佛法前卫，有崭新的观点；这是由于很多生命的真实、真相，都经过不断的验证，成为真知、真理，与时并进，生生不息，我们回头来看看近年流行的思潮，不正好凸显了佛法古老与前卫的双重特质吗？

再想想"心理学"与"唯识学"的关联，身心灵疗法与身心健康的相对性，禅式训练与企管训练的相似性，佛法最前卫的部分值得思考探究的还多得是呢！

生活的回香

我们所经验过的美好事物，其实都被卷存典藏着，一旦打开了，就从记忆中遥不可知的角落飘回来。

朋友来接我到基隆演讲，由于演讲时间定在下午一点，我们都来不及吃饭。"我们到极乐寺吃饭吧。寺庙的饭菜最好吃、最卫生，师父也最亲切。"朋友说。

我说："这样不好意思吧。"

朋友说："不会，不会，我在极乐寺做义工很多年了，与师父们很熟，只要寺里的师父有事叫我，我都义不容辞，偶尔去叨扰一顿斋饭，不要紧的。何况帮我们开车的师兄也是寺里的长期义工呢。"

于是，朋友用行动电话通知寺里的知客师：我们一共有三人，大约二十分钟到极乐寺，请师父准备素斋一席。

等我们到极乐寺，热腾腾七道菜的素菜已经准备好了，我们没什么客套，坐下就吃。

佛光山派下寺院的素菜好吃是远近驰名的，那是因为星云大师对素菜很内行，加上典座师父个个巧手慧心的缘故。但是今天有一道菜还是令我大感意外，就是师父炒了一大盘的茴香。

茴香是我在南部家乡常吃的青菜，在我们乡下称之为"客家人的芫荽"，因为客家人喜以茴香做菜之故。自从到台北就再也没吃过茴香了，如今见到茴香的样子，闻到茴香的气味，竟有说不出的感动。

一般人都知道茴香的种籽可以做香料、做卤味，却很少人知道茴香的叶子做菜，是人间至极的美味。茴香是多年生草本植物，可以长到与人等高，它的叶片巨大，散开成丝状，就仿佛是空中爆开的烟火。

茴香从根、茎、叶、花到种籽都有浓烈的香气，食用的时候采其嫩叶，或炒成青菜，或做汤的香菜，或沾面粉油炸成饼，都会令人吃过即永不能忘。

在寺庙吃饭，不事交谈。因此我独自细细品味茴香的滋味，好像回到了童年，每当母亲炒茴香的时刻，茴香的香气就会从灶间飘过厅堂、飞过庭院、飞进我们写字的北边厢房。

童年的时光不再，茴香的气息也逐渐淡了，万万想不到在极乐寺偶然的午斋，还能吃到淡忘的童年之味。我曾经走入盛开着小黄花的茴香田里，对着那满天飞舞的黄花绿叶，深深地呼吸，妄图把茴香的香气储存在胸臆，此刻，那储藏的香气整片被唤醒了。

生活不也是如此吗？我们所经验过的美好事物，其实都是永下失去的，只是被卷存典藏着，一旦打开了，就会在记忆中回香，从遥远不可知的角落，飘了回来。

我们生命里，早就种了许多"回香树"，等待因缘的摘取吧。

我们没什么客套，吃完对师父合十致谢，就走了。

知客师父送我们到前廊，合掌道别说："以后有什么需要，尽管到寺里来。"

在奔赴演讲场地的路上，我的心里有被熨平的感觉，不只是寺里的茴香菜产生的作用，那样清澈的人与人间的情谊更使我动容。

其实，处处都有回香树。

一个茶壶一个杯

故乡的体育场附近有一个老人聚集的"茶亭",终日都有老人在那里喝茶开讲。我回乡居住的时候,总爱去那边闲坐,听听老人在生活中的智慧与品味。

由于茶亭少有年轻人去,我刚去的时候,老人有些惊疑,后来知道我是后发哥仔的后生,立刻就冰释了,还热情地说:"来,这是你老仔生前常坐的地方。"

我发现老人有一个非常明显的特质,就是有说不完的话。他们几乎可以终日聊天而话题不断,从国会打架讲到强奸杀人,从春耕播种说到西瓜落价,从杭州的天气真好扯到屏东某村落三十年前下冰雹……。有时候对世事的知情与议论,一针见血的观点犹胜许多在电视上胡扯的知识分子。

有一天,一位阿伯仔突然在听到别人说"西瓜好吃,可惜多子"的时候,他说:"现在的世事、现代的人情比西瓜的子还要复杂。"

别的老人就问:"你是怎样看的?"

"这真简单,"老人自信满满地说,"卡早的人一支雨伞可以用很多年,现在的人一年用很多支雨伞;卡早的人一双皮鞋穿十几年,现在的人一年买很多双皮鞋;卡早的人一个春天只做耕种一件事,现在的人一天做许多件事,无闲得超过以前的一个春天……"

他说得其他老人无不点头表示同意。

他的议论犹未尽。老人的谈话有一特色,就是凡有议论都可以尽情发挥,别人不会随便插嘴。他又说:"只要想想,这样的生活怎

能不复杂？光是每天出门要穿哪双皮鞋、哪件衣服就要伤半天脑筋了。我孩子订了两份报纸，透早开门，厚厚两本，信箱也塞不进去。你看，一天就发生这么多事情，咱的一世人加起来，也没有那两本报纸厚。现在的人光是看报纸，就浪费多少时间，生命哪会得到清闲呢？"

"复杂也没什么不好，表示现在的生活富裕了呀！"一个老人说。

阿伯仔讲："复杂有什么好？复杂的人就没有单纯的心情，生活便不会踏实和朴实了。一日到晚就像苍蝇找糖膏，飞过来又飞过去，不知道无闲是为了什么……"

讲到这里，一个老人站起来为大家斟茶，阿伯仔突然大有所悟地说："对了，就像一个茶壶一个杯，这就是单纯的心情。我们如果只有一个茶壶一个杯，才不会计较喝的是什么茶。一斤一百元的茶枝，饮起来也真有滋味。假使一个茶壶几个杯子也很好，因为大家喝的都是同款的茶，没什么计较。现代人的生活就是好几个茶壶，倒在几十个茶杯，这就复杂了。大家总会想，别人的茶壶里不知道是什么茶，想喝一口看看，喝不到就用抢的。喝好茶的人也同款，想喝另外的那壶。久了以后，即使是坐在一起喝茶的人，心里也充满了怨恨和嫉妒，很少人得到平安。"

这一段说得好极了。老人们都沉默地喝着眼前这一壶由老人会提供的廉价茶叶，觉得滋味甚是美好。

阿伯仔意犹未尽地说："就像我们现在看黄昏的夕阳。一个夕阳，古早人看起来和现代人看来是一样的。站在平地和站在山顶上看，夕阳也都是同款的美。但是如果心情复杂，站在这山看那山高，夕阳永远没有最美的时刻。"

众人一听，都同时望向夕阳的方向，原来日头已西斜。经老人一说，今天的夕阳看来真是特别的美艳，余晖遍照大地。

"有一天，我的孙子问我：'阿公，你吃这么老了，世上什么东西最好吃？'我说：'饿最好吃。'他又问我：'阿公，什么是最好的心情？'我说：'单纯最好。'他又说：'阿公，幸福是什么？'我说：'平安是福。'"

聊到这里，该是散会"阿公回家吃晚饭"的时候了。大家欢喜地站起来各自走路回家，相约明天再来开讲。我踩着夕阳流金一样的草地回家，想到老人说的"饿最好吃"，感到肚子真的有些饿了，妈妈煮的菜的芳香竟飘到体育场两公里外的路上来了。

住在乡下的日子，真的感觉到单纯的心情是一种最美的心情。在城市生活的日子，我们每天总是在追求一些目标，生命的过程往往就无意间流失，加上我们的追求愈来愈复杂，使人人就像苍蝇一样飞来飞去。

我想到幼年住在外祖母的家，每次和表兄弟相约吃完饭出去玩，我们总是无心吃饭，胡乱扒一扒就要溜出去，外祖母就会拿拐杖敲我们的头，说："你呷那么紧，要去赴死吗？"然后她说："你不慢慢吃，怎么知道我们台湾的米多么好吃？"

有一次我看到报纸上广告一种名牌跑车。广告词说："加速到一百公里，只要九秒钟。"就思及外祖母的话："你驶那么紧，要去赴死吗？"台湾俗语里说："呷紧弄破碗。"确实含有人生的至理。

一个复杂的社会勾起了人更复杂的欲望。复杂的欲望则是搅乱了单纯的心，使我们不知道能坐下来谈天说地是生命的一种至美，使我们不知道踩着夕阳在小路上回家是生活中必要的历程，使我们忽略掉吃妈妈煮的稀饭配酱瓜是比大饭店的山珍海味更值得珍惜的。

我想到有一回看一位老人从脚上拔一根脚毛放在桌上，义正辞严地说："我们不能轻视自己的一根脚毛。"

众人愕愕。

他说："这根脚毛存在的条件，说来是很深奥的，先要有脚、有头、有活着的身体。然后要从小吃饭、穿衣服、父母照顾，才能长出一根脚毛。然后，脚毛存在是因为我们存在。我们则有父母、无数的祖先。而且，祖先要个个穿衣、吃饭。米饭长大则要有地球的

生机、太阳的培育与月亮的生息。你看，这小小的一根脚毛不是单独存在的呀!"

"我们如果不能珍惜、赞叹、疼爱自己的一根脚毛，那就是有负于天下了。"

看看，在有智慧的老人眼中，一根脚毛就有了无限的天地，生命的历程就更不用说了。现代人不能维护单纯的心，是往往误以为复杂地飞来飞去能追求更好的生活。殊不知，再复杂的事物也比不过一根脚毛呀!一切多变的云霞与彩虹，拨开了，背景就是一个湛蓝的天空。不知道单纯之好的人，就是从未看见天空的人。

好好地饮眼前的这杯茶吧!细细品味当下的这碗饭吧!生命没有第二个此刻了。让我们承担这个此刻，进入这个此刻。因为，饿最好吃，单纯最好，平安是福。

不曾一颗真

铅泪结，如珠颗颗圆；

移时验，不曾一颗真。

——澹归和尚

这是明朝澹归和尚作的一首词，一共只有十六个字，它可能是词里面最短的，也可能是词里境界最高的。题名为（咏泪）的这首词，译成白话的意思是，一个人的泪珠落下的时候，就好像铅熔化落下的珠粒，每一颗都是圆的，但是过一下子检验起来，没有一颗是真实的。

这样的境界就有点像《金刚经》里说的"过去心不可得，现在心不可得，未来心不可得"，或者"凡所有相，皆是虚妄"，甚至使我们想到《金刚经》里最动人的一首偈：

一切有为法，

如梦幻泡影；

如露亦如电，

应作如是观。

由小处看来，一滴泪虽是悲喜的呈现，但它是不真切的，只是一个情结的幻影。从大处着眼，人生的悲喜也是空幻的，乃至我们所能眼见与感受的世界，都是虚妄的表现，经过时间一检验，都会

变灭、消失。

一颗眼泪的形成，是悲喜因缘的"缘起"。

一颗眼泪的消失，是时空实相的"性空"。

一切的"缘起"，都通向了毕竟的"空义"。

"缘起性空"不只是用以形容宇宙的变化法则，也是禅的中心思想。在禅心里，凡是眼睛、耳朵、鼻子、舌头、身体、意念所能触及的事物，都是缘聚则生，缘故则灭，禅是要透过这种因缘，开发出那能涵容一切的"空性"，也就是自性、佛性、法性。

禅里讲这种"缘起性空"的公案很多，仰山禅师初参性空禅师时，听见一位僧人问性空："什么是祖师西来意？"

性空说："如果有人跌落了千尺的深井，你不用绳子就可以救他上来的时候，我才告诉你。"

仰山听了，大惑不解，后来，仰山去参耽源禅师，谈到性空禅师的回答，就问耽源说：

"那井里的人，既然不用绳子，要怎样才能救上来呢？"

耽源笑了起来说："你这个糊涂虫！到底有谁在井里呢？"

仰山为之一愣，洞然明白。

因为，本来就没有人在井里，用什么绳子呢？

我们拿这个公案，再来对照青原行思问石头希迁的问题就更明白了。

青原问道："你是从曹溪六祖慧能那儿来的吗？那么，你去曹溪，得到了什么？"

石头说："我去曹溪之前，就没有缺少什么呀！"

青原又问："既然如此，那你去曹溪做什么呢？"

石头坦然的说："如果我不去曹溪，怎么能知道我本来就没有缺少什么呢？"

你看，石头说得多好，一切的缘起是在追求性空，但性空并不由外求得，性空是人原来就具有的。因而缘起性空正是一体的两面，性空是本质，缘起是现象，"性空"是禅之所以不可说的理由，"缘起"则是禅师留下那么多语录与公案的理由，悟到自性本空的禅师，可以坦然自在地看待缘起，未悟的人则可以因观照种种缘起，走入空性的道路。

我们再回来看仰山禅师，仰山悟后去追随沩山禅师，有一天，师徒两人在田埂上行走，沩山对仰山说：

"你看，这一块田，这边高，那边低。"

仰山说："不对，是这边低，那边高。"

沩山说："如果你不相信这边高的话，那我们一起站在田埂中间，往两边看看，到底是哪一边高。"

仰山说："不要站在中间，也不要只看两边。"

沩山说："那么，我们不要用眼睛看，我们用水平来量好了，因为再也没有一样东西比水平更平了。"

仰山说："水也没有一定的体性，水在高处是平的，水在低处也是平的。"

听到徒弟仰山如此说，沩山师父高兴的笑了，他赞叹仰山说："从今以后，再也没有人能奈何得了你了！"

我们生活在这个世界，因为相信因缘的起减是真实的，总会预设一个标准来衡量人间世事，不幸的是，这个标准正是执着的根源，往往正好障碍了真相，连水平都不能测量田地的高度，人又用什么标准来测量呢？心里有了标准、心里有了测量、心里有了比较、心里有了执着，都不能让我们走向圆融的道路。

圆融的道路，就是性空的道路，性空是一种光明、一种清净，是对因缘起灭的翻转，是对人生之镜的粉碎，是对善恶因缘的无染——因为再好的因缘也像用笔在镜子上写字，笔再好、字再美、词采再富丽，也会弄脏了镜子。

这不是说在人生里不能悲喜流泪，只是说，要看清每一滴泪，终是虚幻，不要执着呀！

抹茶的美学

日本朋友坚持要带我去喝日本茶，我说："我想，中国茶大概比日本茶高明一些，我看不用去了。"

他对我笑一笑，说："那是不同的，我在台北喝过你们的功夫茶，味道和过程都是上品，但它在形式上和日本的不同。而且喝茶在台北是独立的东西，在日本不是，茶的美学渗透到日本所有的视觉文化，包括建筑和自然的欣赏。不喝茶，你永远不能知道日本。"

我随着日本朋友在东京的大街小巷中穿梭，要去找喝茶的地方，一路上我都在想，在日本留了一些时日，喝到的日本茶无非是清茶或麦茶，能高明到那里去呢？正沉思间，我们似乎走到了一个茅屋的"山门"，是用木头与草搭成的，非常的简单朴素，朋友说我们喝茶的地方到了。这喝茶的处所日语读作 sukiya，翻成中文叫"茶室"，对西方人来讲就复杂一些，英文把它翻成 Abode of Fancy（幻想之居）、Abode of Vacancy（空之居），或者 Abode of Unsymmetrical（不称之居），光看这几个字，让我赫然觉得这茶室不是简单的地方。

果然，进到山门之后，视觉一宽，看到一个不大不小的庭园，零落地铺着石块大小不一，石与石间生长着短捷而青翠的小草，几株及人高的绿树也不规则的错落有致。走进这样的园子，人仿佛走进了一个清净细致的世界，远远处，好像还有极细极清的水声在响。

日本的园林虽小，可是在那样小的空间所创造的清净之力是非常惊人的，几乎使任何高声谈笑的人都要突然失声不敢喧哗。

我们也不禁沉默起来，好像怕吵醒铺在地上的青石一样的心情。

茶室的人迎迓我们，送入一个小小玄阅式的回廊等候，这时距离茶室还有一条花径，石块四边开着细碎微不可辨的花。朋友告诉我，他们进去准备茶和茶具，我们可以先在这里放松心情。

他说："你别小看了这茶室，通常盖一间好的茶室所花费的金钱和心血胜过一个大楼。"

"为什么呢？"

"因为，盖茶室的木匠往往是最好的木匠，他对材料的挑选，和手工的精细都必须达到完美的地步，而且他必须是个艺术家，对整体的美有好的认识。以茶室来说，所有的色彩和设计都不应该重复，如果有一盆真花，就不能有画花的画，如果用黑釉的杯子，就不能放在黑色的漆盘上；甚至做每根柱子都不能使它单调，要利用视觉的诱引，使人沉静而不失乐趣；或者一个花瓶摆着也是学问，通常不应该摆在中央，使对等空间失去变化……"

正说的时候有人来请去喝茶，我们步过花径到了真正的茶室。房门约五尺，屋檐处有一架子，所有正常高度的成人都要低头弯腰而入室，以对茶道表示恭敬。那屋外的架子是给客人放下所携的东西，如皮包、雨伞，相机之类，据说往昔是给武士解剑放置之处；在传统上，茶室是和平之地，是放松歇息的地方，什么东西都应放下，西方人叫它"空之居"、"幻想之居"是颇有道理。

茶室里除了地上的炉子，烬上的铁壶，一支夹炭的火钳，一幅简单的东洋画，一瓶弯折奇逸的插花外，空无一物。而屋子里的干净，好像主人在三分钟前连扫了十遍一样，简直找不到一粒灰——初到东京的人难以明白为什么这样的大城能维持干净，如果看到这间茶室就马上明了，爱干净几乎是成为一个日本人最基本的条件。而日本传统似乎也偏向视觉美的讲求，像插花、能剧、园林，甚至文学到日本料理几乎全讲究精确的视觉美，所以也只好干净了。

茶娘把开水倒入一个灰白色的粗糙大碗里，用一根棒子搅拌，

碗里浮起了春天里松针一样翠的绿色来，上面则浮着细细的泡沫，等到温度宜于入口时她才端给我们。朋友说，这就是"抹茶"了，喝时要两手捧碗，端坐庄严，心情要如在庙里烧香，是严肃的，也是放松的。和中国茶不同的是，它一次要喝一大口，然后向泡茶的人赞美。

我饮了一口，细细地用味蕾品着抹茶，发现这神奇的翠绿汁液苦而清凉，有若薄荷，似有令人清冽的力量，和中国茶之芳香有劲大为不同。

"饮抹茶，一屋不能超过四个人，否则就不清净。"朋友说，"过去，茶道订下的规矩有上百种，如何倒茶、如何插花、如何拿杓子、拿茶箱、茶碗都有规定，不是专业的人是搞不清楚的，因此在京都有'抹茶大学'专门训练茶道人才，训练出来的人几乎都是艺术家了。"我听了有些吃惊，光是泡这种茶就有大学训练，要算是天下奇闻了。

日本人都知道，"抹茶"是中国的东西，在唐朝时候传进日本，在唐朝以前我们的祖先喝茶就是这种搅拌式的"抹茶"，而且用的是大碗，直到元朝蒙古人入侵后才放弃这种方式，反倒在日本被保存了下来。如今日本茶道的方法基本上来自中国，只是因时日既久融成为日本传统，完全转变为日本文化的习性。

现在我们的茶艺以喝功夫茶为主，回过头来看日本茶道更觉得趣味盎然。但不论中日的茶道，讲的都是平静和自然的趣味，日本茶道的规模是十六世纪时茶道宗师千利休所创，曾有人问他茶道有否神秘之处。他说：

"把炭放进炉子，等水开到适当程度，加上茶叶使其产生适当的味道。按照花的生长情形，把花插到瓶子里，在夏天时使人想到凉爽；冬天使人想到温暖。除此之外，茶一无所有，没有别的秘密。"

这不正是我们中国人的"平常心是道"吗？只是千利休可能想不到，后来日本竟发展出一百种以上的规矩来。

在日本的茶道里，大部分的传说都是和古老中国有关的，最先的传说是说在西元前五世纪时，老子的一位信徒发现了茶，在函谷关口第一次奉茶给老子，把茶想成是"长生不老药"。

普遍为日本人熟知的传说，是禅宗初祖达摩从天竺东来后，为了寻找无上正觉，在少林寺面壁九年，由于疲劳过度，眼睛张不开，索性把眼皮撕下来丢在地上，不久，在达摩丢弃眼皮的地方长出了一棵叶子又绿又亮的矮树。达摩的弟子便拿这矮树的叶子来冲水，产生一种神秘的魔药，使他们坐禅的时候可以常保觉醒状态，这就是茶的最初。

这真是个动人的传说，虽然无稽却有趣味，中国佛教禅宗何等大能，哪里需要借助茶的提神才能寻找无上的正觉呢？但是它也使得日本的茶道和禅有极为深厚的关系，过去，日本伟大的茶师都是修习禅宗的，并且以禅宗的精神用到实际生活形成茶道——就是自然的、山林的、野趣的、宁静的、纯净的、平常的精神。

另外一个例子可以反映这种精神，像日本茶室大小通常是四席半大，这个大小是受到维摩经的一段话影响而决定的：维摩经记载，维摩诘居士曾在同样大的地方接待文殊师利菩萨和八万四千个佛弟子，它说明了对于真正悟道的人，空间的限制是不存在的。

我的日本朋友说："日本茶道走到最后有两个要素，一是个微锈、一个是朴拙，都深深影响了日本的美学观，日本的金器、银器、陶瓷，漆器，甚至大到庭园、建筑都追求这样的趣味。说到日本传统的事物，好像从来没有追求明亮光灿的东西，唯一的例外，大概是武士的刀锋吧！"

日本美学追求到最后，是精密而分化，像京都最有名的苔寺"西方寺"，在五千三百七十坪面积上，竟种满了一百二十种青苔，其变化之繁复，差别之细腻，真是达到了人类视觉感官的极致——细想起来，那一百二十种青苔的变化，不正是抹茶上翡翠色泡沫的放大照片吗？

　　我们坐在"茶室"里享受着深深的安静，想到文化的变迁与流转，说不定我们捧碗而饮正是唐朝。不管它是日本的，或中国的，它确乎能使人有优美的感动，甚至能听到花径青石上响过来的足声，好像来自遥远的海边，而来的那人羽扇纶巾、青衫蓝带，正是盛唐衣袂飘飘的文士——呀！我竟为自己这样美的想象而惊醒过来，而我的朋友双眼深闭，仿佛入定。

　　静到什么地步呢？静到阳光穿纸而入都像听到沙沙之声。

　　我们离开的时候才发觉整整坐了四个小时，四小时只是一瞬，只是达摩祖师眼皮上长出千千亿亿叶子中的一片罢了。

家家有明月清风

到台北近郊登山，在陡峭的石阶中途，看见一个不锈钢桶放在石头上，外面用红漆写了两字"奉水"，桶耳上挂了两个塑胶茶杯，一红一绿。在炎热的天气里喝了清凉的水，让人在清凉里感觉到人的温情，这桶水是由某一个居住在这城市里陌生的人所提供的，他是每天清晨太阳未升起时就抬这么重的一桶水来，那细致的用心是颇能体会到的。

在烟尘滚滚的尘世，人人把时间看得非常重要，因为时间就是金钱，几乎到了没有人愿意为别人牺牲一点点时间的地步，即使是要好的朋友，如果没有重要的事情，也很难约集。但是当我在喝"奉水"的时候，想到有人在这上面花了时间与心思，牺牲自己的力气，就觉得在忙碌转动的世界，仍然有从容活着的人，他为自己的想法去实践某些奉献的真理，这就是"滔滔人世里，不受人惑的人"。

这使我想起童年住在乡村，在行人路过的路口，或者偏僻的荒村，都时常看到一只大茶壶，上面写着"奉茶"，有时还特别钉一个木架子把茶壶供奉起来。我每次路过"奉茶"，不管是不是口渴，总会灌一大杯凉茶，再继续前行，到现在我都记得喝茶的竹筒子，里面似乎还有竹林的清香。

我稍稍懂事的时候，看到了奉茶，总会不自禁地想起乡下土地公庙的样子，感觉应该把放置"奉茶"者的心供奉起来，让人瞻仰，他们就是自己土地上的土地公，对土地与人民有一种无言无私之爱，

这是"凡劳苦担重担的人，都到我这里来，我必使他得清凉"的胸怀。我想，有时候人活在这个人世，没有留下任何名姓也不是什么要紧的事，只要对生命与土地有过真正的关怀与付出，就算尽了人的责任。

很久没有看见"奉茶"了，因此在台北郊区看到"奉水"时竟低徊良久，到底，不管是茶是水，在乡在城，其中都有人情的温热。山道边一杯微不足道的凉水，使我在爬山的道途中有了很好的心情，并且感觉到不是那么寂寞了。

到了山顶，没想到平台上也有一桶完全相同的钢桶，这时写的不是"奉水"，而是"奉茶"，两个塑胶茶杯，一黄一蓝，我倒了一杯来喝，发现茶是滚热的。于是我站在山顶俯视烟尘飞扬的大地，感觉那准备这两桶茶水的人简直是一位禅师了。在完全相同的桶里，一冷一热，一茶一水，连杯子都配得恰恰刚好，这里面到底是隐藏着怎么样的一颗心呢？

我一直认为不管时代如何改变，在时代里总会有一些卓然的人，就好像山林无论如何变化，在山林中总会有一些清越的鸟声一样。同样的，人人都会在时间里变化，最常见的变化是从充满诗情画意逍遥的心灵，变成平凡庸俗而无可奈何，从对人情时序的敏感，成为对一切事物无感。我们在股票号子里（这号子取名真好，有点像古代的厕所）看见许多瞪着广告牌的眼睛，那曾经是看云、看山、看水的眼睛；我们看签六合彩的双手，那曾经是写过情书与诗歌的手；我们看为钱财烦恼奔波的那双脚，那曾经是在海边与原野散过步的脚。我们的眼耳鼻舌身意看起来仍然是二十年前无异，可是在本质上，有时中夜照镜，已经完全看不出它们的连结，那理想主义的、追求完美的、每一个毛孔都充满光彩的我，究竟何在呢？

清朝诗人张灿有一首短诗："书画琴棋诗酒花，常年件件不离他；而今七事都更变，柴米油盐酱醋茶。"很能表达一般人在时空中流转的变化，从"书画琴棋诗酒花"到"柴米油盐酱醋茶"，人的心灵必然是经过了一番极大的动荡与革命，只是凡人常不自觉自省，任庸俗转动罢了。其实，有伟大怀抱的人物也未能免俗，梁启超有一首《水调歌头》我特别喜欢，其后半阕是："千金剑，万言策，两蹉跎。醉中呵壁自语，醒后一滂沱。不恨年华去也，只恐少年心事，强半为销磨。愿替众生病，稽首礼维摩。"我自己的心境很接近梁任公的这首词，人生的际遇不怕年华老去，怕的是少年心事的"销磨"，到最后只有"醒后一滂沱"了。

在人生道路上，大部分有为的青年，都想为社会、为世界、为人类"奉茶"，只可惜到后来大半的人都回到自己家里喝老人茶了。还有一些人，连喝老人茶自遣都没有兴致了，到中年还能有"奉茶"的心，是非常难得的。

有人问我，这个社会最缺的是什么东西？

我认为最缺的是两种，一是"从容"，一是"有情"。这两种品质是大国民的品质，但由于我们缺少"从容"，因此很难见到步履雍容、识见高远的人；因为缺少"有情"则很难看见乾坤朗朗、情趣盎然的人。

社会学家把社会分为青年社会、中年社会、老年社会，青年社会有的是"热情"，老年社会有的是"从容"。我们正好是中年社会，有的是"务实"，务实不是不好，但若没有从容的生活态度与有情的怀抱，务实到最后正好是柴米油盐酱醋茶，牺牲了书画琴棋诗酒花。一个彻底务实的人是麻木的俗人，一个只知道名利实务的社会，则是僵化的庸俗社会。

在《大珠禅师语录》里记载了禅师与一位讲华严经座主的对话，可以让我们看见有情与从容的心是多么重要。

座主问大珠慧海禅师："禅师信无情是佛否？"

大珠回答说："不信。若无情是佛者，活人应不如死人；死驴死狗，亦应胜于活人。经云：佛身者，即法身也，从戒定慧生，从三明六通生，从一切善法生。若说无情是佛者，大德如今便死，应作

佛去。"

这说明禅的心是有情，而不是无知无感的，用到我们实际的人生也是如此，一个有情的人虽不能如无情者用那么多的时间来经营实利（因为情感是要付出时间的），可是一个人如果随着冷漠的环境而使自己的心也沉滞，则绝对不是人生之福。

人生的幸福在很多时候是得自于看起来无甚意义的事，例如某些对情爱与知友的缅怀，例如有人突然给了我们一杯清茶，例如在小路上突然听见了冰果店里传来一段喜欢的乐曲，例如在书上读到了一首动人的诗歌，例如听见桑间濮上的老妇说了一段充满启示的话语，例如偶然看见一朵酢浆花的开放……总的说来，人生的幸福来自于自我心扉的突然洞开，有如在阴云中突然阳光显露、彩虹当空，这些看来平淡无奇的东西，是在一株草中看见了琼楼玉宇，是由于心中有一座有情的宝殿。

"心扉的突然洞开"，是来自于从容，来自于有情。

生命的整个过程是连续而没有断灭的，因而年纪的增长等于是生活资料的累积，到了中年的人，往往生活就纠结成一团乱麻了，许多人畏惧这样的乱麻，就拿黄金酒色来压制，企图用物质的追求来麻醉精神的僵滞，以至于心灵的安宁和融都展现成为物质的累积。

其实，可以不必如此，如果能有较从容的心情，较有情的胸襟，则能把乱麻的线路抽出、理清，看清我们是如何地失落了青年时代对理想的追求，看清我们是在什么动机里开始物质权位的奔逐，然后想一想：什么是我要的幸福呢？我最初所想望的幸福是什么？我波动的心为何不再震荡了呢？我是怎么样落入现在这个古井呢？

我时常想起台湾光复初期的童年时代，那时社会普遍的贫穷，可是大部分人都有丰富的人情，人与人间充满了关怀，人情义理也不曾被贫苦生活所昧却，乡间小路的"奉茶"正是人情义理最好的象征。记得我的父亲常挂在嘴上的一句话是："人活着，要像个人。"当时我不懂这句话的含义，现在才算比较了解其中的玄机。人即使生活条件只能像动物那样，人也不应该活得如动物失去人的有情、从容、温柔与尊严。在中国历代的忧患悲苦之中，中国人之所以没有失去特质，实在是来自这个简单的意念："人活着，要像个人！"

人的贫穷不是来自生活的困顿，而是来自在贫穷生活中失去人的尊严；人的富有也不是来自财富的累积，而是来自在富裕生活里不失去人的有情。人的富有实则是人心灵中某些高贵特质的展现。

家家都有清风明月，失去了清风明月才是最可悲的！

喝过了热乎乎的"奉茶"，我信步走入林间，看到在落叶层缝中有许多美丽的褐色叶片，拾起来一看，原来是褐蝶的双翼因死亡而落失在叶中，看到蝴蝶的翼片与落叶交杂，感觉到蝴蝶结束了一季的生命其实与树叶无异，尘归尘，土归土，有一天都要在世界里随风逝去。

人的身体与蝴蝶的双翼又有什么两样呢？如果在活着的时候不能自由飞翔，展现这片赤诚的身心，让我们成为宇宙众生迈向幸福的阶梯，反而成为庸俗人类物质化的踏板，则人生就失去其意义，空到人间一回了！

下山的时候，我想，让我恒久保有对人间有情的胸怀，以及一直保持对生活从容的步履；让我永远做一个为众生奉茶供水，在热恼中得到清凉的人。

长春藤

在我家巷口有一间小的木板房屋，居住着一个卖牛肉面的老人。那间木板屋可能是一座违章建筑，由于年久失修，整座木屋往南方倾斜成一个夹角，木屋处在两座大楼之间，益形破败老旧，仿佛随时随地都要倾颓散成一片片木板。

任何人路过那座木屋，都不会有心情去正视一眼，除非看到老人推着面摊出来，才知道那里原来还有人居住。

但是在那断板残瓦南边斜角的地方，却默默地生长着一株长春藤，那是我见过最美的一株。许是长久长在阴凉潮湿肥沃的土地上，长春藤简直是毫无忌惮的怒放着，它的叶片长到像荷叶一般大小，全株是透明翡翠的绿，那种绿就像朝霞照耀着远远群山的颜色。

沿着木板壁的夹角，长春藤几乎把半面墙长满了，每一株绿色的枝条因为被夹壁压着，全往后仰视，好像望天空伸出了一排厚大的手掌；除了往墙上长，它还在地面四周延伸，盖满了整个地面，近看有点像还没有开花的荷花池了。

我的家里虽然种植了许多观叶植物，我却独独偏爱木板屋后面的那片长春藤。无事的黄昏，我在附近散步，总要转折到巷口去看那棵长春藤，有时看得发痴，隔不了几天去看，就发现它完全长成不同的姿势，每个姿势都美到极点。

有几次是清晨，叶片上的露珠未干，一颗颗滚圆的随风在叶上转来转去，我才仔细地看它的叶子，每一片叶都是完整饱满的，丝毫没有一丝残缺，而且没有一点尘迹；可能正因为它长在夹角，连灰尘都不能至，更不要说小猫小狗了。

我爱极了长在巷口的长春藤，总想移植到家里来种一株，几次偶然遇到老人，却不敢开口。因为它正长在老人面南的一个窗口，倘若他也像我一样珍爱他的长春藤，恐怕不肯让人剪裁。

有一回正是黄昏，我蹲在那里，看到长春藤又抽出许多新芽，正在出神之际，老人推着摊车要出门做生意，木门咿呀一声，他对着我露出了善意的微笑，我趁机说："老伯，能不能送我几株您的长春藤？"

他笑着说："好呀，你明天来，我剪几株给你。"然后我看着他的背影背着夕阳向巷子外边走去。

老人如约的送了我长春藤，不是一两株，是一大把，全是他精心挑捡过，长在墙上最嫩的一些。我欣喜地把它种在花盆里。

没想到第三天台风就来了，不但吹垮了老人的木板屋，也把一整株长春藤吹得没有影踪，只剩下一片残株败叶，老人忙着整建家屋，把原来一片绿意的地方全清扫干净，木屋也扶了正。我觉得怅然，将老人送我的一把长春藤要还给他，他只要了一株，他说："这种草的耐力强，一株就要长成一片了。"

老人的长春藤只随便一插，也并不见他施水除草，只接受阳光和雨露的滋润。我的长春藤细心地养在盆里，每天晨昏依时浇水，同样也在阳台上接受阳光和雨露。

然后我就看着两株长春藤在不同的地方生长，老人的长春藤愤怒的抽芽拔叶，我的是温柔的缓缓生长；他的芽愈抽愈长，叶子愈长愈大；我的则是芽愈来愈细，叶子愈长愈小。比来比去，总是不及。

那是去年夏天的事了。现在，老人的木板屋有一半已经被长春藤覆盖，甚至长到窗口；我的花盆里，长春藤已经好像长进宋朝的文人画里了，细细的垂覆枝叶。我们研究了半天，老人说："你的草没有泥土，它的根没有地方去，怪不得长不大。呀！还有，恐怕它对这块烂泥地有了感情呢！"

逃　情

　　幼年时在老家西厢房，姊姊为我讲东坡词，有一回讲到《定风波》中"一蓑烟雨任平生"这个句子时让我吃了一惊，仿佛见到一个竹杖芒鞋的老人在江湖道上踽踽独行，身前身后都是烟雨弥漫，一条长路连到远天去。

　　"他为什么？"我问。

　　"他什么都不要了，"姊姊说，"所以到后来有'回首向来萧瑟处，归去，也无风雨也无晴'之句。"

　　"这样未免太寂寞了，他应该带一壶酒、一份爱、一腔热血。"

　　"在烟中腾云过了，在雨里行走过了，什么都过了，还能如何？所谓'来往烟波非定居，生涯蓑笠外无余'，生命的事一经过了，再热烈也是平常。"

　　年纪稍长，才知道"竹杖芒鞋轻胜马，谁怕？一蓑烟雨任平生"的境界并不容易达致，因为生命中真是有不少不可逃不可抛的东西，名利倒还在其次；至少像一壶酒、一份爱、一腔热血都是不易逃的，尤其是情爱。

　　记得日本小说家武者小路实笃曾写过一个故事，传说有一个久米仙人，在尘世里颇为情苦，为了逃情，入山苦修成道，一天腾云游经某地，看见一个浣纱女足胫甚白，久米仙人为之目眩神驰，凡念顿生，飘忽之间，已经自云头跌下。可见逃情并不是苦修就可以得到。

　　我觉得"逃情"必须是一时兴到,妙手偶得,如写诗一样,也和酒趣一样,狂吟浪醉之际,诗涌如浆,此时大可以用烈酒热冷梦,一时彻悟。倘若苦苦修炼,可能达到"好梦才成又断,春寒似有还无"的境界,离逃情尚远,因此一见到"乱头粗服,不掩国色"的浣纱女就坠落云头了。

　　前年冬天,我遭到情感的大创巨痛,曾避居花莲逃情,繁星冷月之际与和尚们谈起尘世的情爱之苦,谈到凄凉处连和尚都泪不能禁。如果有人问我:"世间情是何物?"我会答曰:"不可逃之物。"连冰冷的石头相碰都会撞出火来,每个石头中事实上都有火种,可见再冰冷的事物也有感性的质地,情何以逃呢?

　　情仿佛是一个大盆,再善游的鱼也不能游出盆中,人纵使能相忘于江湖,情是比江湖更大的。

　　我想,逃情最有效的方法可能是更勇敢地去爱,因为情可以病,也可以治病;假如看遍了天下足胫,浣纱女再国色天香也无可如何了。情者是堂堂巍巍,壁立千仞,从低处看是仰不见顶,自高处观是俯不见底,令人不寒而栗,但是如果在千仞上多走几遭,就没有那么恐怖了。

　　理学家程明道曾与弟弟程伊川共同赴友人宴席,席间友人召妓共饮,伊川正襟危坐,目不斜视,明道则毫不在乎,照吃照饮。宴后,伊川责明道不恭谨,明道先生答曰:"目中有妓,心中无妓!"这是何等洒脱的胸襟,正是"云月相同,溪山各异",是凡人所不能致的境界。

　　说到逃情,不只是逃人世的情爱,有时候心中有挂也是情牵。有一回,暖香吹月时节与友在碧潭共醉,醉后扶上木兰舟,欲纵舟大饮,朋友说:"也要楚天阔,也要大江流,也要望不见前后,才能对月再下酒。"死拒不饮,这就是心中有挂,即使挂的是楚天大江,终不能无虑,不能万情皆忘。

　　以前读《词苑丛谈》,其中有一段故事:

后周末，汴京有一石氏开茶坊，有一个乞丐来索饮，石氏的幼女敬而与之，如是者达一个月，有一天被父亲发现了打她一顿，她非但不退缩，反而供奉益谨。乞丐对女孩说："你愿喝我的残茶吗？"女嫌之，乞丐把茶倒一部分在地上，满室生异香，女孩于是喝掉剩下的残茶，一喝便觉神清体健。

乞丐对女孩说："我就是吕仙，你虽然没有缘分喝尽我的残茶，但我还是让你求一个愿望。"女只求长寿，吕仙留下几句话："子午当餐日月精，元关门户启还扃，长似此，过平生，且把阴阳仔细烹。"遂飘然而去。

这个故事让我体察到万情皆忘，"且把阴阳仔细烹"实在是神仙的境界，石姓少女已是人间罕有，还是忘不了长寿，忘不了嫌恶，最后仍然落空，可见情不但不可逃，也不可求。

越往前活，越觉得苏东坡"一蓑烟雨任平生""也无风雨也无晴"词意之不可得，想东坡也有"春色三分，二分尘土，一分流水。细看不是杨花，点点是离人泪"的情思；有"但愿人长久，千里共婵娟"的情愿；有"念故人老大，风流未减，空回首，烟波里"的情怨；也有"若待得君来向此，花前对酒不忍触。共粉泪，两簌簌"的情冷，可见"一蓑烟雨任平生"只是他的向往。

情何以可逃呢？

失恋之必要

为了爱
失恋是必要的
为了光明
黑暗是必要的

这些年来，我时常思考到爱与恨的问题，因此收到你的来信感到特别心惊，你说到连续谈了三场恋爱，被三个不同的男人抛弃，感受到每一次谈恋爱的感觉愈来愈淡薄，每一次被抛弃则愈来愈恨。

第一次失恋，你的感受是：真恨！真想报复他！

第二次，你更进一步谈到：我一定要想办法报复！

第三次的时候，你的心喷出这样的火焰：我要杀死他！

读了你的信，使我在夜暗的庭院中再三徘徊，抬头看着远天的星星，月光如洗，呀！这世界原是这样美好，为什么人的心中要充满恨意来生活呢？由于怀恨，我们的心眼昏眠，就看不见世间一切的好，自然也看不到自己在这里面的角色了。

我们时常谈到爱恨，但很少人去深思爱恨的问题，我现在用佛经的观点来看看爱恨，在南传的法句经里，把爱分成四个转变，也就是四个层次：

一、亲爱——对他人的友情。

二、欲乐——对某一特定对象的爱情。

三、爱欲——建立于性关系的情爱。

四、渴爱——因过分执着以至于痴病的爱情。

这四个层次逐渐加深，也就逐渐产生苦恼，因此经上说了一首偈：

> 从爱生忧患，从爱生怖畏；
> 离爱无忧患，何处有怖畏？

苦恼生出恐惧，恐惧生出悲哀，悲哀再转为嗔恨，其实如果往前追溯，爱与恨是同一根源，好像手心和手背一样，所以佛陀说："爱可生爱，亦可生憎；憎能生憎，亦能生爱。"

什么是恨呢？经典里把忿恨连在一起，说它们是五种障道的力量，也是十种小随烦恼的两种：忿，恨之意，对有情、非情产生愤怒之心。恨，于忿所缘之事，数数寻思，结怨不舍。五种障道之力是欺、怠、嗔、恨、怨，欺能障信，怠能障进，嗔能障念，恨能障定，怨能障慧。

那么，像忿、恨、恼、嫉、害则是以嗔为体，嗔与贪、痴合称为"三毒"，贪与痴加起来产生嗔，所以嗔是心的最大障碍，在《大智度论》里说："嗔恚其咎最深，三毒之中，无重此者；九十八使中，此为最坚；诸心病中，第一难治。"

好了，现在我们知道爱欲与嗔恨的本质是相通的，我们可以来思考一些有趣的问题，一是爱虽然会转为恨，却不一定会转为恨，也可以说，失恋会使一些人意志消沉、愤恨难平，却也能使另外一些人更懂得去爱，开发更广大的胸怀，不幸的，你是属于前者。二是爱恨虽能束缚我们，它只是心的感受，犹如波浪之于大海，其中并没有实体，是缘起缘灭罢了，可叹的是，大部分人不能随缘，反而缘起即住，爱的时候陷溺在爱里，恨的时候沉沦于恨中。

一般人在爱恨的时候很少有检验的精神，很少反观这情绪的变化，因此就难以革新与创发。久而久之，爱恨遂成为一种模式。

"由爱生恨"是最固定的模式，我们从小就被教育了这种模式，我们在电视、小说、电影里学习到这种模式，在亲戚朋友身上感染这种模式，反映到真实生活里，我们在爱情失败时，随之而起的便是恨，没有一个例外，我把这个叫做"模式反应"，那有点像蚊子从我们眼前飞过，它不一定会伤害我们，但我们会下意识地举手去扑杀它一样。

如果不是"模式反应"，为什么千百万人失去爱的时候都反射出恨呢？那是不是人性的真实呢？我有一个朋友说过，欧洲人和美国人失恋，所带来的恨意就比中国人或日本人淡薄得多，大部分西方人在失恋、离婚之后都能与从前的伴侣做朋友，那是他们的模式反应没有像我们一样。

为什么我要和大部分人一样，失恋就憎恨呢？可不可以做一个卓然的人，失恋也不恨呢？

失恋的恨，那是由于两个原因，一是认为失恋是坏事，二是我们沉沦于过去的觉受。

我曾经在笔记上写了两句话："为了爱，失恋是必要的；为了光明，黑暗是必要的。"

那就好像，如果我们不饥饿，就无法真正享受食物；如果我们不生病，就不知道健康的可贵；如果我们不年老，青春对我们就没有意义；如果我们要种莲花，没有烂泥巴是不行的……

失恋不是坏事，春天过了就是夏天，秋天过了就是冬天，这是必然的过程，我们热爱春秋，但并不能阻挡炎热与寒冷的来临，我们热爱莲花、玫瑰、金盏花、紫丁香，但我们不能使它不凋零。

我们不喜欢凋零，然而，凋零是一种必然。

过去不能让它过去，未来不愿等待未来是人生最大的悲剧，其实，再怎么好的恋爱，每天都是不同的，我们甚至无法维持对一个人的爱，从早上到晚上都保有同一品质。也就是说，再好的爱都会失去，会成为过去式。

我们之所以为失恋烦恼，是因为我们不愿面对此刻、溶入此刻，老是沉湎于过去。可叹的是沉湎于过去的人会失去生的乐趣、失去发现的乐趣、失去创造的可能、失去爱的能力。如果我们愿意走出来，就会发现就在此刻、就在门外，就有许多值得爱的人、许多值得爱的事物。

当然，不只许多人值得爱，也有许多人等着爱我，只是我关在过去的枷锁里，他们没有机会来爱我吧！我要得到更好、更珍贵、更真实的爱，首先是使我的心得到自由。

看你满腹烦恼、满脸忿恨、满脑子报复之思，就是有这世界上最好的对象，也会被你错过了呀！

让我们一起来做一些创造性的工作，每天清晨起来，把昨天的爱恨全部放下，从零出发，对着镜子好好展现一个最美的笑靥吧！然后梳妆打扮（从心里的庄严开始），把自己最好的、最有魅力的那一面提起来，挺胸抬头走出门外，那才是今天的你，此刻的你，既然你认为自己是善良而美丽的，为什么不把善良和美丽表现出来呢？

如果是我，使我动心的异性，是那些有生机、有活力，能微笑走在风里的人，而不是怀忧丧志，满腹忿恨的人呀！

我说的这些都不是空话，而是我自己的体验，是我的开发与创造，说来你也许难以相信，我很感谢那些从前抛弃过我的人，如果没有她们，就不会造就今天的我呀！

那些没有经过监狱的悲惨的人，不会懂得外面的世界多么值得欢喜与感恩，你现在知道心灵监狱的悲惨，一旦你走了出来，就可以知道生命确是值得欢舞和庆祝的。

不要哭了，不要恨了，当你停止哭泣与怀恨的那一刻，我在你脸上看到春天的光辉，那时，你是多么美，像一朵金盏花在清晨的阳光下温柔地开放。

虽然我没有见过你，但我真的看见了你转化恨意之后，脸上流转的光辉。

记忆的版图

一位长辈到祖国大陆探亲回来，说到他在家乡遇到兄弟，相对地坐了半天还不敢相认，因为已经一丝一毫都认不出来了。

在他的记忆里，哥哥弟弟都还是剃着光头、蹲在庭前玩泥巴的样子，这是他离开家乡时的影像，经过四十年还清晰一如昨日。经过时间空间的阻隔，记忆如新，反而真实的人物是那样陌生，找不到与记忆的一丝重叠之处。

更使他惊诧的是，他住过的三合院完全不见了，家前的路不见了，甚至家后面的山铲平了，家前的海也已退到了远方。

他说："我哥哥指着我们站立的地方，说那是我们从前的家，我环顾四周竟流下泪来，如果不是有亲人告诉我，只有我自己站在那里的话，完全认不出那是我从童年到少年，住过十七年的地方。"

这使他迷茫了，从前的记忆是真实的，眼前的现实也是真实的，但在时间空间中流过时，两者却都模糊，成为两个毫不相连的梦境。在此地时，回观彼处是梦，在彼地时，思及此处也是梦了。到最后，反而是记忆中的版图最真实，虽然记忆中的情景已然彻底消失了。

这位长辈回来后怅惘了很久，认为是"四十年来家国，三千里地山河"的缘故，才让他难以跳接起记忆中沦落的事物。其实不然，有时不必走得太远，不必经过太久的时光，我们也可以感受到这种怅惘。

我有一个朋友，他每次坐在台北松江路六福客栈的咖啡厅时，总会指着咖啡厅的地板，说："你们相不相信，这一块是我小时候卧

室的所在，我就睡在这个地方，打开窗户就是稻田，白天可以听到蝉声，夜里可以听见青蛙唱歌，这想起来就像是梦一样了。"那梦还不太远，但时空转换，梦却碎得很快。

记忆的版图在我们的心中是真实的，它就如同照相机拍下的静照，这里有我走过的一条路，爬过的一座山；那里有我游过泳、捞过虾的河流；还有我年幼天真值得缅怀的身影。这版图一经确定，有如照相纸在定影液中定影，再也无法改变，于是，当我们越过时空，发现版图改变了，心里就仿佛受到伤害，甚至对时间空间都感到遗憾与酸楚。

两相对照之下，我们往往否定了现在的真实，因为记忆的版图经过洗涤、美化，像雨雾中的玫瑰，美丽无方，丑陋的现实世界如何可以比拟呢？

其实，在记忆中的事物原来可能不是那么美好的，当时比现在流离、颠沛、贫困，甚至面临了逃难的骨肉离散的苦厄，但由于距离，觉得也可以承受了。现在的真实也不一定丑陋，只是改变了，而我们竟无法承担这种改变。

最近我和朋友在黄昏时走过大汉溪畔，他感慨地说："我从前时常陪伴母亲到溪畔洗衣，那时的大汉溪还清澈见底，鱼虾满布，现在却变成这样子，真是不可想象的。到现在我还时常恍惚听见母亲捣衣的声音。"朋友言下之意，是当年在大汉溪畔的岁月，包括溪水、远山、母亲的背影、捣衣的杵声，都是非常美丽的。其中有一个最重要的原因，就是他已失去了母亲，没有母亲的大汉溪已失去了昔日之美。

我对朋友说："其实，你抬起头来，暂时隐藏你的记忆，你会看见大汉溪还是非常美的，夕阳、彩霞、水草、卵石、鸭群，还有偶尔飞来的白鹭鸶，无一不美。"

朋友听了沉默不语，我问说："如果你的母亲还在，你希望她继续来溪边捣衣，还是在家里用洗衣机洗衣服？"

朋友笑了。

是的，记忆是记忆，现实是现实，以记忆判断现实，或以现实来观察记忆，都容易令我们陷入无谓的感伤。

如何才能打破我们心中记忆与现实间的那条界限呢？在我们这一代或上一代，所谓记忆的版图最优美的一段，是农业时代那种舒缓、简单、平静、纯朴、依靠劳力的田园；而我们下一代记忆的版图或我们当下的现实却是急促、复杂、转动、花俏、依靠机械科学生活的城乡。如果我们是现代鬼，就会否定昔日生活的意义；如果我们是怀旧的人，就会否认现代生活之美。这必然使我们的成长变为对立、二元、矛盾、抗争的线。

其实，不一定要如此决然。我想起日本近代的禅学大师铃木大拙，有一次一位沉醉于东方禅学的瑞士籍教授千里迢迢来拜望他，这位瑞士教授提出自己对东方西方分别的见解，他说："使人走向幸福之路的方法有二，一是改变外在的环境，例如热得不堪时，西方人用冷气机来降低温度。另一个方法是改变内部的自己，例如热得不堪时，禅者减去心头火而得到清凉。前者是西方发达的科学、技术的方法，后者是东方，尤其是禅所代表的、主体的方法。"

这位教授说得真好，并以之就教于铃木大拙。铃木的回答更好，他说，禅并非与科学对立的主观精神，发明冷气机的自觉中就有禅的存在，禅不只是东方过去文化的财产，而是要在现代里生存着、活动着、自觉着的东西，此所以禅不违背科学，而是合乎科学、包容科学、超越科学的。制造更多、更普遍的冷气机，使人人清凉的科学行为中就有禅的存在。

从这个故事里，我们知道主张空明的禅并非虚无，而是应该涵容时空变迁中一切现实的景况，在两千多年前，禅心固已存在，推到更远的时空中，禅心何尝不在呢？纵使在最科技前卫的时代，一切为人类生活前景而创造的行为中，禅又何尝不在呢？如果要把禅心从科技、方法中独存抽离出来，禅又如何活生生地来救济这个时

代的心灵呢？所以说，在燠热难忍的暑天，汗流满地的坐禅固然表现了禅者清凉的风格，若能在空气调节的凉爽屋内坐禅，何尝不能得到开悟的经验呢？

禅心里没有断灭相，在真实的生活、实际人生的历程中也没有断灭。记忆，乃是从前的现实；现在，则是未来的记忆。一个人若未能以自然的观点来看记忆的推移、版图的改变，就无法坦然无碍面对当下的生活。

我们在生命中所经验的一切，无非都是一些形式的展现，过去我们面对的形式与目前所面对的形式容有差异，我们真实的自我并未改变，农村时代在农田中播种耕耘的少年的我，科技时代在冷气房中办公的中年之我，还是同一个我。

学禅的人有参公案的方法，公案是在开发禅者的悟，使其契入禅心。我觉得参禅的人最简易的方法，就是把自己当成公案，一个人若能把自己的矛盾彻底地统一起来，使其和谐、单纯、柔软、清明，使自己的言行一致，有纯一的绝对性，必然会有开悟的时机。人的矛盾来自于身、口、意的无法纯一，尤其是意念，在时空的变迁与形式的幻化里，我们的意念纷纭，过去的忧伤喜乐早已不在，我们却因记忆的版图仍随之忧伤喜乐，我们时常堕落于形式之中，无法使自己成为自己，就找不到自由的入口了。

我喜欢一则《传灯录》的公案：

有一位修行僧去问玄沙师备禅师："我是新来的人，什么都不知道，请开示悟入之道。"

禅师沉默地谛听一阵，反问："你能听到河水的声音吗？"

"能听到。"

"那就是你的入处，从那里进入吧！"

在《碧严录》里也有一则相似的公案：

窗外下着雨的时候，镜清禅师问他的弟子："门外是什么声音？"

"是雨的声音。"弟子回答说。

禅师说："太可悯了，众生心绪不安，迷失了自己，只在追求外面的东西。"

河水的声音、雨的声音、风的声音，乃至鸟啼花开的声音，天天都充盈了我们的耳朵，但很少人能从声音中回到自我，认识到我才是听的主体，返回了自我，一切的听才有意义呀！这天天迷执于听觉的我，究是何人呀？《碧严录》中还有一则故事，说古代有十六个求道者，一心致力求道都未能开悟，有一天去沐浴时，由于感觉到皮肤触水的快感，十六个人一起突悟了本来面目。每次洗澡时想到这个故事，就觉得非凡的动人，悟的入处不在别地，在我们的眼睛、耳朵、意念、触觉的出入里，是经常存在着的！

我们的记忆正如一条流动的大河，我们往往记住了大河流经的历程、河边的树、河上的石头、河畔的垂柳与鲜花，却常常忘记大河的本身，事实上，在记忆的版图重叠之处，有一些不变的事物，那就是一步一步踏实地、经过种种历练的自我。

在混沌未分的地方，我们或者可以溯源而上，超越记忆的版图，找到一个纯一的、全新的自己！

莲花汤匙

　　洗茶碟的时候，不小心打破了一根清朝的古董汤匙，心疼了好一阵子，仿佛是心里某一个角落跌碎一般。

　　那根汤匙是有一次在金门一家古董店找到的。那一次我们在山外的招待所，与招待我们的军官聊到古董，他说在金城有一家特别大的古董店，是由一位小学校长经营的，一定可以找到我想要的东西。

　　夜里九点多，我们坐军官的吉普车到金城去。金门到了晚上全面宵禁，整座城完全漆黑了，商店与民家偶尔有一盏烛光的电灯。由于地上的沉默与黑暗，更感觉到天上的明星与夜色有着晶莹的光明，天空是很美很美的灰蓝色。

　　我想到，在从前的岁月里，不知道打破过多少汤匙，却从来没有一次像这一次，使我为汤匙而叹息。其实，所有的汤匙本来都是一块泥土，在它被匠人烧成的那一天就注定有一天会打破。我的伤感，只不过是它正好在我的手里打破，而它正好画了一朵很美的莲花，正好又是一个古董罢了。

　　这个世界的一切事物都只不过是偶然。一撮泥土偶然被选取，偶然被烧成，偶然被我得到，偶然地被打破……在偶然之中，我们有时误以为是自己做主，其实是无自性的，在时空中偶然的生灭。

　　在偶然中，没有破与立的问题。我们总以为立是好的，破是坏的，其实不是这样。以古董为例，如果全世界的古董都不会破，古董终将一文不值；以花为例，如果所有的花都不会凋谢，那么花还会有什么价值呢？如果爱情都能不变，我们将不能珍惜爱情；如果人都不会死，我们必无法体会出生存的意义。然而也不能因为破立无端，就故意求破。大慧宗杲曾说："若要径截理会，需得这一念子曝地一破，方了得生死，方名悟入。然切不可存心待破。若存心破处，则永劫无有破时。但将妄想颠倒的心、思量分别的心、好生恶死的心、知见解会的心、欣静厌闹的心，一时按下。"

大慧说的是悟道的破，是要人回到主体的直观，在生活里不也是这样吗？一根汤匙，我们明知它会破，却不能存心待破，而是在未破之时真心地珍惜它，在破的时候去看清："呀，原来汤匙是泥土做的。"

这样我们便能知道僧肇所说的："不动真际为诸法立处。非离真而立处，立处即真也。然则道远乎哉？触事而真。圣远乎哉？体之即神。"（一个不动的真实才是诸法站立的地方。不是离开真实另有站立之处，而是每一个站立的地方都是真实的。每接触的事物都有真实，道哪里远呢？每有体验之际就有觉意，圣哪里遥远呀？）

我宝爱于一根汤匙，是由于它是古董，它又画了一朵我最喜欢的莲花，才使我因为心疼而失去真实的观察。如果回到因缘，僧肇也说得很好。他说："物从因缘故不有，缘起故不无，寻理即其然矣。所以然者，夫有若真有，有自常有，岂待缘而后有哉？譬彼真无，无自常无，岂待缘而后无也。若有不自有，待缘而后有者，故知有非真有。有非真有，虽有不可谓之有矣。"

一根莲花汤匙，若从因缘来看，不是真实的有，可是在缘起的那一刻又不是无的。一切有都不是真有，而是等待因缘才有，犹如一撮泥土成为一根汤匙需要许多因缘；一切无也不是真的无，就像一根汤匙破了，我们的记忆中它还是有的。

我们的情感，乃至于生命，也和一根汤匙没有两样，"捏一块泥，塑一个我"，我原是宇宙间的一把客尘，在某一个偶然中，被塑成生命，有知、情、意，看起来是有的、是独立的，但缘起缘灭，

终又要散灭于大地。我有时候长夜坐着，看看四周的东西，在我面前的是一张清朝的桌子，我用来泡茶的壶是民初的，每一样都活得比我还久，就连架子上我在海边拾来的石头，是两亿七千万年前就存在于这个世界了。这样想时，就会悚然而惊，思及"世间无常，国土危脆"，感到人的生命是多么薄脆。

在因缘的无常里，在危脆的生命中，最能使我们坦然活着的，就是马祖道一说的"平常心"了。在行住坐卧、应机接物都有平常心地，知道"月影有若干，真月无若干；诸源水有若干，水性无若干；森罗万象有若干，虚塞无若干；说道理有若干，无碍慧无若干。"（马祖语）找到真月，知道月的影子再多也是虚幻，看见水性，则一切水源都是源头活水……

三祖僧璨说："莫逐有缘，勿住空忍。一种平怀，泯然自尽。"这"一种平怀"说得真好。以一种平坦的怀抱来生活，来观照，那生命的一切烦恼与忧伤自然就减去了。

我把莲花汤匙的破片丢入垃圾桶，让它回到它来的地方。这时，我闻到了院子里的含笑花很香很香，一阵一阵，四散飞扬。

家有香椿树

但愿，

爸爸如果在极乐世界

也有香椿拌面可以吃。

市场里看到有人卖香椿，一大把十元，简直有点欣喜若狂，立刻买了三把回家，当天晚上就做了香椿拌面、香椿炒蛋、炸香椿，吃的时候自己都觉得好笑，好像得了相思病，不，香椿病。

说起香椿，它的味觉是很难以形容的，它的香气强烈而细致，与一般的香菜，像芫荽、芹菜、紫苏大为不同，食之风动，令人心醉。与一般香菜更不同的是，一般香菜多为草本，香椿树却是乔木，可以长到三四丈高，如果家里种有一棵香椿树，一年四季就永远有香椿可吃。

我对香椿的感情是从小就培养出来的，我们以前在山上的家，屋后就有几棵极高大的香椿树，树干笔直，羽状复叶，树形和树叶都非常优雅，是非常美的树木。

我的父亲独沽一味，非常喜欢香椿的气味，他白天出去耕作，黄昏回来的时候，就会随手摘一些香椿的嫩叶回家，但是偏偏母亲不喜欢香椿的味道，所以他时常要自己动手。他把香椿叶剁碎，拌面、拌饭，加一点油、一点酱油，就是人间至极的美味。

最简单的香椿做法，是剁碎了放在酱油里，不管蘸什么东西吃，那食物立刻布满了香椿的强烈气息。

次简单的是，用香椿叶来炒蛋，美味远非菜脯蛋、洋葱蛋可比。或者是用蛋和面粉调糊，裹香椿叶下去油炸，炸得酥黄香脆，可以当饼干吃。或者，以香椿拌豆腐。

还有复杂一点的，就是以香椿叶子包饺子、包子、粽子，香气宜人。

我受了父亲的调教，自小就嗜食香椿，几乎有香椿叶子，什么东西都吃得下了。而香椿树那种独一无二的气味，也陪伴了我的童年，那高大的香椿树每到初夏，就会开出一簇簇的小白花，整个天空就会弥漫一种清香，然后，花结果了，果熟裂开了，香椿树带着小翅膀的种子就会随风飞到远方。

有时候在林间会发现新长出的香椿树，那时就知道有一颗香椿树的种子曾落在这里。香椿树的幼苗和嫩叶一样，刚生长的时候是红色的，慢慢转为橙色，最后变成翠绿色，爸爸常说："香椿如果变成绿色就不好吃了。"原因是绿色的香椿树纤维太粗，气味太烈了。

有时候，我路过山道，看到小香椿树，就会摘一片叶子来闻嗅，然后放在嘴里细细的咀嚼，特别感觉到香椿树的香甘清美，真不愧是香椿呀！

自从到台北以后，就难得品尝到香椿的滋味了，每次回乡下总会设法去找一些香椿来吃。有一年，住在木栅的兴隆山庄，特地向朋友要来两株香椿树的幼苗种在院子里，长得有一人高，我偶尔会依照父亲的食谱，摘来试做，滋味依然鲜美，就会唤起从前那遥远的记忆。

后来我搬家了，也不知道院子里那两株香椿树变成什么样子，会像故乡的香椿树长三四丈高吗？会开花吗？种子也会飞翔吗？

有一次读庄子的《逍遥游》，说到："古有大椿者，以八千岁为春，以八千岁为秋。"所以香椿树应该是很长寿的。由这个典故，以香椿有寿考之征，所以古人称父亲为"椿"，称母亲为"萱"，唐朝牟融有诗说："堂上椿萱雪满头"，是说高堂的父母已经白发苍苍了。

父亲过世之后，我也吃过几次香椿，但每次那强烈的气息，就会给我带来悲情，想起父亲，以及他手植的香椿树，他常说："香椿是很上等的木材，等长好了，我们自己砍下来做家具。"一直到他离开这个世间，他也没有砍过一棵香椿树，我以前一直以为是香椿还没有长好，现在才知道那是感情的因素。八千年为春秋，那是永远也长不好了。但愿爸爸如果是在极乐世界，也会有香椿拌面可以吃。

端午节的时候，我路过松山的永春市场，看到有人在路边卖"香椿粽子"，买了几个来吃，真有一点爸爸的味道，唉唉！

吃香椿粽子的时候我决定了，将来如果有一个庄园，屋前屋后我都要种几棵香椿树，来纪念爸爸。

箩 筐

午后三点，天的远方擂过来一阵轰隆隆的雷声。

有经验的农人都知道，这是一片欲雨的天空，再过一刻钟，西北雨就会以倾盆之势笼罩住这四面都是山的小镇，有经验的燕子也知道，它们纷纷从电线上蓊着尾羽，飞进了筑在人家屋檐下的土巢。

但是站在空旷土地上的我们——我的父亲、哥哥、亲戚，以及许多流过血汗、炙过阳光、淋过风雨的乡人，听着远远的雷声呆立着，并没有人要进去躲西北雨的样子。我们的心比天空还沉闷，大家都沉默着，因为我们的心也是将雨的天空，而且这场心雨显见得比西北雨还要悲壮、还要连天而下。

我们无言围立着的地方是溪底仔的一座香蕉场，两部庞大的"怪手"正在慌忙地运作着，张开它们的铁爪一把把抓起我们辛勤种植出来的香蕉，扔到停在旁边的货车上。

这些平时扒着溪里的沙石，来为我们建立一个更好家园的怪手，此时被农会雇来把我们种出来的香蕉践踏，这些完全没有人要的香蕉将被投进溪里丢弃，或者堆置在田里当肥料。因为香蕉是易腐的水果，农会怕腐败的香蕉污染了这座干净的蕉场。

在香蕉场堆得满满的香蕉即使天色已经晦暗，还散放着翡翠一样的光泽，往昔丰收的季节里，这种光泽曾是带给我们欢乐的颜色，比雨后的彩虹还要灿亮；如今变成刺眼得让人心酸。

怪手规律的呱呱响声，和愈来愈近的雷声相应和着。

我看到在香蕉集货场的另一边，堆着一些破旧的棉被，和农民弃置在棉被旁的箩筐。棉被原来是用来垫娇贵的香蕉以免受损，箩筐是农民用来收成的，本来塞满收成的笑声。棉被和箩筐都溅满了深褐色的汁液，一层叠着一层，经过了岁月，那些蕉汁像一再凝结而干涸的血迹，是经过耕耘、种植、灌溉、收成而留下来的辛苦见证，现在全一无用处的躺着，静静等待着世纪末的景象。

蕉场前面的不远处，有几个小孩子用竹子撑开一个旧箩筐，箩筐里撒了一把米，孩子们躲在一角拉着绳子，等待着大雨前急着觅食的麻雀。

一只麻雀咻咻两声从屋顶上飞翔而下，在蕉场边跳跃着，慢慢的，它发现了白米，一步一步跳进箩筐里；孩子们把绳子一拉，箩筐碰然盖住，惊慌的麻雀打着双翼，却一点也找不到出路地悲哀的号叫出声。孩子们欢呼着自墙边出来，七八只手争着去捉那只小小的雀子，一个大孩子用原来绑竹子的那根线系住麻雀的腿，然后将它放飞。

麻雀以为得到了自由，振力地飞翔，到屋顶高的时候才知道被缚住了脚，颓然跌落在地上，它不灰心，再飞起，又跌落，直到完全没有力气，蹲在褐黄色的土地上，绝望地喘着气，还忧戚地长嘶，仿佛在向某一处不知的远方呼唤着什么。

这捕麻雀的游戏，是我幼年经常玩的，如今在心情沉落的此刻，心中不禁一阵哀感。我想着小小的麻雀走进箩筐的景况，只是为了啄食几粒白米，未料竟落进一个不可超拔的生命陷阱里去，农人何尝不是这样呢？他们白日里辛勤的工作，夜里还要去巡田水，有时也只是为了求取三餐的温饱，没想到勤奋打拼的工作，竟也走入了命运的箩筐。

箩筐是劳作的人们一件再平凡不过的用具，它是收成时一串快乐的歌声。在收成的时节，看着人人挑着空空的箩筐走过黎明的田路，当太阳斜向山边，他们弯腰吃力地挑着饱满的箩筐，走过晚霞投照的田埂，确是一种无法言宣的美，是出自生活与劳作的美，比

一切美术音乐还美。

我每看到农人收成，挑着箩筐唱简单的歌回家，就冥冥想起托尔斯泰的艺术论，任何伟大的作品都是蘸着血泪写成的。如果说大地是一张摊开的稿纸，农民正是蘸着血泪在上面写着伟大的诗篇；播种的时候是逗点，耕耘的时候是顿号，收成的箩筐正像在诗篇的最后圈上一个饱满的句点。人间再也没有比这篇诗章更令人动容的作品了。

遗憾的是，农民写作歌颂大地的诗章时，不免有感叹号，不免有问号，有时还有通向不可知的……分号！我看过狂风下不能出海的渔民，望着箩筐出神；看过海水倒灌淹没盐田，在家里踢着箩筐出气的盐民；看过大旱时的龟裂土地，农民挑着空的箩筐叹息。那样单纯的情切意乱，比诗人捻断数根须犹不能下笔还要忧心百倍；这时的农民正是契诃夫笔下没有主题的人，失去土地的依恃，再好的农人都变成浅薄的、渺小的、悲惨的、滑稽的、没有明天的小人物，他不再是个大地诗人了！

由于天候的不能收成和没有收成固是伤心的事，倘若收成过剩而必须抛弃自己的心血，更是最大的打击。这一次我的乡人因为收成过多，不得不把几千万公斤的香蕉毁弃，每个人的心都被抓出了几道血痕。在过去的岁月里，他们只知道"一分耕耘，一分收获"的天理，从来没有听过"收成过剩"这个东西，怪不得几位白了胡子的乡人要感叹起来：真是没有天理呀！

当我听到故乡的香蕉因为无法产销，便搭着黎明的火车转回故乡，火车空洞空洞空洞的奔过田野，天空稀稀疏疏地落着小雨，戴斗笠的农人正弯腰整理农田，有的农田里正在犁田，农夫将犁绳套在牛肩上，自己在后面推犁，犁翻出来的烂泥像春花在土地上盛开。偶尔也看到刚整理好的田地，长出青翠的芽苗，那些芽很细小只露出一丝丝芽尖，在雨中摇呀摇的，那点绿鲜明的告诉我们，在这一片灰色的大地上，有一种生机埋在最深沉的泥土里。台湾的农人是世界上最勤快的农人，他们总是耕者如斯，不舍昼夜，而我们的平原也是世界上最肥沃的土地，永远有新的绿芽从土里争冒出来。

看着急速往后退去的农田，我想起父亲戴着斗笠在蕉田里工作的姿影。他在土地里种作五十年，是他和土地联合生养了我们，和土地已经种下极为根深的情感，他日常的喜怒哀乐全是跟随土地的喜怒哀乐。有时收成不好，他最受伤的，不是物质的，而是情感的。在我们所拥有的一小片耕地上，每一尺都有父亲的足迹，每一寸都有父亲的血汗。而今年收成这么好，还要接受收成过剩的打击，对于父亲，不知道是伤心到何等的事！

我到家的时候，父亲挑着香蕉去蕉场了，我坐在庭前等候他高大的背影，看到父亲挑着两个晃动的空箩筐自远方走来，他旁边走着的是我毕业于国立大学的哥哥，他下了很大决心才回到故乡帮忙父亲的农业。由于哥哥的挺拔，我发现父亲这几年背竟是有些弯了。

长长的夕阳投在他挑的箩筐上，拉出更长的影子。

记得幼年时代的清晨，柔和的曦光总会肆无忌惮地伸出大手，推进我家的大门、院子，一直伸到厅场的神案上，使案上长供的四果一面明一面暗，好像活的一般，大片大片的阳光真是醉人而温暖。就在那熙和的日光中，早晨的微风启动了大地，我最爱站在窗口，看父亲穿着沾满香蕉汁的衣服，戴着顶尖上几片竹叶已经掀起的旧斗笠，挑着一摇一晃的一对箩筐，穿过庭前去田里工作；爸爸高大的身影在阳光照耀下格外雄伟健壮，有时除了箩筐，他还荷着锄头、提着扫刀，每一项工具都显得厚实有力，那时我总是倚在窗口上想着：能做个农夫是多么快乐的事呀！

稍稍长大以后，父亲时常带我们到蕉园去种作，他用箩筐挑着我们，哥哥坐前面，我坐后边，我们在箩筐里有时玩杀刀，有时用竹筒做成的气枪互相打苦苓子，使得箩筐摇来晃去，爸爸也不生气；真闹得他心烦，他就抓紧箩筐上的扁担，在原地快速地打转，转得我们人仰马翻才停止，然后就听到他爽朗洪亮的笑声串串响起。

童年蕉园的记忆，是我快乐的最初，香蕉树用它宽大的叶子覆盖累累的果实，那景象就像父母抱着幼子要去进香一样，同样涵含了对生命的虔诚。农人灌溉时流滴到地上的汗水，收割时挑着箩筐嘿嗬嘿嗬的吆喝声，到香蕉场验关时的笑谈声，总是交织成一幅有颜色有声音的画面。

在我们蕉园尽头处有一条河堤，堤前就是日夜奔湍不息的旗尾溪了。那条溪供应了我们土地的灌溉，我和哥哥时常在溪里摸蛤、捉虾、钓鱼、玩水，在我童年的认知里，不知道为什么就为大地的丰饶而感恩着土地。在地上，它让我们在辛苦的犁播后有喜悦的收成；在水中，它生发着永远也不会匮乏的丰收讯息。

我们玩累了，就爬上堤防回望那一片广大的蕉园，由于蕉叶长得太繁茂了，我们看不见在里面工作的人们，他们劳动的声音却像从地心深处传扬出来，交响着旗尾溪的流水潺潺，那首大地交响的诗歌，往往让我听得出神。

一直到父亲用箩筐装不下我们去走蕉园的路，我和哥哥才离开我们眷恋的故乡到外地求学，父亲送我们到外地读书时说的一段话到今天还响在我的心里："读书人穷没有关系，可以穷得有骨气，农人不能穷，一穷就双膝落地了。"

以后的十几年，我遇到任何磨难，就想起父亲的话，还有他挑着箩筐意气风发到蕉园种作的背影，岁月愈长，父亲的箩筐魔法也似的一日比一日鲜明。

此刻我看父亲远远地走来了，挑着空空的箩筐，他见到我的欣喜中也不免有一些黯然。他把箩筐随便地堆在庭前，一言不发，我忍不住问他："情形有改善没有？"

父亲涨红了脸："伊娘咧！他们说农人不应该扩大耕种面积，说我们没有和青果社签好约，说早就应该发展香蕉的加工厂，我们哪里知道那么多？"父亲把蕉汁斑斑的上衣脱下挂在庭前，那上衣还一滴滴的落着他的汗水，父亲虽知道今年香蕉收成无望，今天在蕉田里还是艰苦地做了工的。

哥哥轻声地对我说："明天他们要把香蕉丢掉，你应该去看看。"父亲听到了，对着将落未落的太阳，我看到他眼里闪着微明的泪光。

我们一家人围着，吃了一顿沉默而无味的晚餐，只有母亲轻声地说了一句："免气得这样，明年很快就到了，我们改种别的。"阳光在我们吃完晚餐时整个沉到山里，黑暗的大地只有一片虫鸣唧唧。这往日农家凉爽快乐的夏夜，儿子从远方归来，却只闻到一种苍凉和寂寞的气味，星星也躲得很远了。

两部怪手很快地就堆满一辆载货的卡车。

西北雨果然毫不留情地倾泄下来，把站在四周的人群全淋得湿透，每个人都纹风不动的让大雨淋着，看香蕉被堆上车，好像一场气氛凝重的告别式。我感觉那大大的雨点落着，一直落到心中升起微微的凉意。我想，再好的舞者也有乱而忘形的时刻，再好的歌者也有仿佛失曲的时候，而再好的大地诗人——农民，却也有不能成句的时候。是谁把这写好的诗打成一地的烂泥呢？是雨吗？

货车在大雨中，把我们的香蕉载走了，载去丢弃了，只留两道轮迹，在雨里对话。

捕麻雀的小孩，全部躲在香蕉场里避雨，那只一刻钟前还活蹦乱跳的麻雀，死了。最小的孩子为麻雀的死哇哇哭起来，最大的孩子安慰着他："没关系，回家哥哥烤给你吃。"

我们一直站到香蕉全被清出场外，呼啸而过的西北雨也停了，才要离开，小孩子们已经蹦跳着出去，最小的孩子也忘记死去麻雀的一点点哀伤，高兴地笑了，他们走过箩筐，恶作剧的一脚踢翻箩筐，让它仰天躺着；现在他们不抓麻雀了，因为知道雨后，会飞出来满天的蜻蜓。

我独独看着那个翻仰在烂泥里的箩筐，它是我们今年收成的一个句点。

燕子轻快地翱翔，蜻蜓满天飞。

云在天空赶集似的跑着。

麻雀一群，在屋檐咻咻交谈。

我们的心是将雨，或者已经雨过的天空。

鸳鸯香炉

　　一对瓷器做成的鸳鸯，一只朝东，一只向西，小巧灵动，仿佛刚刚在天涯的一角交会，各自轻轻拍着羽翼，错着身，从水面无声划过。

　　这一对鸳鸯关在南京东路一家宝石店中金光闪烁的橱窗一角，它鲜艳的色彩比珊瑚宝石翡翠还要灿亮，但是由于它的游姿那样平和安静，竟仿若它和人间全然无涉，一直要往远方无止尽地游去。

　　再往内望去，宝石店里供着一个小小的神案，上书天地君亲师五个大字，晨香还未烧尽，烟香缭绕，我站在橱窗前不禁痴了，好像鸳鸯带领我，顺着烟香的纹路游到我童年的梦境里去。

　　记得我还未识字以前，祖厅神案上就摆了一对鸳鸯，是瓷器做成的檀香炉，终年氤氲着一缕香烟，在厅堂里绕来绕去，檀香的气味仿佛可以勾起人沉深平和的心胸世界，即使是一个小小孩儿也被吸引得意兴飘飞。我常和兄弟们在厅堂中嬉戏，每当我跑过香炉前，闻到檀香之气，总会不自觉地出了神，呆呆看那一缕轻淡但不绝的香烟。

　　尤其是冬天，一缕直直飘上的烟，不仅是香，甚至也是温暖的象征。有时候一家人不说什么，夜里围坐在香炉前面，情感好像交融在炉中，并且烧出一股淡淡的香气了。它比神案上插香的炉子让我更深切感受到一种无名的温暖。

　　最喜欢夏日夜晚，我们围坐听老祖父说故事，祖父总是先慢条斯理地燃了那个鸳鸯香炉，然后坐在他的藤摇椅中，说起那些还流

动血泪馨香的感人故事。我们依在祖父膝前张开好奇的眼睛，倾听祖先依旧动人的足音响动，愈到星空夜静，香炉的烟就直直升到屋梁，绕着屋梁飘到庭前来，一丝一丝，萤火虫都被吸引来，香烟就像点着萤火虫尾部的光亮，一盏盏微弱的灯火四散飞升，点亮了满天的向往。

有时候是秋色萧瑟，空气中有一种透明的凉，秋叶正红，鸳鸯香炉的烟柔软得似蛇一样升起，烟用小小的手推开寒凉的秋夜，推出一扇温暖的天空。从潇湘的后院看去，几乎能看见那一对鸳鸯依偎着的身影。

那一对鸳鸯香炉的造型十分奇妙，雌雄的腹部连在一起，雄的稍前，雌的在后。雌鸳鸯是铁灰一样的褐色，翅膀是绀青色，腹部是白底有褐色的浓斑，像褐色的碎花开在严冬的冰雪之上，它圆形的小头颅微缩着，斜依在雄鸳鸯的肩膀上。

雄鸳鸯和雌鸳鸯完全不同，它的头高高仰起，头上有冠，冠上是赤铜色的长毛，两边彩色斑灿的翅翼高高翘起，像一个两面夹着盾牌的武士。它的背部更是美丽，红的、绿的、黄的、白的、紫的全开在一处，仿佛春天里怒放的花园，它的红嘴是龙吐珠，黑眼是一朵黑色的玫瑰，腹部微芒的白点是满天星。

那一对相偎相依的鸳鸯，一起栖息在一片晶莹翠绿的大荷叶上。

鸳鸯香炉的腹部相通，背部各有一个小小的圆洞，当檀香的烟从它们背部冒出的时候，外表上看像是各自焚烧，事实上腹与腹间互相感应。我最常玩的一种游戏，就是在雄鸳鸯身上烧了檀香，然后把雄鸳鸯的背部盖起来，烟与香气就会从雌鸳鸯的背部升起；如果在雌鸳鸯的身上烧檀香，盖住背部，香烟则从雄鸳鸯的背上升起来；如果把两边都盖住，它们就像约好的一样，一瞬间，檀香就在腹中灭熄了。

倘若两边都不盖，只要点着一只，烟就会均匀地冒出，它们各生一缕烟，升到中途慢慢氤氲在一起，到屋顶时已经分不开了，交缠的烟在风中弯弯曲曲，如同合唱着一首有节奏的歌。

鸳鸯香炉的记忆，是我童年的最初，经过时间的洗涤愈久，形象愈是晶明，它几乎可以说是我对情感和艺术向往的最初。鸳鸯香炉不知道出于哪一位匠人之手，后来被祖父购得，它的颜色造型之美让我明白体会到中国民间艺术之美；虽是一个平凡的物件，却有一颗生动灵巧的匠人心灵在其中游动，使香炉经过百年都还是活的一般。民间艺术之美总是平凡中见真性，在平和的贞静里历百年还能给我们新的启示。

关于情感的向往，我曾问过祖父，为什么鸳鸯香炉要腹部相连？祖父说：

"鸳鸯没有单只的，鸳鸯是中国人对夫妻的形容。夫妻就像这对香炉，表面各自独立，腹中却有一点心意相通，这种相通，在点了火的时候最容易看出来。"

我家的鸳鸯香炉每日都有几次火焚的经验，每经一次燃烧，那一对鸳鸯就好像靠得更紧。我想，如果香炉在天际如烽火，火的悲壮也不足以使它们殉情，因为它们的精神和象征立于无限的视野，永远不会畏怯，在火炼中，也永不消逝。比翼鸟飞久了，总会往不同的方向飞，连理枝老了，也只好在枝桠上无聊地对答。鸳鸯香炉不同，因为有火，它们不老。

稍稍长大后，我识字了，识字以后就无法抑制自己的想象力飞奔，常常从一个字一个词句中飞腾出来，去找新的意义。"鸳鸯香炉"四字就使我想象力飞奔，觉得用"鸳鸯"比喻夫妻真是再恰当不过，"鸳"的上面是"怨"，"鸯"的上面是"央"。

"怨"是又恨又叹的意思，有许多抱怨的时刻，有很多无可奈何的时刻，甚至也有很多苦痛无处诉的时刻。"央"是求的意思，是诗经中说的"和铃央央"的和声，是有求有报的意思，有许多互相需要的时刻，有许多互相依赖的时刻，甚至也有很多互相怜惜求爱的时刻。

夫妻生活是一个有颜色、有生息、有动静的世界，在我的认知里，夫妻的世界几乎没有无怨无尤幸福无边的例子，因此，要在"怨"与"央"间找到平衡，才能是永世不移的鸳鸯。鸳鸯香炉的腹部相通是一道伤口，夫妻的伤口几乎只有一种药，这药就是温柔，"怨"也温柔，"央"也温柔。

所有的夫妻都曾经拥抱过、热爱过、深情过，为什么有许多到最后分飞东西，或者郁郁以终呢？爱的诺言开花了，虽然不一定结果，但是每年都开了更多的花，用来唤醒刚坠入爱河的新芽，鸳鸯香炉是一种未名的爱，不用声名，千万种爱都升自胸腹中柔柔的一缕烟。把鸳鸯从水面上提升到情感的诠释，就像鸳鸯香炉虽然沉重，它的烟却总是往上飞升，或许能给我们一些新的启示吧！

至于"香炉"，我感觉所有的夫妻最后都要迈入"共守一炉香"的境界，久了就不只是爱，而是亲情。任何婚姻的最后，热情总会消褪，就像宗教的热诚最后会平淡到只剩下虔敬；最后的象征是"一炉香"，在空阔平朗的生活中缓缓燃烧，那升起的烟，我们逼近时可以体贴地感觉，我们站远了，还有温暖。

我曾在万华的小巷中看过一对看守寺庙的老夫妇，他们的工作很简单，就是在晨昏时上一炷香，以及打扫那一间被岁月剥蚀的小庙。我去的时候，他们总是无言，轻轻的动作，任阳光一寸一寸移到神案之前，等到他们工作完后，总是相携着手，慢慢左拐右弯地消失在小巷的尽头。

我曾在信义路附近的巷子口，看过一对捡拾破烂的中年夫妻，丈夫吃力地踩着一辆三轮板车，口中还叫着收破烂特有的语言，妻子经过每家门口，把人们弃置的空罐酒瓶、残旧书报一一丢到板车上，到巷口时，妻子跳到板车后座，熟练安稳地坐着，露出做完工作欣慰的微笑，丈夫也突然吹起口哨来了。

我曾在通化街的小贩摊上，仔细地观察一对卖牛肉面的少年夫妻；丈夫总是自信地在腾腾的锅边下面条，妻子则一边招呼客人，一边清洁桌椅，一边还要蹲下腰来洗涤油污的碗碟。在卖面的空档，他们急急地共吃一碗面，妻子一迳地把肉挟给丈夫，他们那样自若，那样无畏地生活着。

我也曾在南澳乡的山中，看到一对刚做完香菇烘焙工作的山地夫妻，依偎地共坐在一块大石上，谈着今年的耕耘与收成，谈着生活里最细微的事，一任顽皮的孩童丢石头把他们身后的鸟雀惊飞而浑然不觉。

我更曾在嘉义县内一个大户人家的后院里，看到一位须发俱白的老先生，爬到一棵莲雾树上摘莲雾，他年迈的妻子围着布兜站在莲雾树下接莲雾，他们的笑声那样年少，连围墙外都听得清明。他们不能说明什么，他们说明的是一炉燃烧了很久的香还会有它的温暖，那香炉的烟虽弱，却有力量，它顺着岁月之流可以飘进任何一扇敞开的门窗。每当我看到这样的景象，总是站得远远的仔细听，香炉的烟声传来，其中好像有瀑布奔流的响声，越过高山，流过大河，在我的胸腹间奔湍。如果没有这些生活平凡的动作，恐怕也难以印证情爱可以长久吧！

童年的鸳鸯香炉，经过几次家族的搬迁，已经不知流落到什么地方，或者在另一个少年家里的神案上，再要找到一个同样的香炉恐怕永不可得，但是它的造形、色泽，以及在荷叶上栖息的姿势，却为时日久还是鲜锐无比。每当在情感挫折生活困顿之际，我总是循着时间的河流回到岁月深处去找那一盏鸳鸯香炉，它是情爱最美丽的一个鲜红落款，情爱画成一张重重叠叠交缠不清的水墨画，水墨最深的山中洒下一条清明的瀑布，瀑布流到无止尽地方是香炉美丽明晰的章子。

鸳鸯香炉好像暗夜中的一盏灯，使我童年对情感的认知乍见光明，在人世的幽晦中带来前进的力量，使我即使只在南京东路宝石店橱窗中，看到一对普通的鸳鸯瓷器都要怅然良久。就像坐在一个黑乎乎的房子里，第一盏点着的灯最明亮，最能感受明与暗的分野，

后来即使有再多的灯，总不如第一盏那样，让我们长记不熄；坐在长廊尽处，纵使太阳和星月都冷了，群山草木都衰尽了，香炉的微光还在记忆的最初，在任何可见和不可知的角落，温暖地燃烧着。

冰糖芋泥

　　每到冬寒时节，我时常想起幼年时候，坐在老家西厢房里，一家人围着大灶，吃母亲做的冰糖芋泥。事隔廿几年，每回想起，齿颊还会涌起一片甘香。

　　有时候没事，读书到深夜，我也会学着妈妈的方法，熬一碗冰糖芋泥，温暖犹在，但味道已大不如前了。我想，冰糖芋泥对我，不只是一种食物，而是一种感觉，是冬夜里的暖意。

　　成长在台湾"光复"后几年的孩子，对番薯和芋头这两种食物，相信记忆都非常深刻。早年在乡下，白米饭对我们来讲是一种奢想，三餐时，饭锅里的米饭和番薯永远是不成比例的，有时早上喝到一碗未掺番薯的白粥，就会高兴半天。

　　生活在那种景况中的孩子只有自求多福，但最难为的恐怕是妈妈，因为她时刻都在想如何为那简单贫乏的食物设计一些新的花样，让我们不感到厌倦，并增加我们的生活趣味。我至今最怀念的是母亲费尽心机在食物上所创造的匠心和巧意。

　　打从我刚学会走路的时候，就经常在午后的空闲里，随着母亲到田中采摘野菜，她能分辨出什么野菜可以食用，且加以最可口的配方。譬如有一道菜叫"乌莘菜"的，母亲采下那最嫩的芽，用太白粉烧汤，那又浓又香的汤汁我到今天还不敢稍稍忘记。

　　即使是番薯的叶子，摘回来后剥皮去丝，不管是火炒，还是清煮，都有特别的翠意。

　　如果遇到雨后，母亲就拿把铲子和竹篮，到竹林中去挖掘那些

刚要冒出头来的竹笋。竹林中阴湿的地方常生长着一种可食用的蕈类，是银灰而带点褐色的。母亲称为"鸡肉丝菇"，炒起来的味道真是如同鸡肉丝一样。

就是乡间随意生长的青凤梨，母亲都有办法变出几道不同的菜式。

母亲是那种做菜时常常有灵感的人，可是遇到我们几乎天天都要食用，等于是主食的番薯和芋头则不免头痛。将番薯和芋头加在米饭里蒸煮是很容易的，可是如果天天吃着这样的食物，恐怕脾气再好的孩子都要哭丧着脸。

在我们家，番薯和芋头都是长年不缺的，番薯种在离溪河不远处的沙地，纵在最困苦的年代，也会繁茂地生长，取之不尽，食之不绝。芋头则种在田野沟渠的旁边，果实硕大坚硬，也是四季不缺。

我常看到母亲对着用整布袋装回来钓番薯和芋头发愁，然后她开始在发愁中创造，企图用最平凡的食物，来做最不平凡的菜肴，让我们整天吃这两种东西不感到烦腻。

母亲当然把最好的部分留下来掺在饭里，其他的，她则小心翼翼地将之切成薄片，用糖、面粉，和我们自己生产的鸡蛋打成糊状，薄片沾着粉糊下到油锅里炸，到呈金黄色的时刻捞起，然后用一个大的铁罐盛装，就成为我们日常食用的饼干。由于母亲故意宝爱着那些饼干，我们吃的时候是用分配的，所以就觉得格外好吃。

即使是番薯有那么多，母亲也不准我们随便取用，她常谈起日据时代空袭的一段岁月，说番薯也和米饭一样重要。那时我们家还用烧木柴的大灶，下面是排气孔，烧剩的火灰落到气孔中还有温热，我们最喜欢把小的红心番薯放在孔中让火烬焖熟，剥开来真是香气扑鼻。母亲不许我们这样做，只有得到奖赏的孩子才有那种特权。

记得我每次考了第一名，或拿奖状回家时，母亲就特准我在灶下焖两个红心番薯以做为奖励；我从灶里探出焖熟的番薯，心中那种荣耀的感觉，真不亚于在学校的讲台上领奖状，番薯吃起来也就特别有味。我们家是个大家庭，我有十四个堂兄弟、四个堂姊，伯父母都是早年去世，由母亲主理家政，到今天，我们都还记得领到两个红心番薯是一个多么隆重的奖品。

番薯不只用来做饭、做饼、做奖品，还能与东坡肉同卤，还能清蒸，母亲总是每隔几日就变一种花样。夏夜里，我们做完功课，最期待的点心是，母亲把番薯切成一寸见方，和凤梨一起煮成的甜汤；酸甜兼具，颇可以象征我们当日的生活。

芋头的地位似乎不像番薯那么重要，但是母亲的一道芋梗做成的菜肴，几乎无以形容；有一回我在台北天津街吃到一道红烧茄子，险险落下泪来，因为这道北方的菜肴，它的味道竟和廿几年前南方贫苦的乡下，母亲做的芋梗极其相似。本来挖了芋头，梗和叶都要丢弃的，母亲却不舍，于是芋梗做了盘中飧，芋叶则用来给我们上学做饭包。

芋头孤傲的脾气和它流露的强烈气味是一样的，它充满了敏感，几乎和别的食物无法相容。削芋头的时候要戴手套，因为它会让皮肤麻痒，它的这种坏脾气使它不能取代番薯，永远是个二副，当不了船长。

我们在过年过节时，能吃到丰盛的晚餐，其中不可少的一样是芋头排骨汤。我想全天下，没有比芋头和排骨更好的配合了，唯一能相提并论的是莲藕排骨，但一浓一淡，风味各殊，人在贫苦的时候，毋宁是更喜爱浓烈的味道。母亲在红烧鲢鱼头时，炖烂的芋头和鱼头相得益彰，恐怕也是天下无双。

最不能忘记的是我们在冬夜里吃冰糖芋泥的经验，母亲把煮熟的芋头捣烂，和着冰糖同熬，熬成迹近晶蓝的颜色，放在大灶上。就等着我们做完功课，给检查过以后，可以自己到灶上舀一碗热腾腾的芋泥，围在灶边吃。每当知道母亲做了冰糖芋泥，我们一回家便赶着做功课，期待着灶上的一碗点心。

冰糖芋泥只能慢慢的品尝，就是在最冷的冬夜，它也每一口都

是滚烫的。我们一大群兄弟姊妹站立着围在灶边，细细享受母亲精制的芋泥，嬉嬉闹闹，吃完后才满足的回房就寝。

二十几年时光的流转，兄弟姊妹都因成长而星散了，连老家都因盖了新屋而清失无踪，有时候想在大灶边吃一碗冰糖芋泥都已成了奢想。天天吃白米饭，使我想起那段用番薯和芋头堆积起来的成长岁月，想吃去年腌制的萝卜干吗？想吃雨后的油焖笋尖吗？想吃灰烬里的红心番薯吗？想吃冬夜里的冰糖芋泥吗？有时想得不得了，心中徒增一片惆怅，即使真能再制，即使母亲还同样的刻苦，味道总是不如从前了。

我成长的环境是艰困的，因为有母亲的爱，那艰困竟都化成甜美，母亲的爱就表达在那些看起来微不足道的食物里面；一碗冰糖芋泥其实没有什么，但即使看不到芋头，吃在口中，可以简单的分辨出那不是别的东西，而是一种无私的爱，无私的爱在困苦中是最坚强的。它纵然研磨成泥，但每一口都是滚烫的，是甜美的，在我们最初的血管里奔流。

在寒流来袭的台北灯下，我时常想到，如果幼年时代没有吃过母亲的冰糖芋泥，那么我的童年记忆就完全失色了。

我如今能保持乡下孩子恬淡的本性，常能在面对一袋袋知识的番薯和芋头，知所取舍变化，创造出最好的样式，在烦闷发愁时不失去向前的信心，我确信和我童年的生活有着密切的关系。因为母亲的影子在我心里最深刻的角落，永远推动着我。

佛 鼓

住在佛寺里，为了看师父早课的仪礼，清晨四点就醒来了。走出屋外，月仍在中天，但在山边极远极远的天空，有一些早起的晨曦正在云的背后，使灰云有一种透明的趣味，灰色的内部也仿佛早就织好了金橙色的衬里，好像一翻身就要金光万道了。

鸟还没有全醒，只偶尔传来几声低哑的短啾，听起来像是它们在春天的树梢夜眠有梦，为梦所惊，短短的叫了一声，翻个身，又睡去了。

最最鲜明的是醒在树上一大簇一大簇的凤凰花。这是南台湾的五月，凤凰的美丽到了峰顶，似乎有人开了染坊，就那样把整座山染红了，即使在灰蒙的清晨的寂静里，凤凰花的色泽也是非常雄辩的。它不是纯红，但比纯红更明亮，也不是橙色，却比橙色更艳丽。比起沉默站立的菩提树，在宁静中的凤凰花是吵闹的，好像在山上开了花市。

说菩提树沉默也不尽然。经过了寒冷的冬季，菩提树的叶子已经落尽，仅剩下一株株枯枝守候春天，在冥暗中看那些枯枝，格外有一种坚强不屈的姿势，有一些生发得早的，则从头到脚怒放着嫩芽，翠绿、透明、光滑、纯净，桃形叶片上的脉络在黑夜的凝视中，片片了了分明。我想到，这样平凡单纯的树竟是佛陀当年成道的地方，自己就在沉默的树与精进的芽中深深的感动着。

这时，在寺庙的角落中响动了木板的啪啪声，那是醒板，庄严、沉重的唤醒寺中的师父。醒板的声音其实是极轻极轻的，一般凡夫

在沉睡的时候不可能听见，但出家人身心清净，不要说是行板，一根树枝落地也是历历可闻的吧！

醒板拍过，天空逐渐有了清明的颜色，燕子的声音开始多起来，像也是被醒板叫醒，准备着一起做早课了。

然后钟声响了。

佛寺里的钟声悠远绵长，犹如可以穿山越岭一般。它深深的渗入人心，带来一种警醒与沉静的力量。钟声敲了几下，我算到一半就糊涂了，只知道它先是沉重缓慢的咚嗡咚嗡咚嗡之声，接着是一段较快的节奏，嗡声灭去，仅剩咚咚的急响，最后又回到了明亮轻柔的钟声，在山中余韵袅袅。

听着这佛钟，想起朋友送我们一卷见如法师唱念的"叩钟偈"。那钟的节奏是单纯缓慢的，但我第一次在静夜里听叩钟偈，险险落下泪来，人好像被甘露遍洒，初闻天籁，想到人间能有几回听这样美的音声，如何不为之动容呢？

晨钟自与叩钟偈不同。后来有师父告诉我，晨昏的大钟共敲一百零八下，因为一百零八下正是一岁的意思。一年有十二个月，有二十四个节气，有七十二候，加起来正合一百零八，就是要人岁岁年年日日时时都要警醒如钟。但是另一个法师说一百零八是在断一百零八种烦恼，钟声有它不可思议的力量。到底何者为是，我也不能明白，只知道听那钟声有一种感觉，像是一条飘满了落叶尘埃的山径，突然被钟声清扫，使人有勇气有精神爬到更高的地方，去看更远的风景。

钟声还在空气中震荡的时候，鼓响起来了。这时我正好走到"大悲殿"的前面，看到逐渐光明的鼓楼里站着一位比丘尼，身材并不高大，与她面前的鼓几乎不成比例，但她所击的鼓竟完整的包围了我的思维，甚至包围了整个空间。她细致的手掌，紧握鼓槌，充满了自信，鼓槌在鼓上飞舞游走，姿势极为优美，或缓或急，或如迅雷，或如飙风……

　　我站在通往大悲殿的台阶上看那小小的身影击鼓,不禁痴了。那鼓,密时如雨,不能穿指;缓时如波涛,汹涌不绝;猛时若海啸,标高数丈;轻时若微风,抚面轻柔;它急切的时候,好像声声唤着迷路归家的母亲的喊声;它优雅的时候,自在得一如天空飘过的澄明的云,可以飞到世界最远的地方……那是人间的鼓声,但好像不是人间,是来自天上或来自地心,或者来自更邈远之处。

　　鼓声歇止有一会儿,我才从沉醉的地方被叫醒。这时《维摩经》的一段经文突然闪照着我,文殊师利菩萨问维摩诘居士:"何等是菩萨入不二法门?"当场的五千个菩萨都寂静等待维摩诘的回答,维摩诘怎么回答呢?他默然不发一语,过了一会儿,文殊师利菩萨赞叹地说:"善哉、善哉!乃至无有文字、语言,是真入不二法门。"

　　后来有法师说起维摩诘的这一次沉默,忍不住赞叹地说:"维摩诘的一默,有如响雷。"诚然,当我听完佛鼓的那一段沉默里,几乎体会到了维摩诘沉默一如响雷的境界了。

　　往昔在台北听到日本"神鼓童"的表演时,我以为人间的鼓无有过于此者,真是神鼓!直到听闻佛鼓,才知道有更高的境界。神鼓童是好,但气喘咻咻,不比佛鼓的气定神闲;神鼓童是苦练出来的,表达了人力的高峰,佛鼓则好像本来就在那里,打鼓的比丘尼不是明星,只是单纯的行者;神鼓童是艺术,为表演而鼓,佛鼓是降伏魔邪,度人出生死海,减少一切恶道之苦,为悲智行愿而鼓,因此妙响云集,不可思议。

　　最最重要的是,神鼓童讲境界,既讲境界就有个限度;佛是不讲境界的,因而佛鼓无边,不只醒人于迷,连鬼神也为之动容。

　　佛鼓敲完,早课才正式开始,我坐下来在台阶上,听着大悲殿里的经声,静静的注视那面大鼓,静静的,只是静静的注视那面鼓,刚刚响过的鼓声又如潮汹涌而来。

　　殿里的燕子也如潮在面前穿梭细语,配着那鼓声。

大悲殿的燕子

配着那鼓声，殿里的燕子也如潮的在面前穿梭细语。

我说如潮，是形影不断，音声不断的意思。大悲殿一路下来到女子佛学院的走廊、教室，密密麻麻的全是燕子的窝巢，每走一步抬头，就有一两个燕窝，有一些甚至完全包住了天花板上的吊灯，包到开灯而不见光。但是出家人慈悲为怀，全宝爱着燕子，在生命面前，灯算什么呢？

我仔细的看那燕窝，发现燕窝是泥塑的长形居所，它隆起的形状，很像旧时乡居土鼠的地穴。每一个燕窝住了不少燕子，一个头钻出来，一剪翅，一只燕子飞远了，接着另一只钻出头来，一个窝总住着六七只燕，是不小的家庭了。

几乎是在佛鼓敲的同时，燕子开始倾巢而出。天空上同时有了一两百只燕子在啁啾，穿梭如网，那一大群燕子，玄黑色的背，乳白色的腹，剪刀一样的翅膀和尾羽，在早晨刚亮的天空下有一种非凡的美丽。也有一部分熟练的从大悲殿的窗户里飞进飞出地戏耍，在庄严的诵经声中，有一两句是轻嫩的燕子的呢喃，显得格外的活泼起来。

燕子回巢时也是一奇，俯冲进入屋檐时并未减缓速度，几乎是在窝前紧急煞车，然后精准的钻进窝里，看起来饶有兴味。

大悲殿里燕子的数目，或者燕子的年龄，师父也并不知。有一位师父说得好，她说："你不问，我还以为它们一直是住这里的，好像也不会把它们当燕子，而是当成邻居。你不要小看了这些燕子，它们都会听经的，每天早晚课，燕子总是准时地飞出来，天空全是燕子。平常，就稀稀疏疏了。"

至于如何集结这样多的燕子，师父都说，佛寺的庄严清净慈悲喜舍是有情生命全能感知的。这是人间最安全之地，所以大悲殿里还有不知那里跑来的狗，经常蹲踞在殿前，殿侧的大湖开满红白莲花，湖中有不可数的游鱼，据说听到经声时会浮到水面来。

过去深山丛林寺院，时常发生老虎、狐狸伏在殿下听经的事。听说过一个动人的故事，有一回一个法师诵经，七八只老虎跑来听，听到一半有一只打瞌睡，法师走过去拍拍它的脸颊说："听经的时候不要睡着了。"

我们无缘见老虎闻法，但有缘看到燕子礼佛、游鱼出听，不是一样动人的吗？

众生如此，人何不能时时警醒？

幸福终结者

从前看童话书，有许多是关于王子和公主的故事，这种故事都是千篇一律，是公主受到某种妖魔或巫婆的咒术所魅惑，变成植物、动物，或长睡、或禁制而失去了自由。王子，英俊、潇洒、骑着白马、手拿宝剑，经过重重磨难，终于把公主救了出来，故事的终结总是："王子与公主从此过着幸福快乐的日子。"

虽然在小时候，我们就知道那个"从此"是不太可能的，但一读到"从此过着幸福快乐的日子"心里就充满一种特殊的感动，深知那不一定是个结局，却一定是个期望。

为什么说"从此过着幸福快乐的日子"不是结局，却是期望呢？因为除了童话，我们也看许多卡通影片，在卡通影片也是千篇一律的，一只弱小的动物或一个弱小的人，一开始总被强大的动物、人，或者压力，整得一塌糊涂，在故事的后半段，他们总是奋力一击，获得了最后的胜利，结局也可以说是"从此过着幸福快乐的日子"。

不幸的是，卡通影片与童话故事不同，它有续集，主角的幸福仿佛没有过多久，就要面临新的考验与压力，在挫败的角落中抗争，最后又得到一次幸福。然后，故事就周而复始的重复不已，卡通人物是不死的，所以他们的失败与压力不死，他们的幸福也总是在失落沉沦中重生。

不只童话或卡通是这样，在电视上演给大人看的警匪、侦探、情爱的单元剧，都是让我们看见了英雄一再的考验与重生。

这些，都使我们知道在人生里，借着外在世界的克服、奋斗，不一定能得到最后幸福的结局，因为只要这个世界不停止转动，人的挫折考验就不会终止，活在这世界一天，就不可能有"从此过着幸福快乐的日子"的一天。即使贵如王子与公主也不能逃出这个铁则，这是为什么我们读古代王室的历史，发现争端、纠缠、丑闻的时代总比太平的时代多得多的原因。

是的，我们骑白马拿宝剑去砍杀妖魔、破除巫术，并不能使我们进入平安的境地。

我对于王子与公主的故事于是有了新的体会，如果我们把除妖破巫的行动当成是一种象征，象征了王子去砍除了心中的妖魔，与纠缠在欲念上的巫迷，就可以使他断除一切心灵的纠葛，到达一个宽广、博大、慈悲、无所动摇的心境，那么他从此过着幸福快乐的日子并不是不可能。

不要说走在荆棘遍地、丑怪狰狞的地方了，就是走在地狱的炼火中，也能有清凉的甘露。佛教里有一尊地藏王菩萨，由于心地无限光明与无量慈悲，经常在地狱中救拔众生，当他走过地狱燃烧的烈火，每一朵火焰都化成一朵最美丽的红莲花，来承接他的双足，这是一则多么动人的启示呀！

我们对于最终的幸福，因而要有一个更新的体认，记不得是那一个诗人说过："人们常为了追求幸福而倒在尘沙之中，而伊甸园就在左近。"莎士比亚更说过："快乐，不是一个地方，而是一个方向。"

幸福快乐不是一个结局，只是一个方向罢了，我们只能说一直在往那个方向走，而不能说是在朝那个结局前进。

只要我们去除心的葛藤，不断追求幸福的方向，就不只是让我们从黑暗之地走向光明，而是从光明的起点走向另一个光明的起点。

是什么使我们从光明走向光明？说穿了也很简单，就是回到心的清净，回到一个更广大的包容罢了。

最清净广大的心胸世界，才是幸福的终结者。

用岁月在莲上写诗

　　那天路过台南县白河镇，就像暑天里突然饮了一盅冰凉的蜜水，又凉又甜。

　　白河小镇是一个让人吃惊的地方，它是本省最大的莲花种植地，在小巷里走，在田野上闲逛，都会在转折处看到一田田又大又美的莲花。那些经过细心栽培的莲花竟好似是天然生成，在大地的好风好景里毫无愧色，夏日里格外有一种欣悦的气息。

　　我去的时候正好是莲子收成的季节，种莲的人家都忙碌起来了，大人小孩全到莲田里去采莲子。对于我们这些只看过莲花美姿就叹息的人，永远也不知道种莲的人家是用怎么样的辛苦在维护一池莲，使它开花结实。

　　"夕阳斜，晚风飘，大家来唱采莲谣。红花艳，白花娇，扑面香风暑气清。你打桨，我撑篙，欸乃一声过小桥。船行快，歌声高，采得莲花乐陶陶。"我们童年唱过的"采莲谣"在白河好像一个梦境，因为种莲人家采的不是观赏的莲花，而是用来维持一家生活的莲子。莲田里也没有可以打桨撑篙的莲舫，而要一步一步踩在莲田的烂泥里。

　　采莲的时间是清晨太阳刚出来或者黄昏日头要落山的时分，一个个采莲人背起了竹篓，戴上了斗笠，涉入浅浅的泥巴里，把已经成熟的莲蓬一朵朵摘下来，放在竹篓里。采回来的莲蓬先挖出里面的莲子，莲子外面有一层粗壳，要用小刀一粒一粒剥开，晶莹洁白的莲子就滚了一地。

莲子剥好后，还要用细针把莲子里的莲心挑出来，这些靠的全是灵巧的手工，一粒也偷懒不得，所以全家老小都加入了工作。空的莲蓬可以卖给中药铺，还可以挂起来装饰；洁白的莲子可以煮莲子汤，做许多可口的菜肴；苦的莲心则能煮苦茶，既降火又提神。

我在白河镇看莲花的子民工作了一天，不知道为什么总是觉得种莲的人就像莲子一样，表面上莲花是美的，莲田的景观是所有作物中最美丽的景观，可是他们工作的辛劳和莲心一样，是苦的。采莲的季节在端午节到九月的夏秋之交，等莲子采收完毕，接下来就要挖土里的莲藕了。

莲田其实是一片污泥，采莲的人要防备田里游来游去的吸血水蛭，莲花的梗则长满了刺。我看到每一位采莲人的裤子都被这些密刺划得千疮百孔，有时候还被刮出一条条血痕，可见得依靠美丽的莲花生活也不是简单的事。

小孩子把莲叶卷成杯状，捧着莲子在莲田埂上跑来跑去，才让我感知，再辛苦的收获也有快乐的一面。

莲花其实就是荷花，在还没有开花前叫"荷"，开花结果后就叫"莲"。我总觉得两种名称有不同的意义：荷花的感觉是天真纯情，好像一个洁净无瑕的少女，莲花则是宝相庄严，仿佛是即将生产的少妇。荷花是宜于观赏的，是诗人和艺术家的朋友；莲花带了一点生活的辛酸，是种莲人生活的依靠。想起多年来我对莲花的无知，只喜欢在远远的高处看莲、想莲；却从来没有走进真正的莲花世界，看莲田背后生活的悲欢，不禁感到愧疚。

谁知道一朵莲蓬里的三十个莲子，是多少血汗的灌溉？谁知道夏日里一碗冰冻的莲子汤是农民多久的辛劳？

我陪着一位种莲的人在他的莲田梭巡，看他走在占地一甲的莲田边，娓娓向我诉说一朵莲要如何下种，如何灌溉，如何长大，如何采收，如何避过风灾，等待明年的收成时，觉得人世里一件最平凡的事物也许是我们永远难以知悉的，即使微小如莲子，都有一套

生命的大学问。

　　我站在莲田上，看日光照射着莲田，想起"留得残荷听雨声"恐怕是莲民难以享受的境界，因为荷残的时候，他们又要下种了。田中的莲叶坐着结成一片，站着也叠成一片，在田里交缠不清。我们用一些空虚清灵的诗歌来歌颂莲叶何田田的美，永远也不及种莲的人用他们的岁月和血汗在莲叶上写诗吧！

清　欢

少年时代读到苏轼的一阕词，非常喜欢，到现在还能背诵：

> 细雨斜风作晓寒，
> 淡烟疏柳媚晴滩，
> 入淮清洛渐漫漫。
> 雪沫乳花浮午盏，
> 蓼茸蒿笋试春盘，
> 人间有味是清欢。

这阕词，苏轼在旁边写着"元丰七年十一月二十四日，从泗州刘倩叔游南山"，原来是苏轼和朋友到郊外去玩，在南山里喝了浮着雪沫乳花的小酒，配着春日山野里的蓼菜，茼蒿、新笋，以及野草的嫩芽等等，然后自己赞叹着："人间有味是清欢！"

当时所以能深记这阕词，最主要的是爱极了后面这一句，因为试吃野菜的这种平凡的清欢，才使人间更有滋味。"清欢"是什么呢？清欢几乎是难以翻译的，可以说是"清淡的欢愉"，这种清淡的欢愉不是来自别处，正是来自对平静疏淡简朴生活的一种热爱。当一个人可以品味出野菜的清香胜过了山珍海味，或者一个人在路边的石头里看出了比钻石更引人的滋味，或者一个人听林间鸟鸣的声音感受到比提笼遛鸟更感动，或者体会了静静品一壶乌龙茶比起在喧闹的晚宴中更能清洗心灵……这些就是"清欢"。

清欢之所以好，是因为它对生活的无求，是它不讲求物质的条件，只讲究心灵的品味。"清欢"的境界很高，它不同于李白的"人生在世不称意，明朝散发弄扁舟"那样的自我放逐；或者"人生得意须尽欢，莫使金樽空对月"那种尽情的欢乐。它也不同于杜甫的"人生有情泪沾臆，江水江花岂终极"这样悲痛的心事，或者"人生不相见，动如参与商；今夕复何夕，共此灯烛光"那种无奈的感叹。

活在这个世界上，有千百种人生，文天祥的是"人生自古谁无死，留取丹心照汗青"，我们很容易体会到他的壮怀激烈。欧阳修的是"人生自是有情痴，此恨不关风与月"，我们很能体会到他的绵绵情恨。纳兰性德的是"人到情多情转薄，而今真个不多情"，我们也不难会意到他无奈的哀伤。甚至于像王国维的"人生只似风前絮，欢也零星，悲也零星，都作连江点点萍！"那种对人生无常所发出的刻骨的感触，也依然能够知悉。

可是"清欢"就难了！

尤其是生活在现代的人，差不多是没有清欢的。

什么样是清欢呢？我们想在路边好好的散个步，可是人声车声不断的呼吼而过，一天里，几乎没有纯然安静的一刻。

我们到馆子里，想要吃一些清淡的小菜，几乎是杳不可得，过多的油、过多的酱、过多的盐和味精已经成为中国菜最大的特色，有时害怕了那样的油腻，特别嘱咐厨子白煮一个菜，菜端出来时让人吓一跳，因为菜上挤的沙拉比菜还多。

有时没有什么事，心情上只适合和朋友去啜一盅茶、饮一杯咖啡，可惜的是，心情也有了，朋友也有了，就是找不到地方，有茶有咖啡的地方总是嘈杂的。

俗世里没有清欢了，那么到山里去吧！到海边去吧！但是，山边和海湄也不纯净了，凡是人的足迹可以到的地方，就有了垃圾，就有了臭秽，就有了吵闹！

有几个地方我以前常去的，像阳明山的白云山庄，叫一壶兰花茶，俯望着台北盆地里堆叠着的高楼与人欲，自己饮着茶，可以品到茶中有清欢。像在北投和阳明山间的山路边有一个小湖，湖畔有小贩卖功夫茶，小小的茶几，藤制的躺椅，独自开车去，走过石板的小路，叫一壶茶，在躺椅上静静地靠着，有时湖中的荷花开了，真是惊艳一山的沉默。有一次和朋友去，在躺椅上静静喝茶，一下午竟说不到几句话，那时我想，这大概是"人间有味是清欢"了。

现在这两个地方也不能去了，去了只有伤心。湖里的不是荷花了，是飘荡着的汽水罐子，池畔也无法静静躺着，因为人比草多，石板也被踏损了。到假日的时候，走路都很难不和别人推挤，更别说坐下来喝口茶，如果运气更坏，会遇到呼啸而过的飞车党，还有带伴唱机来跳舞的青年，那时所有的感官全部电路走火，不要说清欢，连欢也不剩了。

要找清欢一日比一日更困难了。

当学生的时候，有一位朋友住在中和圆通寺的山下，我常常坐着颠踬的公车去找她，两个人沿着上山的石阶，漫无速度的，走走、坐坐、停停，看看，那时圆通寺山道石阶的两旁，杂乱的长着朱槿花，我们一路走，顺手拈下一朵熟透的朱槿花，吸着花朵底部的花露，其甜如蜜，而清香胜蜜，轻轻的含着一朵花的滋味，心里遂有一种只有春天才会有的欢愉。

圆通寺是一座全由坚固的石头砌成的寺院，那些黑而坚强的石头坐在山里仿佛一座不朽的城堡，绿树掩映，清风徐徐，站在用石板铺成的前院里，看着正在生长的小市镇，那时的寺院是澄明而安静的，让人感觉走了那样高的山路，能在那平台上看着远方，就是人生里的清欢了。

后来，朋友嫁人，到国外去了。我去过一趟圆通寺，山道已经开辟出来，车子可以环山而上，小山路已经很少人走，就在寺院的门口摆着满满的摊贩，有一摊是儿童乘坐的机器马，叽里咕噜的童

歌震撼半山，有两摊是打香肠的摊子，烤烘香肠的白烟正往那古寺的大佛飘去，有一位母亲因为不准孩子吃香肠而揍打着两个孩子，激烈的哭声尖亢而急促……我连圆通寺的寺门都没有进去，就沉默的转身离开，山还是原来的山，寺还是原来的寺，为什么感觉完全不同了，失去了什么吗？失去的正是清欢。

下山时的心情是不堪的，想到星散的朋友，心情也不是悲伤，只是惆怅，浮起的是一阕词和一首诗，词是李煜的："高楼谁与上？长记秋晴望。往事已成空，还如一梦中！"诗是李观的："人言落日是天涯，望极天涯不见家；已恨碧山相阻隔，碧山还被暮云遮！"那时正是黄昏，在都市烟尘蒙蔽了的落日中，真的看到了一种悲剧似的橙色。

我二十岁心情很坏的时候，就跑到青年公园对面的骑马场去骑马，那些马虽然因驯服而动作缓慢，却都年轻高大，有着光滑的毛色。双腿用力一夹，它也会如箭一般呼噜向前窜去，急忙的风声就从两耳掠过，我最记得的是马跑的时候，迅速移动着的草的青色，青茸茸的，仿佛饱含生命的汁液，跑了几圈下来，一切恶的心情也就在风中、在绿草里、在马的呼啸中消散了。

尤其是冬日的早晨，勒着缰绳，马就立在当地，踢踏着长腿，鼻孔中冒着一缕缕的白气，那些气可以久久不散，当马的气息在空气中消弭的时候，人也好像得到某些舒放了。

骑完马，到青年公园去散步，走到成行的树荫下，冷而强悍的空气在林间流荡，可以放纵的、深深的呼吸，品味着空气里所含的元素，那元素不是别的，正是清欢。

最近有一天，突然想到骑马，已经有十几年没骑了。到青年公园的骑马场时差一点吓昏，原来偌大的马场已经没有一根草了，一根草也没有的马场大概只有台湾才有，马跑起来的时候，灰尘滚滚，弥漫在空气里的尽是令人窒息的黄土，蒙蔽了人的眼睛。马也老了，毛色斑剥而失去光泽。

最可怕的是，不知道什么时候在马场搭了一个塑胶棚子，铺了水泥地，其丑无比，里面则摆满了机器的小马，让人骑用，其吵无比。为什么为了些微的小利，而牺牲了这个马场呢？

马会老是我知道的事，人会转变是我知道的事，而在有真马的地方放机器马，在马跑的地方没有一株草则是我不能理解的事。

就在马场对面的青年公园，已经不能说是公园了，人比西门町还拥挤吵闹，空气比咖啡馆还坏，树也萎了，草也黄了，阳光也不灿烂了。从公园穿越过去，想到少年时代的这个公园，心痛如绞，别说清欢了，简直像极了佛经所说的"五浊恶世"！

生在这个时代，为何"清欢"如此难觅。眼要清欢，找不到青山绿水；耳要清欢，找不到宁静和谐；鼻要清欢，找不到干净空气；舌要清欢，找不到蓼茸蒿笋；身要清欢，找不到清凉净土；意要清欢，找不到智慧明心。如果要享受清欢，唯一的方法是守在自己小小的天地，洗涤自己的心灵，因为在我们拥有愈多的物质世界，我们的清淡的欢愉就日渐失去了。

现代人的欢乐，是到油烟爆起，卫生堪虑的啤酒屋去吃炒蟋蟀；是到黑天暗地、不见天日的卡拉 OK 去乱唱一气；是到乡村野店、胡乱搭成的土鸡山庄去豪饮一番；以及到狭小的房间里做方城之戏，永远重复着摸牌的一个动作……这些放逸的生活以为是欢乐，想起来毋宁是可悲的。为什么现代人不能过清欢的生活，反而以浊为欢，以清为苦呢？

一个人以浊为欢的时候，就很难体会到生命清明的滋味，而在欢乐已尽，浊心再起的时候，人间就愈来愈无味了。

这使我想起东坡的另一首诗来：

> 梨花淡白柳深青，
> 柳絮飞时花满城；
> 惆怅东南一枝雪，

人生看得几清明？

苏轼凭着东栏看着栏杆外的梨花：满城都飞着柳絮时，梨花也开了遍地，东栏的那株梨花却从深青的柳树间伸了出来，仿佛雪一样的清丽，有一种惆怅之美。但是，人生看这么清明可喜的梨花能有几回呢？这正是千古风流人物的性情，这正是清朝大画家盛大士在《溪山卧游录》中说的："凡人多熟一分世故，即多一分机智。多一分机智，即少却一分高雅。""山中何所有？岭上多白云，只可自怡悦，不堪持赠君。"自是第一流人物。

第一流人物是什么人物？

第一流人物是在清欢里也能体会人间有味的人物！

第一流人物是在污浊滔滔的人间，也能找到清欢的人物！

走向生命的大美

清朝的词评家王国维在《人间词话》里，曾经说到古今成大事业大学问的人必须经过三种境界：

第一种境界是"昨夜西风凋碧树，独上高楼，望尽天涯路"。意思是说有感性的胸怀，见到西风里凋零的碧树心有所感，在内心里有理想的抱负与未来的追寻，虽有孤独与苍茫之感，但有远见，对生命有辽阔的视野。

（这三句的原作者是宋朝的晏殊，出自他的《蝶恋花》，原词是"槛菊愁烟兰泣露，罗幕轻寒，燕子双飞去。明月不谙离恨苦，斜光到晓穿朱户。昨夜西风凋碧树，独上高楼，望尽天涯路。欲寄彩笺兼尺素，山长水阔知何处？"）

第二种境界是"衣带渐宽终不悔，为伊消得人憔悴"。意思是说不只要有追寻理想的热情与勇气，还要有坚持、有执着，去实践自己所信奉的真理，即使人变瘦了、衣带变宽了，也能百折不悔。

（这两句的原诗出自宋朝诗人柳永的《凤栖梧》，原词是"伫倚危楼风细细，望极春愁，黯黯生天际。草色烟光残照里，无言谁会凭阑意？拟把疏狂图一醉，对酒当歌，强乐还无味。衣带渐宽终不悔，为伊消得人憔悴。"）

第三种境界是"众里寻他千百度，蓦然回首，那人却在灯火阑珊处"。意思是经过非常长久的努力追寻，饱受人生的沧桑，到后来猛然回首，那要追寻的却在自己走过的道路上，灯火阑珊的地方。

（这三句典出宋朝词人辛弃疾的《青玉案》，原词是"东风夜放

花千树，更吹落，星如雨。宝马雕车香满路，凤箫声动，玉壶光转，一夜鱼龙舞。蛾儿、雪柳、黄金缕，笑语盈盈暗香去。众里寻他千百度，蓦然回首，那人却在灯火阑珊处。"）

从前读《人间词话》到人生的三种境界时，虽有感触，但不深刻，到最近几年，这三重境界之说时常在心中浮现，格外感受到王国维对生命的智见，他论的虽然是诗词、是事功、是人格，讲的实际上是人从凡夫之见超越的历程，到最后那种"众里寻他千百度，蓦然回首，那人却在灯火阑珊处"，简直是开悟的心境了，使我想起一首禅诗"终日寻春不见春，芒鞋踏破岭头云，归来偶遇梅花嗅，春在枝头已十分"，也不禁想到菩萨在人间留下一丝有情那样的心境。

一个人要"众里寻他千百度"，必然要经验人生的许多历程，而要"蓦然回首"则需要一种明觉，至于站在灯火阑珊处的那人，不是别人，而是一个原点，是那个"独上高楼，望尽天涯路"的自我呀！

诗人虽然出自情感与灵感来表达自我，但其中有一种明觉，或者与禅师不同，我相信那明觉之中有如同镜子一样澄明的开悟的心——这种历程，在某些作品里是历历可见的。

宋朝词人蒋捷曾有一首《虞美人》，很能看出这种提升的历程。

少年听雨歌楼上，
红烛昏罗帐；
壮年听雨客舟中，
江阔云低，断雁叫西风。
而今听雨僧庐下，
鬓已星星也；
悲欢离合总无情，
一任阶前点滴到天明。

在僧庐下听雨的白发诗人，体会到人世悲欢离合的无情就像阶前的雨一样错落无常，心境上是有一种悟境的，与禅心不同的是，禅心以智为灯心，诗人则以美做为点燃，这是为什么我们读到李贺"天若有情天亦老"之句，要为之低徊不已了。或者读到龚自珍的"落红不是无情物，化作春泥更护花"要为之三叹了。

一个好的开悟的境界，或者崇高的人格与事功，都不是无情的，它是一种经过净化的有情的心，这种经过净化的有情，我们可以称之为"觉有情"，有如道绰大师说的，就像天鹅在水中悠游，沾水而羽毛不湿。

好的文学、优美的诗歌，无不是在"有情中有觉"，创作者既提升了自我的情感经验，也借以转化，溶解成人人都能提升的情感经验，来唤醒大众内在的感觉的呼声。这是为什么，历来伟大的禅师在开悟之际都会写下诗歌，而开悟之后，有许多禅师也往往以诗歌示教，在显教最有名的是六祖慧能，传说他不识字，但读他的作品《六祖坛经》竟有如诗偈一样。在密宗最著名的是密勒日巴，传说他留传的诗歌竟有数万首之多。

寒山、拾得不也是这样吗？他们是山野里的隐士，却也忍不住把自己的心境写在山间石壁，幸好有人抄录才不致失传，但是，我也不禁想到，以寒山、拾得的诗才，写诗的那种劲道，一定有更多的诗隐于石上、壁上，与草木同朽，后人无缘得见了。

为什么悟道者爱写诗呢？原因何在？我想在最根本处是，禅学或佛教是一种美，在人生中提升美的体验，使一个人智慧有美、慈悲有美、生活有美，语默动静无一不美，那才是走向佛道之路。

失去了美，佛道对人生还有什么价值呢？

唯有心性的绝美，才使人能洗涤贪嗔痴慢疑五毒；也唯有绝美的心，才能面对、提升、跨越人生深切的痛苦。

因此，道是美，而走向道的心情是一种诗情，诗情与道情转折的驿站则是"觉"。

菩萨所以叫"觉有情"，是因为菩萨从来没有失去感性的怀抱，与凡夫不同的是，他在有情中不失觉悟的心。

菩萨所以个个心性皆美，长相也无不庄严到达极致，则是启示了我们，美是无比重要的，最深刻的美则是来自有情的锤炼。

即使是佛，十方诸佛都是"相好庄严"，经典里说到佛之美，有"三十二相，八十种好"之说，因此，佛的相、佛的心，都是绝美。

了解到佛道的追求是生命完美的追求，我模仿王国维之说，凡是古今走向"觉有情"之道者，也必经三种境界：

第一种境界是"笑声不闻声渐悄，多情却被无情恼。"（语出苏东坡《蝶恋花》）

第二种境界是"我见青山多妩媚，料青山见我应如是，情与貌，略相似。"（语出辛弃疾《贺新郎》）

第三种境界是"千锤万凿出深山，烈火焚烧若等闲；粉骨碎身浑不怕，要留清白在人间。"（语出于谦《咏石灰》）

真正觉有情的菩萨，全是多情的种子，他们在无情的业障人性之中，因烦恼生起菩提之心。然后体会到一切有情都会被无情所恼，思有以解脱，心性与眼界大开，看到世间的美与苦难是并存的，正如青山与我并无分别。最后宁可再跃入有情的洪炉，不畏任何障碍，为了留一点清白在人间。

一个人格境界的确立正是如此，是在有情中打滚、提炼，终至永保明觉，观照世间，那时才知道什么叫做"蓦然回首"了。

唯有清明的心，才体验到什么是真实的美。

唯有不断的觉悟，才使体验到的美更深刻、广大、雄浑。

也唯有无上正觉的人，才能迈向生命的大美、至美、完美与绝美呀！

真正的桂冠

有一位年轻的女孩写信给我，说她本来是美术系的毕业生，最喜欢的事是背着画具到阳光下写生，希望画下人世间一切美的事物。寒假的时候她到一家工厂去打工，却把右手压折了，从此，她不能背画具到户外写生，不能再画画，甚至也放弃了学校的课业，顿觉生命失去了意义；她每天痛苦的把自己关在房间里，对任何事情都带着一种悲哀的情绪，最后她向我提出一个问题：我怎么办？我怎么办？

这个问题使我困惑了很久，不知如何回答。也使我想起法国的侏儒大画家罗德列克（Toulouse Lautrec）。罗德列克出身贵族，小的时候聪明伶俐，极得宠爱，可惜他在十四岁的时候不小心绊倒，折断了左腿。几个月后，母亲带着他散步，他跌落阴沟，把右腿也折断了，从此，他腰部以下的发育完全停止，成为侏儒。

罗德列克的遭遇对他本人也许是个不幸，对艺术却是个不幸中的大幸，罗德列克的艺术是在他折断双腿以后才开始诞生，试问一下：罗德列克如果没有折断双腿，他是不是也会成为艺术史上的大画家呢？罗德列克说过："我的双腿如果和常人那样的话，我也不画画了。"可以说是一个最好的回答。

从罗德列克遗留下来的作品，我们可以看到，他对正在跳舞的女郎和奔跑中的马特别感兴趣，也留下许多佳作，这正是来自他心理上的补偿作用，借着绘画，他把想跳舞和想骑马的美梦投射在艺术上面。因此，罗德列克倘若完好如常人，恐怕今天我们也看不到

舞蹈和奔马的名作了。

每次翻看罗德列克的画册，总使我想起他的身世来。我想到：生命真正的桂冠到底是什么呢？是做一个正常的人而与草木同朽？或是在挫折之后，从灵魂的最深处出发而获得永恒的声名呢？这些问题没有单一的答案，答案就是在命运的摆布之中，是否能重塑自己，在灰烬中重生。

希腊神话中有两个性格绝对不同的神，一个是理性的、智慧的、冷静的阿波罗。另一个是感性的、热烈的、冲动的戴奥尼修斯。他们似乎代表了生命中两种不同的气质，一种是热情浪漫，一种是冷静理智，两者在其中冲激而爆出闪亮的火光。

从社会的标准来看，我们都希望一个正常人能稳定、优雅、有自制力，希望每个人的性格和表现像天使一样，可是这样的性格使大部分人都成为平凡的人，缺乏伟大的野心和强烈的情感。一旦这种阿波罗性格受到激荡、压迫、挫折，很可能就像火山爆发一样，在心底的戴奥尼修斯伸出头来，散发如倾盆大雨的狂野激情，艺术的原创力就在这种情况生发。生活与命运的不如意正如一块磨刀石，使澎湃的才华愈磨愈锋利。

史上伟大的思想家大部分是阿波罗性格，为我们留下了生命深远的刻绘；但是史上的艺术家则大部分是戴奥尼修斯性格，为我们烙下了生命激情的证记。也许艺术家们都不能见容于当世，但是他们留下来的作品却使他们戴上了永恒、真正的桂冠。

这种命运的线索有迹可循，有可以转折的余地。失去了双脚，还有两手；失去了右手，还有左手；失去了双目，还有清明的心灵；失去了生活凭借，还有美丽的梦想——只要生命不被消灭，一颗热烈的灵魂也就有可能在最阴暗的墙角燃出耀目的光芒。

生命的途程就是一个惊人的国度，没有人能完全没有苦楚地度过一生，倘若一遇苦楚就怯场，一遭挫折就闭关斗室，那么，就永远不能将千水化为白练，永远不能合百音成为一歌，也就永远不能达到炉火纯青的境界。

如果你要戴真正的桂冠，就永远不能放弃人生的苦楚，这也许就是我对"我怎么办？"的一个答案吧！